FUMO, VAMPIRI E SPECCHI

LA SERIE DI SASHA URBAN, LIBRO 7

DIMA ZALES

♠ MOZAIKA PUBLICATIONS ♠

Copyright © 2020 Dima Zales e Anna Zaires
www.dimazales.com/book-series/italiano/

Pubblicato da Mozaika Publications, stampato da Mozaika LLC.
www.mozaikallc.com

Copertina di Orina Kafe
www.orinakafe-art.com

ISBN: 978-1-63142-609-4
Print ISBN: 978-1-63142-610-0

CAPITOLO UNO

"NERO" sussurro ad alta voce. Divincolandomi dal suo abbraccio, lo scuoto. "Svegliati."

Apre gli occhi di colpo, poi restringe il campo sul mio viso, scattando in posizione seduta.

Dev'essersi accorto del mio panico.

"Hai avuto un altro incubo?" chiede.

Rimango sorpresa, distraendomi per un attimo. "*Un altro* incubo? E quando ho avuto il primo?"

"Non ti ricordi?" Sollevando la mano, mi massaggia dietro la testa, come se fossi un gatto. "Emettevi piagnucolii e piccole grida nel cuore della notte. Mi hai svegliato due volte."

Sul serio, incubi? Come mai non me li ricordo?

E se avessi sognato l'imminente apocalisse prima della visione ad occhi aperti? Ma no. Le visioni basate sui sogni erano sparite, quando avevo raggiunto il controllo cosciente. Devono essere incubi banali... e probabilmente, impallidiscono rispetto alla sinistra realtà.

Nero abbassa la mano. "Che cosa c'è che non va allora?"

Inspiro, soffocando l'impulso di rimettergli la mano dov'era prima. "Ho appena avuto due visioni da incubo."

"Visioni?" Si acciglia. "Quali visioni?"

Prendo un altro respiro, e snocciolo che Tartaro, il potentissimo Conoscente in grado di cibarsi di mondi interi, sta per venire sulla Terra per un buffet all you can eat.

"Ho visto entrambi i miei genitori simili ad involucri rinsecchiti" dico con il mento tremante. "Tutte le persone che io e te abbiamo mai conosciuto moriranno."

Nero mi fissa, poi allunga le braccia e mi attira contro il suo forte petto, con le braccia che mi cingono saldamente. Il suo tocco, sebbene rilassante, non mi calma... soprattutto quando mi rendo conto che non ha nulla da commentare dopo la mia storia.

Speravo in una risposta come "corriamo sulla Terra e salviamo tutti in questo preciso istante".

Accarezzandomi la schiena, mi dà un bacio sulla tempia. "Sicura che non fosse un incubo?" mormora, continuando ad accarezzarmi, come se fossi un cincillà.

Mi allontano di scatto. "Certo che sono sicura."

Mi studia, poi annuisce. "Okay. Date le circostanze, dovevo chiedertelo."

"Ero sveglissima e del tutto sobria" dico a denti

stretti. "E sono state due visioni di fila. Sono sicura che questo Armageddon sia vero." Balzando in piedi, afferro i miei vestiti e li infilo furiosamente, poi caccio la spada al plasma dietro i pantaloni.

"Mi sembra giusto." Nero si alza, indifferente alla propria nudità. Non che abbia dei vestiti: era volato qui sotto forma di drago. Avanzando verso di me, dice: "Voglio che mi racconti esattamente cos'è successo dopo che ho lasciato la Terra. Nello specifico, come sei diventata una vampira. L'avevi accennato al castello, ma voglio..."

"Che cosa?" Le mie narici si dilatano. "Ti dico che la Terra sta per essere distrutta, e vuoi che ti racconti una storia dell'orrore?"

La sua mascella si contrae. "Devo considerare tutte le variabili."

"E io devo sapere qual è il nostro piano d'azione" ribatto, pungente.

"Allora fammi arrivare al punto." Nero si china più vicino. "*Non* ti sembra ambiguo che Tartaro si faccia vivo così presto dopo Lilith e Nostradamus... due persone ossessionate da lui?"

Lo fisso. "Non ho avuto la possibilità di pensarci."

Nero solleva le sopracciglia, aspettando con calma, e cedo con un sospiro. Gli racconto tutto, a partire da come i chort hanno attaccato Felix, al modo in cui avrebbero ucciso mamma e papà, se non mi fossi intromessa spontaneamente. Arrivata al punto in cui mi hanno torturata, l'espressione di Nero diventa talmente spaventosa, da darmi l'impressione che i chort siano fortunati ad essere già morti. Poi gli racconto dei ricordi di Nostradamus e della sua ricerca per vendicare la propria famiglia, sterminata da Tartaro... e di come lui aveva profetizzato a Lilith che Tartaro avrebbe rappresentato la condanna di quest'ultima.

"Poi Felix ha usato il suo potere per fornirmi le conversazioni telefoniche di Lilith, così ho scoperto della montatura" spiego verso la fine. "È stata lei ad aizzarmi contro i chort, e come risultato, sono una vampira. Ora possiamo agire? Dobbiamo..."

"Rifletti prima di 'agire'" dice Nero, e passando al russo aggiunge: "Misura sette volte, taglia una volta sola."

"Sempre che rimanga qualcosa da tagliare dopo tutte le misurazioni" brontolo, riconoscendo il proverbio grazie a uno dei libri di testo studiati di recente.

"Vuoi essere intraprendente? Perché non chiedi ai tuoi poteri di veggente che cosa bisogna fare."

"Perché non cosa?" Lo guardo a bocca aperta.

"Quando consulto i veggenti, spiego loro il mio obiettivo, poi guardano nel futuro per trovare uno svolgimento dell'azione che possa favorire l'obiettivo in questione."

"Oh." Mi mordo un labbro. "Non ho mai provato un sistema così diretto."

"Fallo adesso" ordina Nero, con lo sguardo che gli cade sulle mie labbra.

"Bene." Chiudo gli occhi, e faccio del mio meglio per calmarmi abbastanza, da balzare nello Spazio Mentale.

Mi occorre qualche secondo per raggiungere la concentrazione necessaria, ma subito dopo mi ritrovo a fluttuare, circondata dalle forme delle visioni.

Forme che non sembrano interessanti, poiché la melodia che emanano mi ricorda la musica d'ambiente.

È impossibile che queste blande visioni abbiano a che fare con Tartaro. Se dovessi tirare a indovinare, probabilmente prevedono che Fluffster parlerà della nostra spesa annuale per la carta igienica, o che Felix ciancerà del motivo per cui adora il suo algoritmo del computer preferito.

Ma se non è di questo che ho bisogno, come eseguo ciò che ha suggerito Nero? Come 'dico' ai miei poteri che voglio avere la visione di qualcosa che impedisca l'arrivo di Tartaro sulla Terra?

Beh, dato che tutto il resto nello Spazio Mentale coinvolge spesso l'essenza dei concetti e delle persone, perché non provarci?

In qualche modo.

Fluttuo lì, e faccio del mio meglio per arrivare all'essenza del problema. Incanalo l'afflizione che ho provato nel vedere gli involucri vuoti dei miei genitori. Per sicurezza, aggiungo anche il fastidio nei confronti di Nero, per non essere passato subito all'azione, e la mia soggezione per l'enormità di questo compito.

Anche se non so bene cosa stia facendo, sembra funzionare. Nuove forme si manifestano intorno a me, tanto inquietanti quanto le altre erano noiose. Dalla musica che emanano, mi chiedo se stia per vedere un futuro in cui scuoio personalmente ogni gattino peloso sulla Terra, in un rituale per scacciare Tartaro.

O preparo una zuppa di Fluffster e Lucifera.

Lascia fare al destino, e una cosa positiva (come fermare l'apocalisse) diventerà negativa.

Tremando in senso metaforico, fluttuo per un po', non sapendo bene se osare toccare le forme in questione.

Beh, non si può evitare.

Devo sapere.

Raccogliendo il coraggio, mi allungo verso la forma più vicina, e mi preparo al peggio.

CAPITOLO DUE

MI RISVEGLIO al suono di voci familiari.

"*Batman v Superman* dovrebbe comunque avere un punteggio più alto sui siti che pubblicano le recensioni dei film" commenta Ariel da qualche parte. "Perfino l'ultimo film di *Matrix*, quello che tu stesso preferisci meno, ha punteggi più alti."

"Perché devi sempre coinvolgere *Matrix*?" brontola Felix. "È perché invidi ancora il fatto che il primo *Matrix* ha punteggi migliori di qualsiasi *Batman* mai uscito?"

"Non tornerò su questo argomento" ribatte Ariel, e riesco quasi a vederla roteare gli occhi. "*Armageddon*, un altro film con Ben Affleck, non dovrebbe avere un punteggio più alto di *Batman v Superman*, su questo almeno sarai d'accordo."

La parola Armageddon invia una scarica di adrenalina in tutto il mio corpo, dissipando i residui dello stordimento.

Alzandomi a sedere, mi sfrego gli occhi.

Felix e Ariel mi stanno guardando entrambi con espressioni preoccupate dipinte in viso. All'unisono, chiedono: "Come ti senti?"

"Ho avuto giorni migliori" rispondo, cercando di capire dove ci troviamo.

La scialba stanza non contiene mobili, ad eccezione del mio letto, e non ci sono finestre. Emana anche un vago odore di farmaci... perciò, forse è l'ufficio di un'infermiera o una stanza di ospedale?

Con gran fracasso, la porta grigia alle spalle dei miei amici viene ridotta in pezzi.

A pochi centimetri da terra, si libra Lilith, mia madre biologica e, in una delle Altre Terre, dea del male.

Con gli occhi trasformati in specchi, vola all'interno.

Ariel si gira.

"Sta' ferma lì e non ti muovere" ordina Lilith in tono mellifluo.

Il corpo di Ariel s'irrigidisce, mentre la malia la trasforma in un manichino.

"Anche tu" cantilena Lilith a Felix, che si trasforma immediatamente in una statua.

"Bel lavoro" dice ai miei amici, prima che i suoi occhi tornino normali, quindi mi guarda in faccia. "Sasha, cara, come ti senti?"

"Che cosa ci fai qui?" Balzo fuori dal letto, squadrandola.

"Sono qui per vedere come stai." Il suo gioioso

sorriso mette in mostra le zanne. "Il tuo benessere è molto importante per me."

"Sì, giusto. È per questo motivo che hai chiamato i chort, dicendo loro di chiedermi di Rasputin. Intendi ancora fingere che non credevi mi avessero uccisa?"

Il suo sorriso svanisce senza lasciare tracce. "Lavoravo con un veggente, e quindi sapevo che ti saresti trasformata. Qualunque madre desidera che i figli raggiungano il loro vero potenziale. Dovresti ringraziarmi per questo."

"Ah-ha, come no. Grazie mille. Essere torturata è stato uno sballo."

Accigliata, Lilith fluttua verso il basso, fino a toccare il grigio pavimento di linoleum con i piedi. "Se vuoi comportarti da monella ingrata, smetterò di fare la mamma gentile con te."

La fisso, senza capire. Tutte le persone che ha brutalmente ucciso davanti a me, tutti i tentativi affinché facessi fuori i chort feriti... era la sua versione *gentile*?

"Sono molte cose da digerire" mento, preferendo che non spenga la propria amabilità.

Ma è troppo tardi. Socchiudendo gli occhi, afferma: "Visto che, a quanto pare, mi odi senza alcun motivo, che ne dici se te ne offro uno... rendendoti al contempo molto più forte." Guarda Ariel, poi Felix, e aggiunge: "Ambarabá ciccì coccò."

Un'orribile sensazione prende forma in fondo al mio stomaco, e il suo sguardo si posa su Felix.

"Allora è deciso" dichiara con un sorriso predatorio. "Voglio che tu uccida *lui*."

La fisso, sbalordita, ma lei si limita a rimanere lì, piena di aspettativa... come se pensasse davvero che esista un universo in cui ucciderei un mio amico, solo perché è una psicopatica a chiedermelo.

"Senti" rispondo, aggiungendo altra finzione. "Non sono un'ingrata, devo solo..."

"Non l'ho detto abbastanza chiaramente?" Si sfrega il mento. "Che ne dici di questo? Ti *ordino* di strappargli il cuore."

La parola 'ordino' si schianta nel mio cervello come un camion, e ho l'impressione di cadere.

Ma non sto cadendo davvero. Sono il mio libero arbitrio e il nocciolo della mia coscienza, che vengono banditi da qualche parte in profondità.

Un millisecondo dopo essere stata sopraffatta da quella strana sensazione, mi sento come rinchiusa in un segreto bunker sotterraneo nel mio stesso cervello... e il mio corpo inizia a muoversi con la determinazione di uno zombie.

"Ecco qua" cantilena Lilith. "So che può essere difficile all'inizio."

Dalle profondità dell'esilio, voglio che la mia bocca emetta un grido di orrore, ma nulla fuoriesce dalle mie labbra.

Disperatamente, ordino al mio corpo di fermarsi, ma nemmeno questo funziona.

Prima di riuscire ad elaborare i fatti, la mia mano

destra si solleva in un movimento da burattino, poi affonda nel petto di Felix, con una rapidità e una forza di cui non mi credevo capace.

Pur essendo sotto l'effetto della malia, Felix urla di dolore, ma solo per un secondo, dopodiché si affloscia, privo di sensi, intorno alla mia mano.

Che sto facendo? Che cosa sta facendo il mio corpo? Come può succedere?

"No. Ti prego, fermati!" è ciò che griderei, se la bocca si muovesse.

Ignaro della mia volontà, il mio corpo ghermisce il cuore di Felix, che ormai non batte più, lo strappa via, e lo getta ai piedi di Lilith.

Il resto di Felix stramazza per terra in un mucchio di carne sanguinolenta.

Nelle profondità della mia mente, urlo di orrore e di dolore... ma il mio corpo se ne sta lì, come se niente fosse.

"Molto bene" commenta Lilith. "Adesso, come ricompensa, puoi bere da lei." Indica Ariel con la testa.

È uno degli incubi citati da Nero. Dev'essere così. Non è possibile che...

Il mio corpo balza verso Ariel.

Per quanto mi sforzi di uscirne, le mie zanne penetrano nella gola di Ariel, il cui sangue scorre dentro di me con un piacere sgradito e sacrilego.

"Finisci il tuo pasto" ordina Lilith... e con orrore, il mio corpo continua a bere, finché ad Ariel non resta più sangue da darmi.

"Pronta per andare?" Lilith mi sorride, mentre il corpo morto di Ariel crolla a terra accanto a quello di Felix.

Si gira, dirigendosi verso la porta, seguita dal mio infido corpo.

CAPITOLO TRE

TORNO NEL MONDO DEI DRAGHI, in piedi nel cratere creato da me e da Nero la notte scorsa, sul limitare della radura nella foresta. Respiro affannosamente... e ciò significa che ho ripreso il pieno controllo del mio corpo.

"Che cos'è successo?" Nero mi afferra per le braccia. "Stai bene?"

"Era una visione" ansimo. "Un'orribile, orribile visione."

"Che cos'hai visto?" Lo sguardo di Nero mi trapassa. "Che cosa deve accadere per fermare Tartaro?"

Fermare Tartaro.

Ero talmente sopraffatta dall'orrore a cui ho assistito, da dimenticare che la visione avrebbe dovuto dirmi in che modo impedire un'apocalisse.

Ma come potrebbe essere d'aiuto la morte dei miei amici in...

"Sasha." Lo sguardo di Nero si oscura. "Parlami."

Mentre il mio cuore corre come un gerbillo in una ruota, racconto a Nero la mia recente previsione con il respiro corto, e mentre proseguo, i suoi anelli limbari si dilatano fuori controllo. "Quando hai parlato di Lilith al castello, temevo proprio questo scenario" dice cupamente alla fine. "Ti ha dato il proprio sangue per creare un legame con il sire dopo la tua trasformazione."

Un legame con il sire.

Certo.

Come ho fatto a non pensarci prima?

Lucretia aveva bevuto il sangue di Gaius, e dopo la trasformazione in vampira, lui poteva imporle il proprio volere... finché non l'abbiamo ucciso, intendo.

Avrei dovuto pensare alla questione del sire subito dopo la trasformazione, ma ero troppo impegnata a salvare la vita a Nero, e poi a godermi la mia ricompensa.

Inebetita, mi sfrego la nuca. "Quindi, Lilith ha potere su di me. Devo obbedirle."

"Sì, ma deve parlarti concretamente, per poter sfruttare quel potere" spiega minacciosamente Nero... e riesco quasi a vederlo strappare la lingua a Lilith, per accertarsi che questo non succeda.

Ma non è detto che ci riesca. Con tutto il potere acquisito da Lilith grazie a coloro che la venerano nel suo mondo, potrebbe ucciderlo, se lui cercasse d'intromettersi per me.

Come leggendomi nel pensiero, Nero ringhia: "Smettila di pensarci. Ciò che hai previsto non si verificherà. Non le permetterò di avvicinarsi a te. Piuttosto, preferirei vedere la Terra morire."

La Terra.

Me n'ero quasi dimenticata.

Nel chiedere ai miei poteri di veggente come salvare tutti, essi mi avevano risposto 'diventa la schiava di Lilith'.

Ma perché?

Come potrebbe aiutarmi?

Forse non mi sono concentrata sulla questione nel modo corretto?

Ciò mi basta per una seconda opinione. E una terza, se necessario. E una quarta.

Mi sforzo di tornare nello Spazio Mentale, ma la concentrazione non arriva. A quanto pare, sono troppo stressata.

Con un enorme sforzo, prendo un bel respiro, e mi concentro ancora. E ancora.

Al quinto tentativo, ammetto la sconfitta. Non è lo stress. Ho esaurito il potere di veggente a causa di quelle due visioni, in cui ho mirato a uno specifico lasso di tempo... e sono molto più dispendiose. Ma...

Prima che possa terminare il pensiero, Nero indietreggia, risplende di energia, e si trasforma in drago.

Wow.

Protendendo delicatamente la zampa, mi afferra per

depositarmi sulla sua gigantesca schiena. Poi, senza aggiungere altro se non un "allacciati la cintura", balza nel cielo e sfreccia verso il castello.

Se fossi predisposta agli attacchi di cuore, me ne verrebbe uno in questo preciso momento. Cavalcare la schiena di un drago è stressante nelle giornate tranquille, e considerando quanto io sia già in paranoia, ho la sensazione che il cuore possa saltarmi fuori dalla cassa toracica e colpirmi in faccia.

In un battibaleno, oltrepassiamo il campo di battaglia, che è stato ripulito soprattutto nella zona più vicina all'entrata del castello, dove atterra Nero.

Pozoj, il drago dal naso aquilino dell'altro giorno, è lì a salutarci. Con calma, osserva Nero posarmi accanto a lui, e ritrasformarsi in un umano nudo.

Il fatto che la scena mi susciti solo un lieve calore formicolante è la prova della mia ansia estrema.

"Lei è Sasha" ringhia Nero all'altro drago. "Tienila d'occhio. Devo andare a potenziare i miei poteri." E in un movimento sfocato, scompare nel castello.

"Piacere di conoscerti, Sasha," dice Pozoj. "Claudia mi ha appena parlato di te."

"Davvero?" Normalizzo il respiro. "Positivamente, spero."

"Gli stavo dicendo quanto sia rimasta colpita" interviene Claudia, uscendo dal castello con un sorriso da un megatone sul volto. "E anche quanto sia felice di sapere che mio fratello è stato in buone mani per tutto questo tempo."

"Oh, ehm... non era tra le mie mani." Mi sposto da

un piede all'altro. "A proposito di tuo fratello, sai dov'è appena andato? C'è un argomento di cui dobbiamo parlare e..."

"A godersi la sua nuova montagna di tesori, immagino" risponde Pozoj con un pizzico di malinconia. "L'hai sentito. Ha detto di dover potenziare i suoi poteri."

"Potenziarli?" Guardo Claudia, e poi di nuovo Pozoj. "Che cosa significa?"

"Quante cose sai sui draghi?" chiede Claudia, e non posso non notare quanto stia vicina a Pozoj, e quanto entrambi non stiano più nella pelle, all'idea di toccarsi la mano a vicenda. Chiaramente, Claudia ha socializzato con molta rapidità durante l'assenza mia e di Nero.

"So che Nero può curarsi le ferite più gravi, stando sopra il suo tesoro sulla Terra" rispondo. "E che in seguito ha più energia, e non ha bisogno di dormire come prima."

"Esatto, ma il potenziamento significa molto di più" dice Claudia. "Tutto ciò che ci rende quello che siamo viene migliorato. La velocità di movimento, i tempi di reazione, la capacità di resistenza..."

"Ho proprio bisogno di parlargli" affermo, ma so già dove si andrà a parare.

"Non ti conviene disturbare un drago in cima al suo tesoro" osserva con praticità Pozoj, confermando la mia preoccupazione.

"Concedi almeno qualche ora a mio fratello" chiede Claudia. "Poi ti porterò da lui io stessa."

"Ma ho fretta" replico. "Sono una veggente e..."

"Una veggente e una vampira?" esclama Claudia, e sia lei sia Pozoj mi guardano con rinnovato interesse.

"Sì" rispondo, chiedendomi quanto rimarrebbero turbati, se li prendessi per il colletto e li scuotessi, per mostrare loro la mia urgenza. "Potete portarmi subito da Nero?"

"Mi dispiace" dice Claudia. "Non voglio disturbarlo, dopo esserci appena ritrovati."

Guardo Pozoj.

"Non so dove sia il tesoro imperiale" dice. "E cosa più importante, non voglio suicidarmi."

"Va bene" ribatto. "Potete almeno portarmi dai Conoscenti che provengono dalla Terra?"

"Volentieri" afferma Claudia, prendendo finalmente per mano Pozoj. "Seguici."

Saltella dentro il castello, trascinandosi dietro il drago maschio, e mi affretto a tenere il passo.

Mentre camminiamo, Claudia comincia a flirtare con Pozoj, e scopro che quest'ultimo appartiene alla famiglia di draghi più ricca e nobile di questo mondo: probabilmente, è per questo che Nero gli aveva riservato un posto più sicuro nel conflitto di ieri. Dopo un po', smetto di ascoltare le loro punzecchiature, in un altro tentativo di entrare nello Spazio Mentale.

Non ho fortuna.

Beh, non ho bisogno di una visione, per prevedere il prossimo futuro. Posso anche basarmi sugli avvenimenti passati.

Tanto per cominciare, per tenermi al sicuro, Nero

vorrà probabilmente rinchiudermi e buttare via la chiave. E forse, è uno di quei rari casi in cui dovrei permetterglielo. Dopotutto, se non andassi sulla Terra, non potrei uccidere Felix e Ariel.

Supponendo di averli uccisi sulla Terra, intendo.

Ovviamente, esistono altri modi migliori per impedire l'avverarsi di quella visione. Per esempio, posso evitare gli ospedali e altre strutture mediche... ed è proprio ciò che farò.

Non posso *non* andare sulla Terra. Pur avendo esaurito i poteri di veggente, una potente intuizione mi dice che, se non provo ad affrontare il problema di Tartaro di persona, i miei genitori moriranno.

Ora, la domanda da un milione di dollari è: Nero mi aiuterà ad impedire l'imminente apocalisse, innanzitutto?

Prima, ha detto che preferirebbe vedere la Terra morire, piuttosto che permettere a Lilith di avermi.

Potrebbe essere soddisfatto di regnare qui, nel suo mondo dei draghi, lasciando che gli abitanti della Terra affrontino la minaccia da soli?

"Eccoli lì" annuncia Claudia, mentre entriamo in una grande sala da pranzo, più rumorosa di un night club.

Ad un gigantesco tavolo al centro di essa, siedono quasi tutti coloro che Nero aveva portato per aiutarlo a combattere quelle grandi battaglie. Mancano solo i giganti (tranne Colton) e i centauri.

Tutti banchettano con varie prelibatezze, ad

eccezione di Vlad, che sorseggia un liquido sospettosamente simile al sangue.

"Sasha" esclama eccitata Kit, trasformandosi in me. Con la mia voce, dice: "Mi chiedevo se Nero ti avesse raggiunta." Agita le sue/mie sopracciglia in maniera allusiva, e tengo a freno due tentazioni: arrossire e soffocare Kit.

"Non c'è tempo per il gossip" rispondo, riempiendo la mia voce di tutta l'urgenza possibile. "Ho delle informazioni che dovrebbero conoscere tutti coloro che provengono dalla Terra."

Vlad, Kit, Colton, Albina, il tizio lupo mannaro grande e grosso, la donna capace di controllare gli animali, e il probabile elfo mi guardano con varie percentuali di curiosità.

"È Tartaro" dico ad alta voce. "Sta per venire sulla Terra."

Un silenzio di tomba cala nella stanza.

Ora che ho attirato l'attenzione di tutti, racconto loro delle mie previsioni e, dato che mi viene in mente un'idea malvagia, concludo con: "Nero vi deve un favore per il vostro aiuto qui, nel mondo dei draghi. Se vi importa di cosa succederà alla vostra casa, chiedete che vi venga restituito oggi, con il suo aiuto nel salvarla."

Ecco. Anche se Nero non avesse voluto aiutarmi prima, ora gli sarà difficile rifiutarsi.

Tutti cominciano a porre domande contemporaneamente, alle quali tento di rispondere come posso, e non è molto.

"Ascoltate" dico, dopo quella che sembra un'ora di avanti e indietro. "Ogni minuto che passiamo qui a parlare è un minuto in meno per la Terra."

I presenti ammutoliscono, aspettando chiaramente che dica loro quale sarà il prossimo passo, ma non ne ho idea.

"Avresti dovuto dirmi che la tua conversazione con Nero è letteralmente rivoluzionaria." Claudia mi prende per un braccio. "Andiamo al tesoro: al diavolo la sua scontrosità."

"Fantastico" mormoro. "Andiamo."

Vlad, Kit e gli altri si alzano per unirsi a noi, ma Claudia scuote la testa. "Non dovrebbe fare del male a me o a Sasha, ma chiunque altro correrebbe troppi rischi" spiega.

Gli altri Conoscenti tornano a sedersi, cominciando a parlare fra loro.

"Sei *sicura* che Nero mi consideri parte del tuo stesso gruppo 'a cui non fare del male'?" chiedo a Claudia, mentre attraversiamo di fretta un corridoio, e raggiungiamo una scala a spirale che conduce verso il basso.

"Ho visto il modo in cui ti guarda." Claudia corre giù per le scale così velocemente, che faccio fatica a starle dietro alla massima velocità di vampira. "Sono piuttosto sicura che non ti farebbe del male. Non molto. Probabilmente." Ad un piano di distanza, aggiunge: "Magari lascia parlare me, per sicurezza."

"Ottima idea" commento, mentre una brutta sensazione mi stringe lo stomaco.

"Oh, e devi sapere che il tesoro si trova al di fuori degli schermi del castello" dice dopo qualche altro piano. "Ciò significa che sarà in forma di drago."

"Perfetto" mormoro. "Nero arrabbiato in forma di drago. Cosa potrebbe mai andare storto?"

CAPITOLO QUATTRO

LA SCALINATA SCENDE SEMPRE PIÙ GIÙ, e ancora più giù, apparentemente fino al centro del pianeta. All'inizio, le pareti intorno a noi sono della tipica ossidiana color argento del castello, poi si trasformano in strati di roccia.

Il rumore ha inizio, quando gli strati passano dal marrone al nero. Sembra il lontano ruggito di un drago.

Scendendo ulteriormente, mi rendo conto che non si tratta di un ruggito, bensì del modo di russare di un drago.

Prima che possa interrogare Claudia, accelera il passo, saltando cinque o sei scalini alla volta, fino a raggiungere una fredda e ammuffita apertura, simile ad una caverna, che conduce in un altro spazio molto più ampio.

"Wow" esclamo.

"Già" replica Claudia. "È da un po' che non vedo questo posto."

Diamanti, oro, platino, inestimabili opere d'arte... questo posto straripa di così tante ricchezze e gioielli, da farmi male agli occhi.

Il cumulo di tesori che Nero ha sulla Terra non è che una minuscola burla, in confronto a questa immensità. Convertito in contanti, questo tesoro potrebbe superare dieci anni di PIL di un paese di medie dimensioni.

In cima al bottino, giace Nero in forma di drago... però sembra più grande del solito, e più maestoso.

Il russare-ruggito proviene da lui, e a questa distanza è quasi assordante.

"La Terra è sull'orlo della distruzione, e tu schiacci un pisolino?" esclamo ad alta voce. "Sul serio?"

Nero continua a russare.

Togliendosi i vestiti, Claudia si avvicina ad una quantità d'oro pari a un milione di dollari, e si trasforma lei stessa in un drago.

Nero non dà segni d'aver notato la sua presenza.

Claudia ruggisce.

Nero continua a dormire.

Con un lampo, lei si ritrasforma e si riveste.

"Un sonno curativo così profondo è raro" mi grida nell'orecchio sopra il russare. "Succede solo dopo gravi ferite, o un'attività estremamente intensa." Sembra pensierosa. "Non pensavo che il combattimento con Yudo gli costasse *così* tanto."

"Che cosa facciamo allora?" chiedo, sperando che

Claudia non noti il mio rossore. Mi viene in mente un'altra intensa attività a cui Nero ha preso parte di recente, una che ha comportato un cratere nel terreno e l'abbattimento di alberi. Inoltre, a proposito di questo, quanto sangue ho bevuto da lui la notte scorsa? Potrebbe trattarsi di una quantità pari a una 'grave ferita'?

"Non c'è nulla che possiamo fare" risponde. "Torniamo di sopra e aspettiamo."

"Ma..."

"È meglio così." Mi appoggia una mano sulla spalla. "Come stavo cercando di spiegare prima, quando un drago viene risvegliato da questo stato, può essere più irritabile di un esercito di bestie lanose in letargo."

"D'accordo" dico. "Riportami indietro."

Saliamo fino all'enorme sala da pranzo, dove abbiamo lasciato tutti gli altri... e li ritroviamo in piedi, pronti per partire.

Vlad si avvicina con espressione preoccupata. "Dov'è Nero?"

Roteo gli occhi. "Immerso in un sonno ristoratore."

"Potrebbe aver bisogno di qualche ora nel migliore dei casi, un giorno nel peggiore" dice Claudia. "Quando avrà finito, vi aiuterà molto di più."

"In questo caso, io e gli altri torneremo sulla Terra, per discutere della tua visione con il resto del Consiglio" m'informa Vlad. "Di' a Nero che vorremmo certamente riscuotere il favore che ci deve, per salvare la Terra."

"Lo farò" dichiaro solennemente.

"Che ne dici di quel drink?" Kit mi strizza l'occhio, poi si trasforma in Nero e mi mostra il collo.

"Sono ancora a posto" rispondo. "E poi, non vorrai far aspettare i tuoi colleghi del Consiglio, vero?"

Il broncio di Kit stona in maniera comica sulla faccia di Nero. Poi lei torna ad assumere le proprie sembianze, ed esce insieme a tutti gli altri.

"Allora" dice Claudia, quando se ne sono andati. "Siamo rimaste sole."

"Già" borbotto. "Sei sicura che non esista un modo per risvegliare il tuo pigro fratello?"

"Che io sappia, no" risponde.

"E se tornassimo di sotto e gli dessimo un ceffone?" Comincio a camminare avanti e indietro nella stanza, ma la capacità di resistenza di vampira ostacola il consumo dell'energia ansiosa tramite questo metodo.

Freme. "Anche se un approccio così violento funzionasse, rischieremmo di morire in seguito... soprattutto tu, dato che non sei robusta quanto un drago."

"E se gli dessi un bacio?" dico, scherzando parzialmente. "Se funziona con le principesse addormentate, magari può farlo anche con un re, o un imperatore, o qualunque cosa sia adesso, dormiente."

Sogghigna. "Potrebbe essere l'unico raro caso in cui, baciando mio fratello, non otterresti ciò che vuoi."

"Ehi." Smetto di camminare. "Che intendi dire?"

"Niente." Si avvicina al tavolo, e si accomoda. "Vieni qui con me. Se continui a camminare avanti e indietro così, mi farai venire il mal di testa."

Ai draghi può venire il mal di testa?

Riluttante, mi dirigo verso il tavolo, abbandonandomi su una sedia in legno di fronte alla sua.

"Ora" dice. "Dato che abbiamo privacy e dobbiamo ammazzare il tempo, puoi raccontarmi la storia di come tu e Nero vi siete conosciuti?"

Faccio un profondo respiro, ed espiro rumorosamente. "Non abbiamo avuto un primo incontro pieno di fascino, se è questo che ti aspetti. Non ho idea di quando mi abbia vista la prima volta, ma immagino che la mia giovane età fosse inappropriata."

Claudia strabuzza gli occhi.

"Già" dico. "E la prima volta in cui io ho visto *lui*, si trattava di un colloquio di lavoro... perciò, visto come funziona il lavoro nel nostro mondo, il romanticismo era l'ultima cosa che mi passava per la testa."

Nonostante la palese delusione, la sorella di Nero m'incalza per avere altre informazioni. L'interrogatorio presto si ribalta, e alla fine le racconto tutte le mie recenti avventure.

"Il Consiglio ti ha proibito di assecondare la tua passione più grande?" esclama con disapprovazione, quando arrivo al punto in cui mi era stato detto di non praticare mai più la magia, altrimenti avrei corso dei guai.

"Già" dico, accigliandomi al ricordo. "Non vogliono che gli umani scoprano dell'esistenza dei Conoscenti, e anche se per i miei numeri non occorrono i poteri, posso comunque diventare più potente, se gli umani credono in me."

"Sono lieta che i nostri umani sappiano chi e che cosa siamo, e di non avere quegli stupidi Consigli." Afferra un calice di vino nei paraggi. "Mi stupisce che Nero tolleri tutte quelle sciocchezze."

"Direi che si è adattato bene alla Terra" commento. "È una delle creature più ricche e potenti sulla Terra... e sai che cosa significa per i poteri di drago."

"Comunque." Sorseggia il vino. "Non credo che la Terra mi piacerà."

Inarco le sopracciglia. "Lo dici, come se volessi andarci."

"Ovvio che lo farò" risponde. "Non è solo Nero a dovere un favore a tutti. Se non fosse stato per te e per gli altri abitanti della Terra, sarei ancora dentro quella gabbia." La sua espressione si oscura per un momento, ma diventa solare con altrettanta rapidità. "E poi" sorride, "questo combattimento si preannuncia molto divertente."

"Divertente per un drago, forse" osservo. Poi, scegliendo con cura le parole, chiedo: "Com'è essere tenuta prigioniera per così tanti anni?"

L'espressione cupa ricompare con gli interessi, e subito mi sento in colpa per aver indagato.

"Non lo augurerei al mio peggior nemico" risponde Claudia dopo un attimo di pausa, con voce tesa. "Se non fosse stato per i libri e le fantasie di vendetta, avrei perso il senno."

La porta scricchiola, ed entra Pozoj.

"Eccoti qua" esclama Claudia, e la tetraggine scompare senza lasciare traccia. "Sasha mi stava giusto raccontando delle sue abilità da illusionista."

"Da cosa?" chiede, unendosi a noi al tavolo.

"Che ne dite di darvi una dimostrazione?" propongo, decidendo di rallegrare Claudia con il mio passatempo preferito. "Ce l'avete qui?" Prendo il mio mazzo di carte, e le dispongo sul tavolo.

"Sembra un mazzo di tarocchi" osserva Pozoj. "Ma sono tutti sbagliati."

"Dovrò mostrarvi qualcosa in cui i valori delle carte non importano" commento, prima di mescolarle. "Che ne dite?" Divido le carte a metà, girando una metà a faccia in su, tenendo invece l'altra a faccia in giù.

Poi le mescolo così capovolte, in modo tale che le carte mischiate diventino un misto casuale di quelle rivolte verso l'alto e verso il basso.

"Ora, secondo voi, quanto tempo ci vorrebbe per risolvere questo pasticcio appena fatto?" chiedo, mettendo in atto alcune mosse segrete, molto più facili, grazie alla mia ritrovata destrezza di vampira.

"Tre minuti" risponde Claudia.

"Due" aggiunge Pozoj.

Muovo la mano sopra le carte, dopodiché le dispongo in maniera teatrale.

Come per magia, ogni carta adesso è girata nel modo corretto.

"Non può essere" esclama Pozoj. "Sei anche un'illusionista, oltre a una veggente e a una vampira?"

"No" rispondo. "Almeno, non *quel* genere di illusionista."

"Fa' qualcos'altro" chiede avidamente Claudia.

Mi sforzo di ricordare altri numeri, che non richiedano molte conoscenze dei valori delle carte, e proseguo con un mini-spettacolo, rendendomi conto di quanto mi siano mancate queste esibizioni.

Le loro reazioni sono sorprendenti... in parte, è perché non esistono illusionisti che praticano giochi di prestigio su questo mondo, ma anche perché queste persone non possiedono la TV o i computer, quindi la loro capacità di attenzione è molto più lunga, e gli standard per l'intrattenimento sono molto più bassi.

Magari posso rimanere qui con Nero, e diventare la sua illusionista di corte, come Merlino? Sarebbe quasi figo quanto il mio personale programma televisivo... forse addirittura di più, per certi versi.

Aspetta, cosa sto pensando? La Terra è in pericolo, e sto già cercando un nuovo mondo in cui stabilirmi?

Il mio acuto udito da vampira m'informa che c'è un nuovo arrivato nella stanza. Poi sento Nero chiedere: "Dove sono tutti?"

Nascondo le carte con un senso di colpa, poi mi giro per guardarlo.

Quel sonnellino ha seriamente giovato al suo corpo. Sembra splendere di salute.

E come effetto collaterale, è sexy da morire.

"Sono andati in anticipo sulla Terra" spiega Claudia, alzandosi. "Andrò a prepararmi per il nostro viaggio."

"Tu cosa?" Nero osserva la sorella con occhi socchiusi, poi mi lancia uno sguardo accusatorio.

"Voglio unirmi alla ricerca di Sasha per salvare la Terra" dice Claudia, con un tono che lascia sottintendere: "E sfido *chiunque* a cercare di fermarmi."

"Sembra una questione di famiglia" dice Pozoj, indietreggiando. "Adesso andrò."

"No" dice Claudia, imperiosa. "Tu verrai con me."

"A quanto pare, è così." Pozoj si sfrega il mento.

"Andiamo." Claudia gli afferra la mano, trascinandolo fuori ad una velocità, che slogherebbe la spalla a un non-drago.

Nero li guarda uscire con espressione indecifrabile dipinta in viso, e non posso non sentirmi in un grosso guaio... senza motivo.

"Andrò anch'io sulla Terra" affermo con decisione, quando si gira verso di me. "Non pensare nemmeno di rinchiudermi da qualche parte per 'la mia protezione'."

Ecco.

L'ho detto... e difenderò la mia posizione con tutte le mie risorse.

CAPITOLO CINQUE

NERO ANNUISCE. "OKAY."

"Toccherebbe a me decidere se correre dei pericoli o meno. Non puoi... aspettare e basta." Lo guardo come se gli fossero spuntate le corna. "Hai appena detto 'okay'?"

"Sì." Avanza verso di me. "Dato che ti metti sempre nei guai, al di là di qualsiasi guardia io ti affibbi, ho deciso che la cosa migliore è tenerti al mio fianco in ogni momento."

"Giusto." Alzo la testa. "Sappi solo che rimarrò al tuo fianco solo se è ciò che *voglio*."

"Ed è così." Un oscuro sorriso sfiora gli angoli dei suoi occhi, mentre si ferma davanti a me. "Sai che lo vuoi."

"E andremo sulla Terra" insisto, ignorando lo sciame di farfalle che la sua vicinanza mi agita nello stomaco. "I membri del Consiglio mi hanno chiesto di dirti che il favore che devi loro sarà il tuo aiuto con Tartaro."

La sua espressione s'indurisce. "Hai pensato davvero che avrei lasciato morire Lucretia e gli altri miei dipendenti? E i tuoi genitori, e tutti i miei alleati del Consiglio? Che abbia incrementato i miei poteri solo per divertimento?"

Decidendo che non sarebbe saggio ricordargli del suo commento di prima sul 'lasciar morire la Terra', mi metto rapidamente nei panni di un'illusionista e aggiungo in fretta: "Dovresti ringraziarmi. Adesso devi salvare la Terra, cosa che avresti fatto lo stesso, ma avrai meno favori da restituire, quando sarà tutto finito."

"E come ti devo ringraziare?" Si china in avanti, con gli anelli limbari che si dilatano.

Deglutisco. "Non lo so. Non riesco a pensare a nulla, che non riduca questo bel castello in macerie."

"Oh, non ti preoccupare" mormora, guardandomi dall'alto. "Grazie agli schermi, sarebbe diverso, se ti ringraziassi qui."

Oh, è vero.

Il castello impedisce ai draghi di trasformarsi... e presumibilmente è a causa della trasformazione, se il nostro ultimo incontro ha causato tanti danni all'ambiente circostante.

Inspiro rumorosamente l'aria, mentre il mio sguardo passa rapidamente tra le sue labbra e il suo collo.

Le labbra di Nero si curvano, poi china la testa, fino

a toccarmi l'orecchio con quelle labbra. "Niente sangue stavolta" sussurra. "Voglio che tu sia consapevole di ogni momento. Ogni tocco. Ogni spinta."

Wow.

Penso di avere appena provato una vampata di calore.

Non sono mai stata così eccitata dalle parole prima d'ora. Ma non possiamo fare ciò che muoio dalla voglia di fare. Il tempo della Terra sta per scadere.

"Tempo" riesco solo a pronunciare, quando Nero solleva la testa. "Bisogna sbrigarsi."

"Se andiamo sulla Terra con le ali, ci arriveremo prima di Vlad e gli altri" osserva logicamente... e perfino questo, in qualche modo, ha un suono seducente.

Prima che la pressione mi s'impenni all'idea di viaggiare 'con le ali', china di nuovo la testa, catturando le mie labbra con le sue.

Doppio wow.

Il nostro bacio è più consapevole, stavolta, come se ci stessimo assaporando a vicenda, cercando di memorizzare ogni movimento e sensazione. E nel frattempo, cominciamo a sbarazzarci a vicenda dei fastidiosi vestiti. Con l'eliminazione di ogni indumento, il calore dentro di me cresce, e ogni carezza delle sue mani sulla pelle alimenta ulteriormente il mio bisogno.

Sentendomi in fiamme, spazzo via per terra bicchieri e piatti dal tavolo con un ampio arco della mano, poi Nero mi afferra per la vita e mi posa nello spazio libero, continuando a baciarmi.

Accidenti, quanto è bello. Addirittura meglio di quanto ricordi... non che mi ricordi granché del nostro ultimo incontro. Ma ricordo del nostro bacio, quando ero umana, mentre questo è infinitamente più sexy.

E se fossero i miei sensi di vampira, ad amplificare tutto? O il suo sonnellino di ricarica?

D'altro canto, forse sono i miei sentimenti per lui a cambiare, e a colorare le mie percezioni.

Prima di poter approfondire la questione, Nero sposta le labbra sul mio collo, e poi ancora più giù, giù, giù, e il mio cervello viene strapazzato come uova in padella, quando comincia a pascersi di me. Tutto il mio corpo trema un orgasmo dopo l'altro, che arrivano come al ritmo della canzone *Candy Shop*. E poi le cose s'intensificano, quando restituisco il favore, e proseguiamo verso il rush finale.

È ufficiale.

È il sesso migliore che potessi immaginare.

Travolgente non basta neanche per cominciare a descriverlo.

Quando tutto finisce, e giaccio scomposta sul tavolo sopra Nero, sono felice che non mi abbia lasciato bere il suo sangue... o fare qualcos'altro che potesse alterare i miei ricordi.

Voglio ricordare questo.

Se fallissimo, e Tartaro mi uccidesse insieme a tutte le persone sulla Terra, morirei comunque da donna relativamente felice. Soprattutto se Tartaro mi permettesse di ripetere ciò che ho appena fatto con Nero ancora una volta.

O due. O tre.

"Dovremmo prepararci" mormora Nero, ma senza lasciarmi andare.

"Sì, dovremmo" confermo, senza liberarmi dalla sua stretta.

"Ho preso accordi, perché tu veda qualcuno a proposito di quegli incubi" mi dice piano. "Voglio anche che tu faccia una seduta con Lucretia quando..."

"Tu cosa?" Mi ritraggo, più confusa che arrabbiata.

"Ho parlato con Bailey Spade" dice, alzandosi a sedere. "Può incontrarti non appena arriviamo sulla Terra."

Bailey Spade. Perché quel nome mi suona familiare? "La camminatrice dei sogni?" esclamo, ricordando che lui le aveva parlato durante il nostro giro in elicottero. "Come hai fatto a parlarle? È qui?" Mi guardo intorno, come se questa persona misteriosa stesse per sbucare da sotto il tavolo.

"Per potenziare i miei poteri, ho dormito" dice con praticità Nero.

"Fantastico" commento con sarcasmo. "Questo spiega tutto. Grazie."

"Una volta stabilita una connessione con un cliente, Bailey può entrare nei suoi sogni, indipendentemente dall'Altra Terra in cui si trova" spiega Nero. "Solo la prima seduta deve avvenire di persona. Deve toccarti, mentre dormi... ed è per questo che le ho chiesto d'incontrarci sulla Terra."

Ormai priva della beatitudine postcoitale, salto giù dal tavolo e comincio a vestirmi. "Perché devo farlo? Non ho più nemmeno bisogno di dormire, quindi niente incubi. Problema risolto."

"Gli incubi sono solo il modo in cui il tuo subconscio ti avvisa che qualcosa non va" dice Nero, vestendosi a sua volta. "E non sei *obbligata* a farlo. Semplicemente mi sentirei meglio, se lo facessi."

Nero me lo sta chiedendo gentilmente?

È così repentino, che ingoio le mie battute sarcastiche e ci rifletto... decidendo rapidamente che un po' di terapia non mi farà alcun male. Sempre se sarò viva, per godermi la mia mente guarita, intendo.

"Di certo, parlerò con Lucretia" lo informo. "E penserò anche alla storia del sogno."

"Bene" conclude. "Adesso andiamo."

———

COME IN POSSESSO di un sesto senso, Nero individua Claudia nel labirintico castello, e tutti usciamo nel punto in cui Pozoj aspetta vicino alla porta con uno zaino in mano.

"Voglio che ti occupi della situazione fino al nostro ritorno" dice Nero a Pozoj, svestendosi di nuovo e ficcando gli abiti nello zaino.

"Deve proprio?" chiede Claudia con il broncio. "Lo volevo con noi."

"Ho bisogno di una persona fidata qui" spiega Nero, e Claudia accetta con un sospiro.

Pozoj fa per dire qualcosa, ma Claudia inizia a spogliarsi, e si zittisce... probabilmente, non si fida a parlare, visto il modo in cui sbava.

Tra quei due c'è sicuramente qualcosa.

Dondolando i fianchi, Claudia si avvicina così tanto a Pozoj, che quest'ultimo potrebbe farle una mammografia, se volesse. Nel modo più seducente possibile, caccia il vestito nello zaino, quindi lo strappa dalle mani tremanti di Pozoj e me lo porge.

È allora che smetto di gongolare per il disagio di Pozoj, e ricordo il nostro piano.

Sì, proprio così.

Nero e Claudia si stanno trasformando in draghi.

'Andare con le ali' era esattamente il mio timore... salire ancora sulla schiena di un drago.

Confermando la mia ipotesi, Nero mi afferra con la zampa, e mi carica su di sé.

Di nuovo.

"Buona fortuna" riesce finalmente a pronunciare Pozoj, e Claudia ruggisce qualcosa di simile a 'grazie', saettando poi nell'aria.

Anche Nero balza in volo, e mi aggrappo a lui come se ne andasse della mia vita. Quando avevamo volato prima, non aveva chiaramente tutta la fretta di adesso.

Dopo cinque o sei minuti di terrore puro, siamo già presso i portali, e la mia pena è sospesa, mentre i fratelli assumono la forma umana, per varcarli a piedi. Faccio del mio meglio per ignorare entrambi i loro corpi nudi.

Beh, in realtà, mi mangio con gli occhi quello di

Nero, ma distolgo educatamente lo sguardo da sua sorella.

Attraversiamo in questo modo alcune Altre Terre, e durante il viaggio, Claudia fa un milione di domande a Nero sulla sua vita sulla Terra. Ascolto con attenzione, ma non scopro nulla che già non sapessi.

"Questo è un mondo già distrutto da Tartaro" dico a Claudia, quando arriviamo al clone dell'aeroporto JFK, e usciamo dai corridoi sotterranei, di fronte alla scena dei corpi disseccati.

Si guarda intorno ad occhi spalancati. "Che cosa orribile. Forse sono venuta qui da bambina una volta, penso, molto prima che succedesse questo."

Scavalcando i cadaveri, ci dirigiamo verso l'uscita.

"Allora, Nero" dico, mentre camminiamo. "Volevo condividere con te una mia idea. Un modo per impedire quella visione con Ariel e Felix."

"Sì?" chiede, senza fermarsi. "A parte il non prendere parte a tutto questo, ovviamente."

"Beh, in un certo senso. Voglio che *loro* non vi prendano parte." Metto piede all'esterno. "E, se ci fosse bisogno di dirlo, vorrei che mettessi delle guardie a sorvegliarli, per essere sicuri che non finiscano in quella stanza con me."

Nero mi guarda con un sopracciglio sollevato. "Capisci l'ironia della tua richiesta?"

"È diverso da quando continuavi a rinchiudere *me* per proteggermi" obietto.

"Sì" dice Nero. "Convinciti pure di questo."

"E prima lo chiederò loro con le buone" dichiaro sulla difensiva.

"Sasha." Nero si ferma, e gentilmente mi prende il mento, costringendomi ad alzare lo sguardo su di lui. I suoi occhi sono supplichevoli, quasi come quelli di un cucciolo che chiede il bacon. "Puoi evitare di farti coinvolgere in tutto questo, per favore? Se lo facessi, significherebbe molto per me. Per favore?"

"No" rispondo, indignata. "Ti ho già detto..."

"Vedi." Mi lascia andare, e l'espressione implorante viene sostituita da quella compiaciuta. "Ecco cosa si ottiene con la gentilezza."

Digrigno i denti. "Mi aiuterai o no? Non m'importa di sembrare un'ipocrita."

"Consideralo fatto" risponde. Poi si allontana, e si trasforma in drago.

"Il Signor Brontolone vince ancora." Claudia mi strizza l'occhio, poi si trasforma a sua volta in drago.

Sospiro, mentre Nero mi posa sulla propria schiena, e il volo ricomincia. Stavolta, è più interessante che spaventoso, perché mi sto abituando a questo mezzo di trasporto, e perché il mondo sottostante assomiglia così tanto alla Terra.

Quando raggiungiamo l'equivalente di Manhattan in questo posto, sono tentata di scattare dei selfie, ma non lo faccio, nel caso in cui ciò violi qualche regola dei Conoscenti di cui sono all'oscuro.

"È proprio figo" grido a Nero, dandogli una pacca sul collo squamoso. "I viaggi in elicottero non sono nulla, in confronto ai voli sulla schiena di un drago."

Nero risponde con un ruggito dal suono divertito, poi si tuffa verso la Statua della Libertà, permettendomi di darle una bella occhiata. Per qualche motivo, questa versione del monumento tiene in mano una spada, al posto di una torcia, ma per il resto è identica.

Claudia ci raggiunge, e acceleriamo in direzione del New Jersey.

Atterriamo dopo poco tempo.

"Non ho visto Vlad, né gli altri" dico a Nero, quando si ritrasforma in un umano nudo, da far venire l'acquolina in bocca.

"Forse hanno preso la barca" replica e, con mia delusione, recupera i vestiti dallo zaino affidato a me. "Sono sicuro che non siano rimasti molto indietro" aggiunge nel vestirsi.

"Va bene" dico, mettendomi in testa, e mi dirigo verso la prossima serie di portali. Nero e Claudia mi seguono, riprendendo la conversazione di prima.

"Il prossimo mondo è Gomorra" informo Claudia, quando ci fermiamo davanti al portale che conduce in quella direzione. "E poi, la Terra."

"È così eccitante" esclama. "L'ultima volta in cui ho visitato Gomorra, ero piccola. È stato magico."

Annuendo, entro nel portale... e quando riemergo dall'altra parte, per poco non mi scontro con Ariel, Felix e Rasputin.

CAPITOLO SEI

"CHE COSA CI FATE QUI?" esclamo, mentre Claudia e Nero escono dal portale dopo di me.

"Ho previsto che saresti uscita da questo portale" spiega in russo Rasputin, e Felix traduce le parole di mio padre biologico per Ariel. "Quindi abbiamo deciso di venire a salutarti."

Oh già.

In effetti, avevo avuto una visione, in cui Rasputin diceva ad Ariel e Felix di aver previsto il mio arrivo su Gomorra. Sapeva anche che sarei stata una vampira, e l'aveva confessato ai miei amici.

Quella conversazione deve essersi verificata di recente, e potrebbe spiegare come mai Ariel mi stia guardando in modo così strano.

"Lei è Claudia" affermo. "La sorella di Nero."

Tutti studiano Claudia, celando malamente la curiosità. Poi osservano Nero, probabilmente per trovare delle somiglianze... e sono piuttosto evidenti.

"Che ne dite se vi racconto la storia del suo salvataggio, mentre andiamo al locale di Nero?" propongo, e mi metto in cammino.

Seguita da loro, mi lancio nel resoconto della guerra di Nero contro l'usurpatore. Quando arriviamo a metà strada nell'atrio del grattacielo, ho terminato di raccontare lo svolgimento del salvataggio di Claudia, con Felix che traduce per Ariel, dato che ho parlato in russo per tutto il tempo.

Palesemente annoiata, Claudia interrompe la storia a metà strada, per chiedermi il mazzo di carte. Glielo porgo, quindi comincia ad esaminarle, come se potesse trovarvi gli gnomi nascosti che mi hanno aiutata con la mia 'magia'.

Riprendo la storia, concludendo con: "Dopodiché, ho avuto una visione di voi, che parlavate nella stanza di Rasputin. Allora, Felix, grazie per la ricerca su Lilith. Grazie ad essa, sappiamo che ha usato i chort per organizzare la mia morte e la mia trasformazione in vampira."

Una vampira legata a lei come suo sire... ma non li metto ancora al corrente di questo, né commento sull'incombente minaccia di Tartaro.

L'ultima cosa che voglio è che si facciano prendere dal panico e scappino sulla Terra.

"A volte, questa roba dei veggenti mi fa proprio venire il mal di testa." Il monosopracciglio di Felix si muove come un'altalena sulla sua fronte. "Sai ciò che ho fatto grazie ad una visione... ma in quella visione,

Rasputin sapeva che mi avresti ringraziato, anche questo grazie a una visione."

"A proposito." Tiro Rasputin per un gomito. "Sai perché siamo venuti qui?"

"No" risponde. "La mia visione è terminata prima che tu potessi dare spiegazioni, e non ho indagato perché, per sicurezza, sto cercando di preservare i miei poteri di veggente."

"È sensato" osservo, attraversando la strada fino al locale di Nero, mentre Claudia ammira a bocca aperta le curiosità di Gomorra accanto a me. "Allora ve lo spiego in breve. Prima, però, voglio chiedere un grosso favore a Felix e Ariel."

Il rumore della musica nel locale non consente loro di rispondere al mio annuncio, ma quando entriamo in ascensore, Felix chiede: "Qual è il favore, e perché ho un brutto presentimento?"

"Ho avuto una visione molto brutta su voi due" spiego. "Quindi, volevo chiedervi di prendervi una vacanza qui, a Gomorra: in sostanza, dovete stare lontani dalla Terra per qualche giorno. E poi, voglio che stiate alla larga delle stanze d'ospedale... anche su questo pianeta, per sicurezza. E cosa più importante, dovete stare lontani da me."

Ariel si schiarisce la gola. "E ci dirai il perché?"

"Preferirei di no." Mi guardo le scarpe.

"Ha a che fare con la tua nuova condizione?" Sembra preoccupata.

"Sì, ma tu rimarrai comunque sobria, se è questo il tuo timore" rispondo.

Ariel si rilassa visibilmente, ma la mascella di Felix è sporgente. "Se si tratta di essere indipendenti, sto lavorando a una cosa con Itzel che potrebbe..."

"Non è un combattimento che si vince con la forza" dico. "Stare lontani è l'unica opzione." L'ascensore si apre, ed esco dopo Claudia, che attraversa in fretta il corridoio, palesemente eccitata all'idea di esplorare anche le zone più noiose del locale del fratello. "So di chiedere molto."

"Lo farò." Ariel tira fuori la sigaretta elettronica, e aspira una boccata. "Ma non posso stare qui per molto. Mi conviene tornare al centro di riabilitazione."

Certo. È difficile per lei trovarsi in mia presenza, ora che sono una vampira? Oppure il problema è soltanto il locale di Nero?

"Puoi stare dove preferisci" risponde Nero, prima che io possa dire qualcosa. "Le mie guardie possono sorvegliarti anche lì."

"Non ho intenzione di rimanere qui, se tu vai ad affrontare un pericolo" dichiara Felix. "Vengo con te."

Guardo Nero, che inarca un sopracciglio con aria interrogativa. Noto che il bastardo si sta divertendo.

"Felix, ti prego" dico, ricorrendo alla mia versione più potente degli occhi da cucciola. "Non ti chiedo molto. Non puoi farmi solo questo piacere?"

Sbuffa. "Sì, giusto. Mi chiedi qualcosa di continuo. Ricordi la ricerca per la quale mi hai ringraziato un attimo fa? E se avessi *ancora* bisogno delle mie abilità?"

"Dovrò farne a meno" rispondo. "Non posso rischiare ciò che ho previsto."

"Dimmi qual è il rischio, e poi deciderò" dice Felix.

"Bene." Mi fermo e inspiro profondamente. "Nella mia visione, vi uccido."

Ariel indietreggia, quasi inciampando in Rasputin.

Per qualche motivo, mi fa soffrire. Pensa che, siccome sono una vampira, io sia capace di un tale atrocità?

"Non lo faresti mai" afferma Felix con sicurezza, e allora mi sento un pochino meglio.

"No, se dipendesse da me" spiego. "Purtroppo, in questa visione, non ho voce in capitolo."

Felix sembra pensieroso per un momento, poi si dà una botta in fronte. "Certo. È il legame con il sire. Come ho fatto a non pensarci prima?"

Dannazione, è veloce. Tanto vale confessare.

"Hai ragione" dico. "Quel mostro di mia madre mi costringerebbe a farlo."

Felix si acciglia. "Ma allora significa che hai bisogno di noi più che mai."

"Sasha ha *me*" dichiara Nero. "Mi *accerterò* che stia bene."

Felix guarda Nero con meraviglia, come se si fosse dimenticato della presenza del drago. "Che succede, se mi rifiuto? O è il motivo per cui ci hai portato in questo locale? Per fare con noi quello che a Nero piace fare con te?"

Nero mi lancia un'occhiata eloquente.

"Per favore, Felix, non rifiutare" dico.

"Perché darti pena con questa farsa?" brontola.

"Puoi sempre usare la malia su di me, di nuovo, per obbedire ai tuoi desideri."

"Mi dispiace per l'altro giorno" ammetto. "Rimedierò la prossima volta, promesso. E sarò in debito con te per questo."

"Bene" commenta Felix. "Ma non voglio rimanere confinato in questo locale per tutto il tempo che ci vorrà."

"Posso riservarvi alcuni buttafuori, che vi accompagneranno in giro per Gomorra" dice Nero. "Ma, se doveste allontanarvi da loro, rimarrei deluso. E tu non vuoi deludermi, vero, Felix?"

Il mio amico deglutisce rumorosamente. "No, signore. Devo comunque lavorare con Itzel al nostro progetto. Forse sarebbe l'ideale."

"Qual è il progetto?" chiedo, ansiosa di cambiare discorso.

"Golem versione due" risponde eccitato Felix. "L'edizione con l'armatura."

"Eh?" chiedo, ora sinceramente curiosa.

"Ricordi il robot che avevo perso nel combattimento contro Baba Yaga?" dice Felix. "E ricordi l'incremento di energia nei movimenti, messo a punto da Itzel nelle tute usate per salvare lui?" Fa un cenno del capo verso Rasputin.

"Certo" dico, avendo già il sentore di dove andrà a parare.

"Ho deciso che voglio qualcosa da poter usare in un altro ipotetico combattimento, perciò stiamo fondendo i due progetti." Dimentico di ogni risentimento, Felix è raggiante di eccitazione.

"Stanno copiando la tuta di Batman di *Batman v Superman*" dice Ariel, e per un attimo, sembra essere tornata normale.

"Se proprio, copieremmo *Iron Man*" controbatte Felix, e si lancia in un confronto tra i film... ma non sto più ascoltando.

Le loro punzecchiature mi ricordano troppo il discorso che facevano, prima che Lilith mi obbligasse ad ucciderli, e il timore scaccia ogni senso di colpa residuo, provato per aver chiesto loro di non prendere parte a questo combattimento.

Ora devo solo affrontare una questione che mi preoccupa, prima di partire.

"Ehi, ragazzi" dico. "Potete andare avanti nell'alloggiamento di Rasputin, mentre io e Ariel facciamo quattro chiacchiere?"

Nero annuisce, poi guida tutti fino a riunirsi con Claudia, entrando nelle stanze da lui destinate a mio padre.

Mi giro verso Ariel, studiandone i lineamenti perfetti. "Ciao" mormoro.

"Ciao anche a te." Ariel inala un'altra boccata dalla sigaretta, poi espelle una nuvola dall'odore di cannabis.

"Volevo solo dire che non ti permetterei mai di bere il mio sangue, in nessun caso" affermo, immaginando di doverlo dire senza tanti fronzoli. "Quindi, se sei preoccupata per *questo*, ti prego di..."

"Non è questo..." comincia, poi s'interrompe. "In

ogni caso, non penso che tu sia convinta delle tue parole. Non mi daresti il tuo sangue per salvarmi la vita, per esempio?"

"D'accordo. Forse non dovrei dire mai, ma giuro che, se fossi costretta, userei solo la minima quantità del mio sangue per salvarti... quella sicura, a quanto pare. Guarda Felix: non ha sviluppato la benché minima dipendenza da Lilith. E prima cercherei delle alternative, lo giuro."

Inala di nuovo dalla sigaretta elettronica, senza aggiungere nulla.

"D'accordo, lasciamelo dire in un altro modo. Sono la stessa Sasha che hai sempre conosciuto, e non farei nulla per compromettere la tua sobrietà."

Mette via la sigaretta elettronica, e inspira profondamente. "Lo so. Razionalmente, so che sei la stessa di prima... ma quando ti guardo adesso, non vedo altro che la tua nuova natura. Mi dispiace. Trovo difficile spiegarlo. Farò del mio meglio per superare la cosa, ma ti prego di portare pazienza con me."

"Ma certo" rispondo, senza lasciar trapelare il dolore nella voce. "Non preoccuparti assolutamente."

"Grazie" dice Ariel, e segue gli altri lungo il corridoio.

Oh, beh. Esiste una discreta possibilità, che risolverebbe tutto: se io morissi per mano di Lilith o di Tartaro.

Entro nell'alloggiamento di Rasputin a pochi passi di distanza da Ariel.

Se il museo di arte moderna collaborasse con

l'IKEA, per creare uno studio dal design più elegante e minimalista possibile, potrebbe essere questo il risultato.

Felix, Rasputin e Nero si sono accomodati sulle ultramoderne sedie in rete dell'elegante cucina, che avevo visto nella mia visione e in una telecamera spia nell'ufficio di Nero, mentre Claudia se ne va in giro dappertutto, ammirando i dipinti cubisti appesi da qualcuno alle pareti.

"Ho predisposto tutto." Nero si alza dalla sedia, e viene verso di me. "Chi tra noi andrà sulla Terra, dovrebbe farlo subito, mentre gli altri aspetteranno l'arrivo delle mie guardie."

Dopo le parole del fratello, Claudia distoglie lo sguardo da un dipinto, e si dirige verso la porta. Rasputin la segue.

"Dove vai?" gli chiedo, accigliata.

"Sulla Terra" risponde Rasputin. "Non ti lascerò affrontare quel mostro da sola."

Con mio sollievo, Nero gli si para di fronte. "No. Il Consiglio di San Pietroburgo ti ritiene tuttora una persona non gradita."

Dall'espressione di Rasputin, sembrerebbe pronto a spingere Nero di lato, ma non osa farlo. "Woland e i chort sono morti" dice fermamente. "Sono sicuro che fosse lui il fattore determinante del loro rancore nei miei confronti."

"Vero, ma la sentenza ufficiale contro di te non è mai stata revocata" obietta Nero. "Se lo volesse, il Consiglio di San Pietroburgo potrebbe mandarti alle calcagna qualcuno di più malvagio dei chort. E allora dovremmo affrontarlo, mentre abbiamo tra le mani già abbastanza problemi."

Rasputin si gira verso di me, e annuisco, grata a Nero per il suo supporto in questo. "Ha ragione. La tua presenza lì potrebbe ostacolarci. E poi, in qualità di veggente, potresti esserci più utile qui."

"Non è giusto." Rasputin si scaglia a parole contro Nero. "Un padre dovrebbe..."

"Pensare a cosa sarebbe meglio per sua figlia" replica Nero in tono severo. "E il fatto che tu rimanga qui *è* la cosa migliore."

Prima che Rasputin possa aggiungere altre obiezioni, la porta viene scossa da un sonoro bussare.

Nero va ad aprire. Di fuori, ci sono due corpulenti buttafuori, che rimangono immobili come bastoni nel vederlo.

"Questi gentiluomini vi porteranno ovunque abbiate bisogno" dice Nero ad Ariel e Felix.

"E potrò mandarvi dei messaggi nello Spazio Mentale tramite mio padre" li informo, mentre mi guardano in modo supplichevole. "Grazie ancora per aver assecondato le mie follie."

"Certo" mormora Felix, poi si alza e si trascina verso la porta, seguito da Ariel.

Dopo un'ultima occhiata, entrambi i miei coinquilini se ne vanno con i loro accompagnatori.

Sospirando, vado al tavolo e mi abbandono su una sedia.

Nero, Claudia e Rasputin si uniscono a me, con

Claudia che passa in rassegna di nuovo il mio mazzo di carte.

"Forza, chiamami ipocrita." Guardo Nero con occhi socchiusi. "So di non aver detto loro che i loro cari sono in pericolo. In quel caso, sarebbero andati sulla Terra immediatamente, lo sai."

"Sì" mormora. Allunga una mano per coprire la mia. "Non ti preoccupare. Tra qualche giorno, dirò alle mie guardie di chiedere sia a Felix, sia ad Ariel di fare una lista con le persone che vogliono evacuare. E dovresti farlo anche tu, per sicurezza."

"Già, ovvio." Deglutisco. "Ma dato che i miei genitori sono umani, non potrebbero varcare i portali."

"Lo so, ma ci inventeremo qualcosa. Te lo prometto." Mi stringe la mano per rassicurarmi.

Rasputin, adesso, ci sta guardando accigliato. "Di che state parlando? Quale pericolo?"

"Riguarda il motivo per cui desideravo il tuo aiuto" spiego, poi gli racconto della mia visione sull'imminente apocalisse, concludendo con i miei poteri, che mi mostravano in una visione la morte di Ariel e Felix come soluzione al problema di Tartaro.

"Tartaro." Rasputin lo esclama come una maledizione. Alzandosi di botto, si avvicina al frigo, afferra una bottiglia di vodka gelata nel freezer, e beve un sorso direttamente dalla bottiglia.

Guardo Nero, che si stringe nelle spalle. Anche Claudia sembra all'oscuro di tutto.

Tornato al tavolo, Rasputin posa la bottiglia a portata di mano, e afferma tetramente: "Tutto il mio dolore, alla fine, è colpa di quel mostro." Beve un altro sorso di vodka. "Tutto."

La fisso con aria assente. "Che cosa intendi?"

"Non ho avuto la possibilità di spiegartelo prima, ma stranamente, devi a Tartaro la tua stessa esistenza" dice Rasputin, evitando il mio sguardo, quando lo fisso con sgomento.

Mi giro di nuovo verso Nero, e lo vedo accigliarsi per la confusione. Qualunque cosa sia, non è informato... e forse è la primissima volta che succede.

"Come mai devo la mia esistenza a Tartaro?" chiedo con voce instabile. "Pensavo di doverla a te e a Lilith."

Rasputin si sbottona la parte alta della camicia. "Come sai, l'unico scopo nella vita di Nostradamus è vendicarsi di Tartaro."

Annuisco.

"E non dovrebbe nemmeno sorprendere l'ossessione di Lilith per la propria immortalità" continua, mentre Claudia allunga un braccio verso la sua bottiglia, per bere cautamente un sorso.

Strozzandosi, comincia a tossire, mentre Rasputin inspira per calmarsi. "Sì" risponde, quando lei ha finito. "Quello che probabilmente non sai, è che, molto tempo fa, Nostradamus aveva previsto che Lilith sarebbe morta per mano di Tartaro... a meno che non l'avesse ucciso prima sua figlia." Incrocia finalmente il mio sguardo.

"Già, è così" dichiara, mentre lo fisso, incredula. "Una figlia nata da un potente veggente russo." Ruba a Claudia la bottiglia, e tracanna un altro sorso... davanti alla smorfia e allo sgomento di lei. "È per quella dannata profezia, che Lilith mi ha sedotto" continua Rasputin, "e che intendeva trasformare te, nostra figlia, in una risoluta macchina assassina, da scatenare preventivamente su Tartaro. Ho impedito questo destino..."

"Abbandonandomi in aeroporto" termino, intontita, mentre le implicazioni mi esplodono nella testa.

Una cosa è la manipolazione dei veggenti, un'altra è farmi nascere solo per usarmi come strumento di vendetta.

E poi, come potrei sconfiggere Tartaro, se rappresenta una minaccia per una persona così potente come Lilith?

Beh, presumo che, se Rasputin non mi avesse portata via da lei, Lilith mi avrebbe resa una dea del male nel suo mondo... proprio come mammina, ma con i poteri di veggente. E a quest'ora, sarei tanto potente quanto lei. Però non è successo, perciò dubito che la profezia di Nostradamus si avveri.

Almeno, la parte in cui sconfiggo Tartaro e salvo Lilith. Sono quasi sicura che mia madre biologica sia condannata... anche se questo non spiega come mai mi abbia trasformata in vampira.

Evidentemente, nutre ancora qualche speranza.

"Mi dispiace per averti dovuta abbandonare" dice Rasputin, distogliendo ancora lo sguardo. "Era l'unico modo per crescere senza la tossica influenza di Lilith."

Giusto.

Tutto torna, e probabilmente dovrei ringraziarlo...

tranne il fatto che, adesso, potrebbe costarci l'esistenza della Terra.

Nel silenzio che cala, Claudia si alza e va verso il frigo. A velocità di drago, prende il pasticcino che avevo visto nella visione, quello che sembra un incrocio tra una pizza e un Cinnabon, e lo porta al tavolo insieme ai piatti per tutti.

"Come fai a sapere delle profezie di Nostradamus?" chiede Nero a Rasputin in tono pericolosamente basso. "E perché non me l'avevi detto?"

"Ho scoperto del destino di Sasha soltanto quando Lilith mi ha catturato." Rasputin pilucca il suo snack senza molto appetito. "Si è lasciata sfuggire il nome di Nostradamus, perciò ho accumulato delle riserve di potere, e l'ho sfidato nello Spazio Mentale. Quando ci siamo uniti, ho visto un ricordo di lui che parlava con Lilith. Allora mi ha confessato il resto, dicendo di non aver mai desiderato che Sasha soffrisse, e che le sue visioni, come tutte le previsioni, non sono garantite, soprattutto quando le persone coinvolte sono consapevoli dei loro possibili destini."

"Hai letto il futuro tu stesso?" chiede Nero. "Come sai che Nostradamus diceva la verità? In che modo Sasha dovrebbe sconfiggere Tartaro?"

"Non può aver falsificato i propri ricordi, ma in quanto alle affermazioni, non so se stesse dicendo la verità. E non so come Sasha possa sconfiggere Tartaro, né se lo farà. Non sono riuscito a prevederlo" dice Rasputin. "Una visione di questa portata richiederebbe un'enorme riserva di potere, e dopo quell'incontro con

Nostradamus, si è accertato che non l'accumulassi, attaccandomi regolarmente nello Spazio Mentale e prosciugando i miei poteri. Quel poco che ho recuperato, ho dovuto usarlo per sopravvivere alle torture di Lilith."

La mano di Nero si serra sul tavolo. "Penso di dover fare quattro chiacchiere con Nostradamus, e vedere se riesco a sciogliergli un po' la lingua."

"Mettiti in fila" dico, poi guardo Rasputin. "Che cosa intendi con 'riserva di potere'? Non sapevo che fosse fattibile con il potere di veggente."

"Solo i veggenti più potenti riescono ad accumularla" spiega Rasputin. "Sai quando esaurisci il potere, e non puoi più usarlo fino al giorno successivo?"

Annuisco.

"Beh, cosa succede, se quel giorno non usi il potere?"

Mi stringo nelle spalle. "Avrai più potere il giorno successivo? Non avevo notato alcuna differenza, ad essere sincera, e nemmeno Darian o il bannik, le mie principali fonti d'informazione sui veggenti, me ne avevano parlato."

"La maggior parte dei veggenti, come Darian e il bannik per esempio, non avrebbe più potere il giorno successivo" afferma. "Ma alcuni di noi, i più potenti, *possono* imparare ad accumulare riserve di potere inutilizzato, per i momenti più dispendiosi. Devi andare nello Spazio Mentale tutti i giorni, ma uscirne senza attivare alcuna visione. Dopodiché, il giorno successivo hai più potere, non solo la quantità di un giorno... e se continui a farlo, la tua riserva cresce, e puoi avere visioni di maggior peso."

"Wow" esclamo. "Queste informazioni mi sarebbero tornate utili. Sempre che io sia abbastanza potente da farlo, ovviamente."

"Secondo me, sì" dice Rasputin. "Dovrai provarci, appena ne avrai l'occasione."

"Quello che non capisco è come Nostradamus abbia potuto prosciugare il *tuo* potere" dice Nero, guardandolo. "Non sei tu il veggente più potente?"

Rasputin si stringe nelle spalle. "In condizioni di parità, forse sarei io il più potente. Ma lui aveva accumulato riserve di potere per decenni, forse addirittura per secoli, mentre io usavo il mio al momento sbagliato."

Nero socchiude gli occhi. "Se ha a che fare con la mia richiesta, avresti dovuto raccontarmi tutto questo prima di esaurire le tue riserve di potere per il mio progetto di salvataggio." Lancia un'occhiata a Claudia, che sta ancora sgranocchiando il pasticcino.

"Oh, a quel punto non avevo molto potere comunque" risponde Rasputin. "A tagliare quelle riserve, è stata la profezia di cent'anni che avevo fatto per te sulla storia della Terra... ma ne valeva la pena, perché ti aveva convinto a occuparti di Sasha."

La mascella di Nero si tende per la frecciata, ma lui resta in silenzio. Sappiamo tutti che non avrebbe aiutato Rasputin, se non fosse stato per la previsione di cent'anni che l'aveva reso tanto ricco (e di conseguenza un drago più potente) nel corso del tempo.

Da piccola, dopotutto, non possedevo il mio attuale fascino.

Per quel che vale.

"La buona notizia è che, adesso, ho abbastanza potere da vedere il futuro tra qualche mese... o da richiamare molte visioni a breve termine" dice Rasputin. "Ditemi qual è il modo migliore in cui aiutarvi. Per esempio, posso controllare che Ariel e Felix siano al sicuro."

"In tal caso, puoi verificare se Sasha rientrerà nel legame con il sire di Lilith?" chiede Nero. "E se sì, come evitarlo?"

"Sì" risponde Rasputin. "Ora ci provo."

Chiude gli occhi e normalizza il respiro.

Verifico se i miei stessi poteri si sono ricaricati e, con enorme sollievo, mi ritrovo nello Spazio Mentale.

Lì, compare davanti a me una nuvola di forme, che emanano una melodia letale.

Ottimo.

Addio ad ogni speranza di ricorrere al trucco delle riserve appena scoperto. Farlo significherebbe ignorare queste tragiche visioni, e non posso.

Con un sospiro metafisico, mi protendo verso una visione letale, preparandomi a vedere quali nuovi problemi voglia scagliarmi addosso l'universo.

CAPITOLO SETTE

SONO nel bagno di un hotel, e mi sto lavando vigorosamente i denti con uno spazzolino.

Avrei dovuto praticare già da tempo questo tentativo d'igiene personale. Alla fine, senza la routine quotidiana del sonno, è difficile ricordarsi di fare cose del genere con regolarità.

Magari dovrei impostare una sveglia sul telefono, per ricordarmi in futuro di lavarmi i denti?

D'altro canto, ho ancora bisogno del fluoro?

Dovrò chiedere a qualcuno che cosa ne pensa del mio alito, ma qualcosa mi dice che i vampiri non soffrano di gengivite o alitosi. E scommetto che i nostri denti non ingialliscano nemmeno con il tempo.

So una cosa per certo. Con una dieta esclusivamente liquida, non dovrò più usare il filo interdentale.

Di colpo, il mio super-udito da vampira intercetta

un rumore, come se qualcuno stesse aprendo la porta e strisciasse nella stanza.

Il mio senso da veggente, e il buonsenso, fanno scattare un allarme.

Senza curarmi di sputare, getto lo spazzolino nel lavandino e schizzo fuori dal bagno... sbattendo contro un intruso gigantesco.

Barcollando all'indietro, osservo il suo aspetto e trattengo il fiato nervosamente, deglutendo i grossolani residui di menta in bocca.

Se una fata magica trasformasse la molecola di un ormone della crescita in un uomo, il risultato assomiglierebbe a quest'uomo.

Perfino i lobi delle sue orecchie sembrano muscolosi.

Stranamente, ha i capelli lunghi e con la permanente... con abbastanza lacca da aprire un buco nell'ozono, come si usava fare negli anni ottanta.

Forse è una rock star?

L'outfit non corrisponde granché. Al posto dello spandex con i brillantini o quello che è, indossa un bomber più o meno degli anni ottanta, jeans aderenti, e pesanti sneakers bianche.

Nella sua mano robusta, c'è un altro anacronismo: una polaroid.

Indietreggio ancora, esaminando le mie pessime opzioni di fuga.

Non ce ne sono.

Il suo corpo mastodontico mi sbarra la strada verso

la porta, e uscire dalla finestra significherebbe capire come si vola.

E va bene.

È ora di ricorrere ai pochi poteri di vampira in cui sono brava. Ordino agli occhi di assumere la modalità malia, diventando a specchio, e a quel punto incrocio il suo sguardo.

"Vattene. Subito" ordino in tono mellifluo.

Non lo fa.

Guarda invece la foto, e poi me, quindi grugnisce, e risplende di energia.

Lo fisso a bocca aperta.

I suoi vestiti si lacerano, e l'uomo viene sostituito da un'enorme creatura simile a un lupo a quattro zampe.

Oh, fantastico. È un licantropo.

Indietreggio ancora, con il cuore che mi martella nel petto, e la paura primordiale ereditata dagli antichi superstiti alle tigri dai denti a sciabola.

Il tizio sembrava grosso e spaventoso anche prima di questo cambiamento. Adesso, è un indecente fascio di muscoli, denti e artigli... e più grosso di quanto pensassi per un licantropo. Addirittura più imponente della bestia che aveva aiutato Nero nelle battaglie nel mondo dei draghi, e quel tizio era mostruoso.

Ringhiando, l'intruso snuda i denti simili a pugnali, e avanza verso di me.

Le mie zanne si allungano automaticamente, schivo un attacco della sua enorme zampa... che, invece del mio stomaco, sbudella un angolo del letto.

Addio alla mia cauzione.

Mi attacca con l'altra zampa... ma ruoto di lato a velocità soprannaturale, e il cassettone viene fracassato al posto della mia faccia.

Disperata, gli sferro un violento calcio alla cassa toracica.

O almeno, ci provo. Ma prima di toccarlo con il piede, il tizio schiva il colpo, e muovendosi più velocemente di quanto dovrebbe fare una creatura della sua stazza, serra i denti sulla mia coscia.

Gridando di dolore, perdo l'equilibrio, e sbatto la testa contro l'angolo di un comodino. Vedo le stelle esplodermi davanti agli occhi. Quando mi riprendo, mi rendo conto che la bestia mi sta trascinando nella stanza, per la gamba.

Agitando le braccia, lo colpisco il più forte possibile sulla testa gigante.

I suoi denti affondano ancora di più. Con un basso ringhio gutturale, muove di scatto la testa, gettandomi in aria come farebbe un cane con un giocattolo da masticare.

Dopo un attimo di assenza di gravità, la mia schiena cozza contro la finestra.

Il vetro mi esplode intorno, lacerandomi la pelle, mentre cerco di afferrare il telaio della finestra... ma non faccio altro che ridurre a brandelli i palmi delle mani, a causa dei bordi taglienti del vetro, mentre vengo lanciata fuori.

Precipito come un mattone, e mentre l'aria mi sibila nelle orecchie, intravedo il suolo sotto di me.

Molto lontano.

Come a venti piani di distanza.

Perfino con la guarigione dei vampiri, sopravvivere è impossibile.

CAPITOLO OTTO

TORNATA NELL'APPARTAMENTO DI RASPUTIN, fisso Nero, Claudia e Rasputin, sgomenta.

Chi era quel tizio? Perché cercherà di uccidermi?

E poi (cosa forse meno importante) perché diavolo era vestito in quel modo? E i capelli?

So che sta tornando la moda degli anni ottanta, ma non fino a *questo* punto.

E perché aveva in mano una fotografia di carta? È l'ultima persona sulla Terra senza uno smartphone?

Prima che possa esprimere tutto questo, l'espressione di Rasputin passa da meditativa a furibonda.

Riaperti gli occhi, scatta in piedi, e colpisce il tavolo con il palmo della mano, mormorando per tutto il tempo delle parolacce in russo.

"Che cos'ha che non va?" chiede Claudia, fissandolo con occhi sgranati.

"Magari ha visto la stessa cosa che ho visto io?"

dico. "O forse non ha visto alcun modo per potermi sottrarre al legame con il sire di Lilith?"

"Peggio" ringhia Rasputin. "Si tratta di Nostradamus. Mi ha attaccato nello Spazio Mentale. Sono di nuovo senza potere."

"Che bastardo." Balzo in piedi. "Chissà se c'è sempre lui dietro ciò che ho appena previsto? Cioè, lui gira già con un lupo mannaro, quindi forse..."

"Aspetta" interviene Nero. "Di che cosa stai parlando?"

Mentre spiego l'accaduto, Rasputin si rimette a sedere, afflosciato e sconfitto, mentre l'espressione di Nero s'incupisce.

"Sei sicura di non aver mai visto prima quel tizio?" chiede Nero alla fine.

"Certo, che sono sicura." Incrocio le braccia sul petto. "Me ne ricorderei. Fidati di me."

Nero tamburella con le dita sul tavolo. "E sei anche sicura del fatto che fosse più grosso di Eduardo?"

Aggrotto la fronte. "Chi è Eduardo?"

"Mi ha aiutato l'altro giorno" spiega Nero. "È il capo del suo branco, nonché Consigliere. Pensavo che la sua specie non potesse diventare più grossa di lui."

"Credo che il mio mio aggressore fosse più grosso" dico. "Ma d'altra parte, era dritto davanti a me, perciò forse lo *sembrava* soltanto, a causa di tutta quell'adrenalina?"

La mascella di Nero si contrae. "E io dov'ero nella tua visione?"

"Non ne ho idea" dico.

Socchiude gli occhi. "Perché eri da sola? Qual era l'hotel?"

"Non ne ho idea."

Comincia a serrare i pugni, e nel notarlo, inspira profondamente e rilassa le mani. "D'accordo. Adesso che so cosa succederà, diventeremo inseparabili. E d'ora in poi, starai alla larga da *tutti* gli hotel."

"Sì, capo" rispondo. "C'è altro?"

"Tornerai nello Spazio Mentale, dove cercherai di scoprire qualcos'altro su questo attacco" aggiunge.

"Certo" dico. "Stavo per suggerire la stessa cosa."

"Bene" afferma Nero. "Cosa stai aspettando?"

Lui e tutti gli altri mi fissano con aspettativa.

Chiudo gli occhi, per alleviare l'effetto di tutte queste pressioni, dopodiché normalizzo il respiro e mi concentro.

Finisco subito nello Spazio Mentale, circondata da forme che appaiono identiche alla visione dell'attacco del licantropo.

Colpito.

Non devo nemmeno agire.

Il mio subconscio, o qualunque cosa sia, mi ha condotto dalle forme di cui avevo bisogno.

Prima che possa protendermi verso di esse, una nuova forma compare tra me e il mio obiettivo.

È un'entità che emana potere e rammarico.

Un'entità familiare.

L'ho vista (visto) di recente nello Spazio Mentale, nell'invocarlo per chiedere aiuto per i chort.

È Nostradamus.

E grazie all'esperienza di Rasputin, posso indovinare il motivo della sua presenza.

Vuole i miei poteri.

Beh, non li avrà.

Comincio a indietreggiare, pensando di toccarmi a livello metafisico, così non potrà intrappolarmi in una battaglia nello Spazio Mentale.

Ma è troppo tardi.

Mi sta già afferrando con fasci eterei multipli, come un polpo affamato che afferra un gambero.

Cerco di liberarmi, ma gli spuntano sempre più fasci eterei, e la sua stretta si consolida.

Resisto il più a lungo possibile, ma poi qualcosa cede, e Nostradamus mi attira nel mulinello della connessione.

CAPITOLO NOVE

MI RITROVO di nuovo nei ricordi di Nostradamus.

Io/lui è incatenato e prova molto dolore, ma la cosa interessante è che possiede ancora degli occhi per vedere... e grazie a questo, so che ci troviamo in una specie di fredda e umida cella sotterranea.

La cosa ancora più interessante è la persona che sta guardando.

È Tartaro in persona, con uno dei suoi figli... ma lo so soltanto perché è ciò che pensa Nostradamus, sollevando lo sguardo.

Per me, né Tartaro, né il cosiddetto figlio sono come me li ero immaginati.

Il 'figlio' è un uomo adulto, con occhi spiritati e un sogghigno apparentemente perenne stampato in viso, mentre Tartaro sembra una saggia e gentile vecchia *signora*.

Come in risposta alla mia confusione, Nostradamus pensa: "Tartaro non è Cassandra. Lei è morta secoli fa.

Tutti vedono qualcosa che per loro è sacro, quando alzano lo sguardo su questo mostro. Ma non c'è nient'altro. Non è Cassandra. Non è degno di portare il suo viso."

Interessante.

Pensavo che Tartaro si limitasse a risucchiare l'energia dagli umani, ma presumo che abbia anche un aspetto diverso da persona a persona.

Chissà che aspetto avrebbe ai miei occhi?

"È una sventura, che tua moglie e tuo figlio siano morti" dice Tartaro, e anche la sua voce assomiglia a quella di Cassandra. "Volevo da tempo un veggente tra i miei figli. E adesso, invece di fare accoppiare tre veggenti, mi resti solo tu."

Fare accoppiare un veggente?

Ma guarda.

Proprio come Baba Yaga... ed era la persona peggiore che avessi mai conosciuto.

Anche Nostradamus reagisce di fronte a quella frase, ma nel suo caso, gli passa per la testa una serie di ricordi inquietanti, e io, che adesso sono nella sua testa, riesco purtroppo a intravederli.

Si basano tutti sulle visioni che aveva avuto, quando era troppo tardi, e si trovava già tra le grinfie di Tartaro.

Visioni in cui la sua famiglia sopravviveva all'invasione di Tartaro.

In quegli improbabili futuri, sua moglie veniva stuprata e costretta a partorire un figlio dopo l'altro. E come se questo non fosse già abbastanza orribile, quando questi figli non possedevano né i poteri di Tartaro, né i poteri di veggente, venivano uccisi.

Il destino di suo figlio non sarebbe stato altrettanto atroce. Quel ragazzo sarebbe stato più disposto a generare dei figli con una delle figlie di Tartaro, quella dotata di poteri da succubo. Ma anche in questo caso, essere privi di poteri avrebbe significato la loro morte.

In quanto a se stesso, Nostradamus non aveva visto un singolo futuro in cui collaborava al programma di accoppiamento.

Invece, ne aveva trovato uno in cui riusciva a fuggire.

Avrebbe pagato con gli occhi, ma come beneficio, Tartaro non avrebbe avuto un veggente nel proprio esercito in alcun prevedibile futuro. Cosa più importante, sopravvivendo, Nostradamus sarebbe stato in grado di accumulare riserve di potere, fino ad averne abbastanza per vendicarsi.

"Penso che vi stia ignorando, sire" dice in tono beffardo a Tartaro quello con gli occhi spiritati.

"Probabilmente, si chiede come mai non abbia previsto la sua cattura" gli dice Tartaro, poi abbassa lo sguardo su Nostradamus. "È stato tutto grazie al nostro Lug." Indica suo 'figlio' con la testa. "Lui è il flagello dell'esistenza della tua specie... un manipolatore delle probabilità... e gli ho chiesto di nascondermi da te."

Io/Nostradamus socchiude gli occhi, guardando Lug, e lo aggiunge mentalmente alla lista di persone che subiranno la sua vendetta.

Notando quello sguardo, Lug si avvicina, sorride

come un maniaco, e sferra a me/Nostradamus un devastante calcio in testa, ponendo fine al ricordo.

———

COMINCIA UN ALTRO RICORDO.

Stavolta, Nostradamus ha già perso la vista.

Io/lui è in piedi da qualche parte, e tocca qualcosa sulla parete.

Ah. Le sue dita leggono in braille in francese su un cartellino, che dice: *Plan Ultime*.

Annuendo, si concentra in un modo familiare a entrambi, poi balza nello Spazio Mentale.

Osservo, affascinata, mentre Nostradamus compie un'azione mai vista prima: invece di concentrarsi sull'essenza di una persona, si sofferma su quella della stanza in cui si trova. Non pensavo nemmeno che una stanza potesse possedere un'essenza. Inoltre, sta mirando ad un lasso di tempo di un millisecondo nel futuro... ma sapevo già come farlo.

Una nuvola di forme dall'aria sicura compare davanti a lui, che ne attiva una.

Nella visione attivata, si trova in una grande stanza vuota, con tutte le pareti ricoperte da bacheche di sughero.

È il posto in cui si era appena trovato, alla cui essenza stava pensando.

C'è anche Marius, il licantropo/cane guida di Nostradamus, e sta bevendo a grandi sorsate l'acqua in una ciotola da venti litri sul pavimento.

E in questo momento mi si accende la lampadina.

In questa visione, Nostradamus può realmente vederlo.

Aveva detto che le abilità di veggente funzionavano ancora per lui, ma questo ricordo mette tutto in prospettiva.

Intravedendo questo prossimo futuro, può di nuovo provare l'esperienza della vista... e ciò solleva domande interessanti sui poteri di veggente, per le quali non ho tempo.

Ignorando Marius, Nostradamus fissa la bacheca più vicina, sulla quale sono fissati centinaia di cartellini, perlopiù collegati da cordoncini colorati.

Ognuno riporta delle scritte in braille e in normale francese corsivo, e quello con *Plan Ultime* si trova al centro.

Ad attirare la mia attenzione è una serie laterale di cartellini, sui quali c'è scritto il mio nome.

Beatrice, dice uno di quelli collegati al mio nome tramite un cordoncino rosso. Sotto il suo nome, c'è il disegno di una donna dagli occhi neri, con un viso a forma di cuore. Viene indicato il suo potere da Conoscente, negromante, e la data e l'ora in cui sarebbe venuta sulla Terra a complicarmi la vita.

Un cordoncino rosso collega questo cartellino a un altro, il quale riporta la data e l'ora in cui io ed Ariel avevamo combattuto contro Beatrice all'esposizione di *Bodies*, a Las Vegas.

Ma guarda.

Nostradamus sapeva delle mie disavventure, prima che succedessero.

Ci sono anche un cartellino e un disegno del bel viso di Harper, dallo sguardo sognante (che la etichetta come succubo e amante di Beatrice), e un cartellino di quando avrebbe cercato di uccidere me e Felix.

E lo schema prosegue.

C'è un cartellino per Baba Yaga, e una serie di essi che riassume i miei incontri con la strega.

Un cartellino per il mortalmente magro Koschei: il tirapiedi di Baba Yaga, difficile da uccidere.

Un cartellino per Gaius, l'Esecutore e alleato di Baba Yaga, e colui che aveva generato in Ariel la dipendenza dal sangue di vampiro.

C'è perfino un cartellino per Darian, il veggente che mi aveva cacciato nelle mie disavventure, con una nota a indicare che lui si sbaglierà, nel credere di avere un futuro con me. In base all'appunto di Nostradamus, per Darian non esiste futuro.

Accidenti.

Quanto si addentra nel futuro tutto questo?

Ciò che mi succederà più avanti, nella giornata di oggi, si trova su questa parete?

Ordino alla testa di Nostradamus di girarsi di più verso destra, ma lui non lo fa. E prima che possa vedere quanto abbia previsto, il ricordo s'interrompe.

CAPITOLO DIECI

LA PARTE della connessione relativa ai ricordi è finita, poiché mi trovo nel tipico vuoto che rappresenta l'ambiente del contatto, e davanti a me fluttua l'ologramma, simile a sinapsi, di Nostradamus. Come al solito, è attaccato alla misteriosa forma-entità che lo rappresenta nello Spazio Mentale.

"Tu." Scendo giù di alcuni passi per la rabbia. "Sei qui per prosciugare i miei poteri, vero?"

"Mi dispiace" risponde. "È l'unico modo per assicurarmi che tu non rovini tutto."

"Il tuo *Plan Ultime*, intendi? Ho visto i tuoi ricordi. Lo conosco."

Fluttua verso il basso, con un'espressione preoccupata che gli contorce il viso. "Motivo in più per neutralizzarti. Questa è l'ultima cosa che ti dirò, poi mi metterò a meditare, e ti suggerisco di fare altrettanto."

Per sottolineare le proprie parole, piega le gambe

nella posizione del loto, e si limita a fluttuare lì, con un'espressione simile a quella di Buddha sul viso.

"Starai scherzando" grido, fluttuando verso di lui. "Non mi ignorerai affatto."

Non reagisce.

Gli grido delle oscenità.

La sua espressione non cambia.

Volo verso di lui, allungando le mani per strangolarlo, ma passano attraverso il suo collo.

Ricomincio a gridare e a imprecare... ma lui ignora qualunque cosa.

Alla fine, mi stufo e resto lì a fluttuare. Invece di perdere tempo con le mie reazioni, tanto vale sfruttare questo momento d'inattività per pensare alla mia prossima mossa.

Concentrandomi su me stessa, mi rilasso.

A mente più calma, mi viene in mente un'idea su come ostacolare Nostradamus... ma la scaccio all'istante, se per caso riuscisse in qualche modo a leggermi nel pensiero in questo strano posto.

A malincuore, cerco di meditare, come ha suggerito.

È sorprendentemente facile farlo qui, grazie alla sensazione dell'assenza di peso e alla mancanza di distrazioni esterne.

Nonostante la rabbia di prima, raggiungo uno stato di vera serenità nell'arco di pochissimo tempo.

Vado avanti per un po', ma poi, dopo quello che mi sembra un fine settimana di ritiro in meditazione, la battaglia nello Spazio Mentale finalmente si conclude.

CAPITOLO UNDICI

SONO DI NUOVO IN CUCINA.

Nero, Claudia e Rasputin mi fissano con aria interrogativa.

"Quel bastardo l'ha fatto anche con me" dichiaro. "Si è palesato, e mi ha trascinato in una battaglia nello Spazio Mentale."

Rasputin colpisce di nuovo il tavolo, e Nero serra i pugni.

Solo per accertarmi che la situazione sia veramente così grave come sembra, cerco di entrare nello Spazio Mentale.

Niente.

Non posso.

"Niente potere rimasto" confermo. "Ma almeno, ho visto alcuni ricordi di Nostradamus."

Sembrano incuriositi, perciò racconto loro dell'incontro con Tartaro, e di ciò che ho intravisto sulla bacheca.

"I ricordi che ho vissuto io non erano altrettanto utili" osserva Rasputin. "In uno di essi, ho visto quell'imbroglione, Lug, accecare Nostradamus, e ironicamente, ciò ha aperto una piccola finestra di opportunità per la sua fuga."

"E quella bacheca?" chiedo. "L'hai vista?"

"No" risponde Rasputin. "Tutti gli altri ricordi che ho visto erano vecchi, e riguardavano perlopiù episodi felici, quando la sua famiglia era viva."

"Anch'io ne ho visto uno simile, un'altra volta" dico, con una punta di empatia che quel bastardo manipolatore non si merita. "Era con suo figlio."

"Quanto sai di questa Cassandra, la donna con il cui aspetto Nostradamus aveva visto Tartaro?" chiede Nero. "È un indizio?"

"Secondo Nostradamus, è morta" rispondo. "Perciò dubito che possa essere d'aiuto."

Prendendo la bottiglia di vodka, Rasputin tracanna un bel sorso. "Cassandra è stata il Mentore di Nostradamus" spiega, quando smette di fare smorfie per il bruciore. "Evidentemente, guardava a lei con ammirazione... ed è per questo che Nostradamus ha visto ciò che ha visto. Corre voce che, quando si guarda Tartaro, si veda una persona che si rispetta e che si onora."

"Giusto" dico. "Nostradamus stava pensando a qualcosa del genere. Pensava di aver visto Cassandra, perché Tartaro mostra alle persone qualcuno che per loro è sacro."

"Credevo che fosse solo una leggenda" commenta

Nero. "Si dice che gli umani lo vedano come un dio, o come un famoso profeta... ed è per questo che viene adorato così facilmente in ogni mondo, soprattutto in quelli con la tecnologia dei mass media, come la TV."

"Wow" esclamo. "E quindi, sulla Terra, la gente lo vedrebbe come una specie di Buddha o Gesù?"

"Probabile" risponde Nero. "E i bambini potrebbero vedere Babbo Natale." Guarda Rasputin. "O in Russia, Nonno Gelo."

"Quel potere funzionerebbe con la TV?" chiedo. "Ogni singola persona davanti ad uno schermo televisivo vedrebbe qualcuno di diverso?"

"È probabile" dice Nero.

"Che strano" commento. "Cioè, se tutti vedono una cosa diversa, non si tratta di un mutaforma, come Kit."

"Non è un mutaforma." Rasputin dà un'occhiata alla bottiglia di vodka, ma non beve. "Il suo potere è più simile ad una malia estremamente potente."

"Da pazzi" mormoro, immaginando il pandemonio che si scatenerebbe con il suo arrivo sulla Terra. Andrà in TV, e in un battibaleno i video della Seconda Venuta (o come lo definirebbero i media) diventeranno virali.

Lo venereranno in men che non si dica.

"Nemmeno le voci di corridoio hanno mai menzionato i suoi figli" continua Nero, riportando la mia attenzione sulla discussione. "In base alla visione di Sasha, sembra che non conquisti i pianeti da solo, come dicevano tutti."

"Però ha senso" afferma Rasputin. "Come può una

singola creatura, al di là del proprio potere, conquistare un mondo intero?"

"Lilith l'ha fatto" gli ricorda Nero.

Rasputin annuisce. "Vero. Ma ha conquistato un mondo più primitivo, privo di tecnologia. Gli umani di un mondo come la Terra possiedono armi in grado di uccidere qualsiasi cosa."

"Buona osservazione." Mi massaggio il mento. "Questi suoi figli... soprattutto come quell'imbroglione, Lug... complicheranno seriamente i piani per la difesa della Terra."

"Risparmia il discorso sulla difesa per quando ne parleremo con il Consiglio" dice Nero. "A proposito, è meglio che io e Claudia andiamo."

Socchiudo gli occhi. "Vorrai dire, è meglio che io, Sasha e Claudia andiamo."

Mi fissa con espressione indecifrabile. "Perfino con i poteri di veggente esauriti, insisti nel voler venire?"

"Cavolo, sì." Aspettandomi un'altra discussione, dico: "Pensaci un attimo. Nella mia visione, ero da sola, quando quel licantropo mi ha attaccata. Rimanere insieme è il modo migliore per evitare che quel futuro si avveri."

"Bene." Nero si alza. "Meglio che *noi* andiamo."

"Solo un momento" intervengo. "Mi è venuta un'idea, prima. Penso di sapere come accumulare riserve di potere piuttosto rapidamente."

Nero si risiede, e tutti mi guardano con attenzione estatica.

Mi giro verso Rasputin. "Ricordi, quando mi hai

detto di poter accantonare il potere tutti i giorni, per avere delle riserve?"

Rasputin annuisce.

"E se avessi più giorni a disposizione?" chiedo, impaziente.

Nero approva con un cenno del capo. Deve aver intuito dove voglio andare a parare.

"Esiste un mondo chiamato Atlantide" proseguo. "Lì, il tempo scorre così velocemente, che i ragazzi allenati da Vlad in una delle mie visioni erano diventati uomini adulti quasi nel giro di una notte. Se Nostradamus si trova sulla Terra, mentre tu andrai ad Atlantide, sarai nettamente in vantaggio con le tue riserve."

L'espressione di Rasputin s'illumina. "Hai ragione. Ora che ne parli, è prima di tutto in questo modo che Nostradamus mi ha battuto. Ero confinato nel mondo di Lilith, dove il tempo scorre lentamente, mentre lui si trovava in un luogo dove scorreva velocemente. Adesso, ho l'opportunità di capovolgere la situazione a suo danno."

"Bene" conclude Nero, alzandosi di nuovo. "Troverò qualcuno per portarti là. Andiamo."

Gira i tacchi, poi esce a lunghi passi dall'appartamento.

Seguiamo Nero fino all'ascensore. Una volta di sotto, parla con alcuni buttafuori, e indica Rasputin.

"Allora, questo è un altro addio" dice Rasputin, sbattendo le palpebre nel fissarmi.

"Per ora" rispondo con una finta allegria. "Quando

avrò recuperato i miei poteri, ti cercherò nello Spazio Mentale."

"Sii prudente" dice, poi si protende per abbracciarmi.

"Farò del mio meglio" affermo, restituendo l'abbraccio. "Sii prudente anche tu... *Papa*."

Nel ritrarmi, vedo che quella parolina affettuosa ha fatto il suo dovere. Il volto di Rasputin scintilla come un albero di Natale.

Dal canto mio, stavolta, ho quasi inteso questo sentimento per davvero. Vorrei proprio che potesse venire sulla Terra, così potremmo passare più tempo insieme. Se sopravvivrò all'attacco del licantropo *e* a Tartaro (ed è un grosso 'se'), dovrò escogitare un modo affinché il Consiglio di San Pietroburgo non stia più alle calcagna di mio padre.

In qualche modo.

"Andiamo" ordina Nero da sopra la spalla, e si fa strada in mezzo alle persone che volteggiano sulla pista da ballo, fino all'uscita del locale.

Io e Claudia ci affrettiamo a seguirlo, correndo per tutto il tragitto fino all'ascensore nel grattacielo dell'hub.

La risalita è rapida e, una volta sul tetto, raggiungiamo il portale per la Terra a piccole falcate.

Quando usciamo dall'altro lato, ci imbattiamo in un Eric scompigliato: il teletrasportatore che Nero aveva incaricato di sorvegliarmi.

Dev'essersi ripreso dal sonnellino in cui l'avevo fatto sprofondare con un tranquillante.

"Eric" dico. "Che sorpresa incontrarti qui."

Si acciglia in maniera quasi impercettibile, poi freme di fronte allo sguardo truce di Nero.

"Lo so, di aver combinato un pasticcio" afferma. "Lei..."

"Risparmia il fiato" ringhia Nero. "Portaci all'appartamento di Sasha. Subito."

"Certo" risponde Eric, e si avvicina a Claudia. "Lei per prima?"

"Come vuoi" risponde Nero, prima di dire a Claudia: "Ti toccherà, per teletrasportarti in un posto. Non ucciderlo."

Claudia rotea gli occhi, mentre Eric le mette una mano sulla spalla, e in un batter d'occhio scompaiono.

"A chi serve una limousine, se c'è Eric?" mormoro. Poi il teletrasportatore ricompare da solo, e mi mette una mano sulla spalla.

Puff, e mi ritrovo vicino alla porta del mio appartamento, accanto a Claudia che sogghigna.

"Non mi avevano mai teletrasportato prima" commenta elettrizzata. "È stato incredibile."

Le sorrido. "Lo so, vero? Darei la zanna sinistra, per essere capace di farlo. I numeri di magia che potrei eseguire entusiasmerebbero gli illusionisti di tutto il mondo. Anche Copperfield."

Eric ricompare con Nero.

"Torna tra un'ora, o quando ti scrivo" dice Nero al teletrasportatore. "La prima delle due."

"Affare fatto" risponde Eric, e svanisce un'altra volta.

Prendo la chiave nella mia tasca. "Non è un castello" commento. "Ma io la chiamo casa."

Tenendo spalancata la porta, lascio che la ciurma eterogenea entri dentro.

"Sasha!" grida Fluffster nella mia testa, prima di schizzare verso di noi per salutarci, con le zampette pelose che pattinano sul pavimento. "Sei tornata." Mi guarda con severità. "Ero preoccupato."

Nel vedere la sagoma del mio cincillà domovoi, Claudia strilla letteralmente dalla gioia. "Che cos'è? Ti prego, non dirmi che mangeresti una simile meraviglia."

"Mangiarlo?" Guardo Fluffster, e poi Claudia. "Come ti è venuto in mente?"

Fluffster indietreggia... senz'altro ricordando il documentario, simile a un film dell'orrore, che avevamo visto sui bracconieri che uccidono i cincillà, secondo il quale la carne, che dev'essere grassa come quella delle anatre, non viene affatto buttata via.

"Chi è lei?" chiede Fluffster. "Sembra potente, come Nero."

Lucifera, la gatta che ho ereditato da Rose, si avvicina, bighellonando, per verificare a cosa sia dovuto il trambusto. Nessuno di noi la impressiona. L'espressione sul suo muso piatto sembra dire: "Se qualcuno deve mangiare quel boccone peloso, sarà Sua Maestà, sempre che qualcuno lo infili in una lattina di Fancy Feast. Adesso smammate, prima che vi faccia pagare con la vita per la vostra insolenza."

"Wow" esclama Claudia, ammirando Lucifera a

bocca aperta. "Quella creatura è ancora più carina. È un'usanza comune, quella di tenere un vero e proprio zoo in casa, qui sulla Terra?"

"Ehi" dico. "Fluffster è più carino... e, cosa più importante, a differenza della gatta, può rimanerci male."

"Mi scuso" dice Claudia, guardando Lucifera.

"Quella non è Fluffster" puntualizzo, indicando poi il domovoi. "*Lui* è Fluffster."

Prendo il mio amico dal pelo celestiale, e lo tengo in mano, per mostrarlo a Claudia più da vicino. "Lei è la sorella di Nero, Claudia" lo informo. "Claudia, *lui* è Fluffster. È un domovoi: una specie di Conoscente."

"Un domovoi?" Guarda Fluffster con un po' più di rispetto. "Non pensavo. Di solito, sul nostro mondo, hanno un aspetto umano."

"La gente del posto tiene gli animali come creature da compagnia, in questo mondo" spiega Nero. "E dato che il domovoi assume l'aspetto di un animale domestico, finiscono con l'assomigliare a gatti, cani, e a volte ai cincillà."

"Aspetta, frena" dico, studiandolo alla ricerca di segni di allegria. "Stai dicendo che i draghi tengono gli *umani* come creature da compagnia nel tuo mondo?"

Nella mia testa, mi chiedo anche: e i vampiri? E i veggenti?

In altre parole, sono *l'animale domestico* di Nero?

"La parola 'animale domestico' è carica di troppe connotazioni negative." Nero sogghigna, come se prima mi avesse letto nel pensiero. "Che ne dici di compagni interspecie? Amici intimi?"

Poso Fluffster a terra, e faccio una smorfia.

"Per gli umani, è un grande onore vivere nella casa di un drago" interviene Claudia. "Si tratta di un diritto trasmesso da famiglia a famiglia."

"Molti dei soldati che hanno contribuito alla nostra campagna hanno richiesto questa compagnia come ricompensa" aggiunge Nero. "Devi ricordare che riveriscono i draghi e..."

Suonano al campanello.

Nero guarda nello spioncino, approva con un grugnito, e apre la porta, rivelando una giovane donna, bellissima e snella. Indossa alti stivali di pelle e una giacca di pelle, e i suoi riccioli crespi sono raccolti in una coda di cavallo a mo' di grosso pouf.

Dato che, al momento, non vedo le aure dei Conoscenti, non posso stabilire se sia una di noi... ma se fosse umana, individuare la sua etnia diventerebbe molto difficile. Dal suo aspetto, è come se uno scienziato pazzo avesse preso Zoe Saldana, e le avesse incollato sopra i geni di Emma Watson, cospargendo tutto con un tocco di Halle Berry.

"Bailey." Nero le indica di entrare. "Sei in ritardo."

Quindi lei è Bailey Spade, nota anche come Freda Krueger: la camminatrice dei sogni che ogni tanto lavora per Nero.

"Bowser" dice Bailey in tono canzonatorio. Mi guarda con un bonario sorriso. "E tu sei la Principessa Peach, giusto?"

Bowser? Aveva già chiamato Nero in quel modo, in riferimento al personaggio di un videogioco, nonché nemico numero uno di Mario. Nel sentirlo la prima volta, avevo pensato che il soprannome fosse dovuto alla profonda voce di Nero, ma ora mi rendo conto che potrebbe essere perché quel personaggio è una creatura molto simile a un drago: sputa fuoco e ha le squame. E significa che Bailey sa della natura di Nero.

Elaborando tutte le informazioni in un lampo, ridacchio per il mio stesso soprannome, Principessa Peach. Nei giochi di Mario, è la principessa che Bowser cerca sempre di rapire e di portare nel suo castello, per sposarla.

"Ciao, Bailey" dico. "Io sono Sasha. Se sei qui per aiutarmi, mi dispiace. Non ho tempo per un pisolino oggi. Dovremo rimandare a un'altra volta."

Con la coda dell'occhio, vedo Claudia agguantare Lucifera per terra, e grattare la malefica sotto il mento.

Invece di sventrare la dragonessa, la gatta fa le fusa, soddisfatta, e chiude gli occhi.

"In realtà" ringhia Nero verso di me, "succederà oggi. Adesso, per essere precisi. Vlad e gli altri non sono ancora tornati, comunque. C'è tempo."

"Un conto è autoritario, un conto è questo." Scuotendo la testa, Bailey mi guarda con aria di scuse. "Se lui non fosse il cliente che mi paga di più in assoluto, me ne andrei solo per principio."

"Va tutto bene" commento con un sospiro. "Abbiamo tempo, immagino, lo farò... anche solo per chiudergli la bocca. E poi" le sorrido, "non vorrei che perdessi la parcella a causa mia."

"Grazie." Bailey mi studia con spudorata curiosità. "Sai, di persona sei tanto carina quanto nei suoi sogni. È una cosa rara."

"Andiamo sul divano" ringhia Nero, prima che io possa chiedere di che sogni lei stia parlando... ma è ovvio che si tratti di quelli di Nero.

"Ci vediamo lì" dico, poi corro nella mia stanza, dove mi riempio le tasche dei miei aggeggi di magia preferiti.

Se ci fossero dei tempi morti tra adesso e la fine del mondo, spererei di poter vedere come i poteri di vampira influiscono sul mio repertorio. E poi, se avessi un'altra occasione per mostrare le mie abilità a Claudia, vorrei che ridesse così tanto, da farsi la pipì addosso.

I draghi hanno bisogno di urinare, a proposito? *E io?* Perché ho bevuto i miei liquidi, e non ho avuto la minima necessità... E la pupù?

"Solo per chiarire" dice Bailey, quando torno in salotto tra queste riflessioni. "Non dormiremo insieme."

"Buono a sapersi" rispondo nel suo stesso tono stizzoso. "Allora, *come* funziona?"

"Semplice." Gioca con un pezzo di uno strano gioiello peloso al polso... un oggetto colorato che, per qualche motivo, ha un'aria familiare. "Devi dormire, e io ti toccherò. Ma non in senso sconcio. Soprattutto non davanti al tuo fidanzato geloso."

Fidanzato?

Meglio di ladro di principesse, presumo.

O marito.

O proprietario di animale da compagnia.

Nero grugnisce qualcosa d'incomprensibile, mentre Bailey, Fluffster e Claudia ridacchiano a scapito di lui (e forse di me).

"Okay." Mi sdraio, raggiunta di corsa da Fluffster, che mi salta in braccio.

"Tu sei il domovoi, giusto?" chiede Bailey a Fluffster. "Felix mi ha parlato di te. È un piacere conoscerti di persona."

Oh, giusto.

Conosce Felix.

Chissà se lui si rattristerà, per non averla vista.

"Lei è la fidanzata del tuo domovoi?" Bailey indica con la testa la gatta tra le braccia di Claudia.

"No" dico. "È la sua padrona."

"Ha-ha-ha" dice mentalmente Fluffster. Poi si rivolge a Bailey: "Che cos'era quella storia della parcella? Quanto costano i tuoi servizi?"

"Se ne occupa Nero" dichiaro alla svelta. L'ultima cosa che voglio è che Fluffster riduca tutti a pezzi per le preoccupazioni sul budget. "Ora, che ne dite di cominciare?"

"Un secondo." Fluffster guarda la specie di cinturino peloso sul braccio di Bailey. "Che cos'è quello?"

"È Pom" dice Bailey con orgoglio. "È un looft, mio amico e compagno."

L'oggetto simile a un braccialetto cambia colore, ma senza rispondere in altri modi.

È per caso un amico immaginario?

Poi il termine 'looft' mi fa venire in mente un ricordo. Li avevamo studiati all'Orientamento. Vivono su creature simili alle mucche, chiamate mooft... che avevo visto nel mondo degli gnomi cannibali.

Nonostante la tentazione di porre una serie di domande, non voglio che Bailey pensi che la stia ritenendo una mucca, perciò chiudo gli occhi e normalizzo il respiro.

Non so se sia per la presenza di una camminatrice dei sogni, o per il relax che provo nel coccolare Fluffster, ma mi addormento con una rapidità mai vista.

CAPITOLO DODICI

MI TROVO DAVANTI A CINQUECENTO SPETTATORI, e la mia glossofobia/ansia da palcoscenico sta accelerando il battito cardiaco a livelli supersonici.

Eppure, non svengo.

Mi sento euforica.

Sono nata per esibirmi nei numeri di magia... e l'adrenalina data dalla fobia non è che uno stimolante gratuito, prodotto dal mio corpo per restare attenta e all'erta.

"Ho bisogno di un volontario tra il pubblico" dico nel microfono con voce ferma. "Uno bravo con le armi da fuoco, come un agente di polizia."

Mentre la poliziotta prescelta sale sul palco, la mia già prodigiosa risposta allo stress diventa vivida e primaria.

È fatta.

Sto per eseguire il numero di magia più pericoloso nel campo dell'illusionismo... e me lo consento solo perché, da vampira, ho una buona probabilità di sopravvivere a un errore.

Penso.

"Analizzi questa pistola" dico, porgendola alla poliziotta, che prende l'arma senza trovarvi alcunché di anomalo.

"Ora controlli anche questo proiettile" aggiungo, e lo fa.

"Firmi il proiettile, per favore." Le porgo un pennarello indelebile.

Lei fa come le ho chiesto.

Quindi le dico d'inserire il proiettile nella pistola, mentre Nero (il mio assistente seminudo) sale sul palco.

Di solito, è tramite gli outfit poco coprenti che gli assistenti distolgono l'attenzione dall'illusionista. Oggi però, ho chiesto a Nero di vestirsi così, affinché la gente veda che sotto non indossa attrezzature speciali che spieghino il numero.

O almeno, è questo che ho detto a lui. In realtà, il motivo dell'outfit è che mi piace mangiare con gli occhi il suo corpo solido e muscoloso.

"Dia la pistola al mio assistente, poi si metta dietro di lui" istruisco la poliziotta, mentre io e Nero prendiamo posto ai lati opposti del palco.

Lei lo adocchia con palese interesse, poi gli si avvicina nervosamente per consegnargli la pistola, prima di posizionarsi alle sue spalle.

Nero solleva la pistola.

Mi sforzo di non pensare ad una notiziola che non ho mai svelato a Nero: dodici illusionisti di mia conoscenza sono morti durante l'esecuzione di questo numero.

D'altro canto, a differenza di me, non erano vampiri.

Per quel che ne so, comunque.

Ora che non sto fissando un grande pubblico, mi sento più tranquilla... perfino con la pistola puntata addosso.

Nero prende la mira.

Le persone del pubblico inspirano rumorosamente.

Nero preme il grilletto.

Il forte scoppio per poco non mi assorda, ma tutto va come previsto.

Non sono morta.

L'unico danno è stato arrecato allo smalto dei denti, che però si riprenderà a velocità di vampiro.

In sala, è calato un silenzio di tomba.

L'addetto alle luci indirizza un faretto verso di me, in modo tale che tutti possano vedere il metallo scintillarmi in bocca.

È il proiettile.

L'ho 'intercettato' con i denti.

Nero porge alla poliziotta dei guanti di gomma, chiedendole di controllare il proiettile.

Lei barcolla verso di me, e me lo toglie di bocca.

"Ci sono le sue iniziali su quel proiettile?" le chiedo.

"Sì" risponde, meravigliata. "È lo stesso proiettile inserito nella pistola."

"Grazie" dico. "Un applauso, gente, per il meglio di New York!"

La poliziotta scende dal palco, mentre le persone del pubblico si alzano di scatto e cominciano ad applaudire, come se avessero le mani in fiamme.

Mentre faccio un inchino, sorrido come una pazza.

Questo, il rumore delle ovazioni, è lo scopo della mia vita. Uno stato di esaltazione migliore di qualsiasi altra cosa, a parte il sesso con Nero.

E il meglio non è finito qui.

Quando osservo la folla in adorazione, vedo la mamma, che raramente viene alle mie performance, e papà, che è sempre presente. Accanto a loro, in prima fila, ci sono Felix, Ariel, Rasputin, Lucretia, Kit e Vlad. Stanno applaudendo tutti, guardandomi con vari livelli di orgoglio.

Ma c'è qualcosa che non va.

Dietro di loro, ci sono delle persone che non dovrebbero essere lì.

Prima di poter dire o fare qualcosa, un arco di energia nera mi colpisce in testa, paralizzandomi completamente.

L'energia proveniva da qualcuno in seconda fila... dietro i miei amici e la mia famiglia.

Apro la bocca dall'orrore.

Alle spalle della mamma c'è Beatrice, la negromante, e dietro papà c'è Harper, la fidanzata succubo di Beatrice.

E non è tutto.

Alle spalle di Vlad c'è Baba Yaga, ed è da lì che era partita l'energia paralizzante.

Dietro Rasputin c'è Darian, e dietro Ariel c'è Gaius.

Perché non riesco a scrollarmi di dosso la sensazione che non possano essere qui?

Sto negando la realtà?

Alle spalle di Felix c'è Koschei, e dietro Lucretia c'è Woland, il chort in grado di fermare il cuore. Infine, dietro Kit c'è il gigantesco orco capotribù, il cui figlio era stato ucciso da Nero.

Mi sforzo di muovermi, ma riesco solo a contrarre un muscolo.

Con sorrisi cattivi, Beatrice, Baba Yaga e gli altri miei nemici estraggono pugnali da cerimonia identici, e trafiggono la persona davanti a loro.

Mamma, papà e tutte le altre persone a cui tengo, muoiono in un orribile istante.

Cerco di liberarmi dalla paralisi con tanto impegno, che un vaso sanguigno mi scoppia in un occhio... ma invano.

Non riesco a muovermi.

Posso soltanto guardare.

Il pubblico comincia ad urlare e a scappare via.

Nero, finalmente, si accorge dell'accaduto e, a velocità soprannaturale, ricarica la pistola, prende la mira e spara.

La testa di Baba Yaga esplode.

La mia paralisi svanisce, non appena un nuovo individuo saetta, sfocato, sul palco.

È Yudo, alias l'usurpatore, il drago che aveva ucciso i genitori di Nero.

Stringendo una gigantesca spada, l'usurpatore scatta verso Nero.

"Dietro di te!" grido, balzando dall'altra parte del palco, ma Nero continua a mirare ai cattivi in seconda fila.

Il pubblico a teatro fugge in disordine verso le uscite di emergenza, e dev'essere a causa delle loro grida di panico, se Nero non sente i miei avvertimenti, né si accorge dell'avvicinamento di Yudo.

Nero spara di nuovo.

Stavolta, esplode la testa di Woland.

Sono a metà palcoscenico, ma potrei anche trovarmi dall'altra parte del mondo.

Yudo colpisce di spada, e la testa di Nero si stacca dal corpo.

Qualcosa dentro di me scatta.

Accorciando la distanza tra noi, afferro la pistola di Nero, e la scarico sulla testa di Yudo.

Il drago crolla, morto stecchito.

Agguanto la sua spada, proprio mentre Harper, Beatrice, Darian, Gaius e Koschei salgono sul palco.

"Pagherete tutti per ciò che avete fatto" sibilo, e per sottolineare le mie parole, sventro Darian con la spada.

Gli altri indietreggiano, perciò avanzo verso di loro.

Con la paura negli occhi, Beatrice scaglia energia multicolore verso tutti i cadaveri, che cominciano a rianimarsi come zombie.

Il suo attimo di distrazione mi offre una breve parentesi, per poterla letteralmente tranciare a metà.

Mentre lei muore, gli zombie si placano.

"Tu, stronza!" grida Harper. "La..."

Non saprò mai che cos'avrebbe detto il succubo,

poiché le affondo un pugno nel petto, e le strappo il cuore ancora pulsante... proprio mentre decapito Gaius con la spada.

Mentre la testa di Gaius rotola di lato, getto verso di essa il cuore di Harper con un'imprecazione.

Koschei, l'unico ancora vivo, mi sorride. "Sai che non sono così facile da uccidere. C'è un motivo, se mi chiamano l'Immortale."

"Bene" ringhio, prima di mozzargli la gamba destra. "Vorrà dire che mi divertirò per tutto il tempo che voglio."

Koschei urla di dolore.

Incoraggiata, gli trancio l'altra gamba.

Lui grida ancora più forte, e cerca di strisciare lontano da me.

Mentre lo inseguo, un piano si concretizza nella mia testa. Lo ucciderò-torturerò a più riprese, finché il dolore per aver perso la mia famiglia e i miei amici non si sarà estinto.

E non succederà mai.

Proprio come il dolore per aver perso Rose, una delle sue ultime vittime.

Brutalmente, lo sfregio con la spada, fino ad avere il braccio intorpidito... e occorre molto tempo per un vampiro.

Non so quante volte Koschei muoia e torni in vita, prima che qualcuno di nuovo salga sul palco.

La nuova venuta applaude lentamente, e sorride come una pazza.

Asciugandomi dagli occhi il sangue di Koschei, la osservo.

Certo.

È Lilith.

Mi guarda, raggiante, con orgoglio materno.

"Tu." Stringo ancora di più la spada imbrattata di sangue. "Se sei stata *tu* ad organizzare tutto questo, ti ucciderò più lentamente di lui."

Avanzo di un passo minaccioso verso Lilith.

Ed è allora che tra noi compare una figura... una persona che impiego un attimo a riconoscere, perché ci siamo appena conosciute.

È Bailey Spade.

La camminatrice dei sogni.

Ciò significa...

"Esatto" risponde in tono confortante. "Questo è un incubo."

"Oh." Un intenso sollievo sostituisce tutta la mia angoscia. "Ovviamente, questo è un sogno."

Come ho potuto non capirlo prima? Nero non mi avrebbe mai permesso di eseguire la presa del proiettile, per non parlare di 'spararmi' personalmente.

E mamma e papà non assisterebbero ad una presa del proiettile con tanta tranquillità. E nemmeno i miei amici.

Cosa più importante, Baba Yaga e gli altri cattivi sono morti da tempo... cosa di cui mi sarei potuta dimenticare solo nel mondo dei sogni.

"Spero che non ti dispiaccia, se entro in questo

sogno prima che ti dedichi al matricidio" dice Bailey. "Se pensi che sarebbe terapeutico, potrei..."

"Un sogno" mormoro. "Solo uno stupido sogno."

"Già" continua Bailey. "Ora, se non ti dispiace, vorrei cambiare scena." Osserva il sangue e la violenza intorno a noi, e non appena annuisco, essi scompaiono.

Adesso siamo su una nuvola... ma a differenza di quelle normali, formate semplicemente da vapore acqueo, e che quindi ci farebbero cadere, questa sembra un comodo guanciale di piume sotto i miei piedi.

Sotto la nuvola, si vede il tranquillizzante panorama di un oceano infinito.

"Per favore, mettiti sul proverbiale lettino" chiede Bailey, e in quel momento, sulla superficie della nuvola ne compare uno.

Mi accomodo, notando di non essere più impregnata del sangue dei miei nemici. Perfino i miei vestiti sono diversi adesso. È evidente che Bailey ha il controllo su ogni dettaglio di ciò che succede in questa parte del sogno.

"Come ti senti?" chiede, appollaiandosi su una poltrona dall'aria comoda, comparsa sotto il suo sedere.

"Non posso credere di non essermi accorta di sognare" affermo. "Adesso, mi sembra così ovvio."

"È normale." Bailey incrocia le gambe. "Il mondo dei sogni raramente segue la logica. Occorre molto allenamento, per accorgersi delle incongruenze e capire di trovarsi in un sogno. Ma se tu imparassi a farlo, saresti in grado di fare alcune cose mie. La tecnica si chiama onironautica, e posso insegnartela come parte della nostra seduta."

Aggiunge altro, ma vengo distratta da una creatura coperta di peluria, che compare accanto alla poltrona di Bailey.

La fisso.

È un animale che non avevo mai visto prima. Un animale che sembra il parto dell'immaginazione di qualcuno.

"Ciao" mi dice la creatura, con una voce tanto carina quanto il resto, prima di diventare bianca come la nuvola sottostante. "Io sono Pom."

"Pom, sto lavorando" ricorda severamente Bailey alla creatura. "Ne avevamo già parlato."

Il colore di Pom diventa scuro.

Bailey la ignora, e mi guarda con aria di scuse. "Questo è il suo aspetto nel mondo dei sogni." Agita nell'aria il polso ora nudo. "Penso che, possedendo tu stessa un peloso animale domestico parlante, abbia pensato che non ti sarebbe dispiaciuto *vederlo*."

"Un animale domestico?" chiede Pom, indignato, scurendosi ancora di più. "Penso che tu intenda un simbionte."

"Certo" afferma sarcastica Bailey. "Un simbionte. Non un animale domestico, e soprattutto non un parassita. Mi lasci lavorare adesso?"

"Aspetta, vuoi dire che questo è il looft che portavi al polso?" Guardo Pom. "Il cinturino peloso?"

"Lo so." Sogghigna. "Nel mondo dei sogni, lui è la graziosità pura, usata come arma."

Pom si gonfia d'orgoglio, e riacquista una tonalità di colore più chiara.

"Non credi che la tua gatta, e perfino il cincillà, siano brutti in confronto?" mi chiede Bailey, ammiccando.

"Già" rispondo, dandole corda. "Ripugnanti."

"Mi piace affermare che Pom è più carino dei koala e dei panda che avete sulla Terra" continua Bailey. "Addirittura più carino delle lontre."

Ridacchio. "Mi ricorda un Pokémon" commento, entrando nello spirito della conversazione.

"Già." Bailey gratta l'orecchio peloso di Pom. "È come se Jigglypuff e Pikachu avessero avuto un figlio bastardo."

Rido. Adesso che lo dice, noto assolutamente la somiglianza.

"*Devo* andarmene?" chiede petulante Pom. "Mi piace Sasha. Mi ricorda te."

"Grazie" rispondo. "Penso."

"Oh, è un complimento" dice Bailey. "Pomsie stravede per me."

"Ti dai tante arie?" mormora la creatura.

"Allora, vuoi che se ne vada?" Bailey mi guarda. "Per quel che vale, anche se non lo vedi, lui riesce a sentire e a vedere tutto quello che succede nel mondo dei sogni."

"Per me non è un problema" rispondo. "Soprattutto perché non so nemmeno che cosa succederà."

"Giusto." Mette le dita a forma di piramide. "In realtà, non ho pianificato molto per oggi, a parte stabilire la connessione. Il fatto che tu stia ancora dormendo è raro, ma ci offre la possibilità di praticare un po' di terapia post-incubo, se ti va."

"Credo di sì" rispondo. "Che cosa comporta?"

"Beh, per cominciare, puoi raccontarmi quale fosse, secondo te, il motivo di tutta quella sanguinosa faccenda."

"Non lo so." Sposto il peso sul lettino, improvvisamente scomodo. "Ha avuto inizio con un numero di magia, cosa che non posso più praticare... perciò, l'incubo potrebbe essere dovuto al mio subconscio, che mi sta dicendo quanto questo mi sconvolga." La guardo, piena di aspettativa, ma lei assume un'espressione indecifrabile, che deve aver rubato a Lucretia. "Oppure, potrebbe essere un sogno più letterale" continuo. "Magari ho paura di perdere Nero. O i miei genitori e i miei amici."

Rendendomi conto di stare in ansia, mi fermo e inspiro. In qualche modo, probabilmente a causa di Bailey, un bicchiere d'acqua si mette a fluttuare nell'aria davanti a me. Lo afferro, e tracanno l'acqua avidamente.

"Altre teorie?" chiede Bailey in tono confortante, quando il bicchiere vuoto svanisce dalle mie mani.

"Forse ho solo paura di diventare un mostro, come Lilith." Lancio un'occhiata a Pom. "Oppure si tratta solo di sfoghi casuali dei miei neuroni, e non significano nulla. Sei tu l'esperta, perciò *dimmelo*."

Bailey si schiarisce la gola. "A me piace paragonare i sogni alla realtà virtuale, ma invece del lavoro di una squadra di progettisti e ingegneri, è il tuo cervello il responsabile delle esperienze.”

“Questo non spiega molto” obietto. “Secondo te, che cosa significava?”

“Io?” Bailey accarezza distrattamente Pom sulla testa. “Non si tratta di me. Sono i tuoi sogni, perciò devi decifrarli tu. Le tue ipotesi sono piuttosto penetranti... soprattutto considerando che è la prima volta.”

“Davvero?” Mi appoggio contro il lettino. “Forse è perché mi segue regolarmente una psicologa.”

“Ah.” Toglie la mano da Pom. “Si vede. Dovresti continuare a seguire la terapia parallelamente alle nostre sedute.”

“Sedute, al plurale? Vuoi dire che dovrò sognare ancora in questo modo?”

“Solo se lo desideri” risponde. “Essendo una vampira, non hai bisogno di dormire, e quindi sei un cliente insolito in materia di incubi. Non soffrirai per la privazione del sonno a livello fisico. Però, la terapia dei sogni può aiutarti a lavorare su ogni paura che hai appena citato... e anche su quella di parlare in pubblico. Supponendo che tu lo voglia.”

Ci penso su.

Ora che ne parla, sarebbe fantastico non diventare così nervosa quando devo parlare in pubblico... soprattutto, se in questo modo potrei divertirmi a praticare la magia sul palco nei miei sogni.

Non sono sicura, però, di voler vedere le persone a cui tengo morire di nuovo, nemmeno in un incubo.

"Penso di volere il tuo aiuto" dico, esitante. "Ma non voglio approfondire tutte le mie paure... almeno non prima di aver salvato il mondo."

Non appena pronuncio queste parole, vorrei darmi una botta per essermi dimenticata completamente di Tartaro.

Non ho tempo per questo.

Non ce l'ho mai avuto.

Nero mi ha costretto a fare questa terapia dei sogni, e non avrei dovuto permetterglielo.

"Salvare il mondo?" Bailey solleva un sopracciglio.

"È una lunga storia" mormoro. "Che ne dici allora? Possiamo continuare così un'altra volta?"

"Sono i soldi del tuo fidanzato" risponde Bailey. "E poi, te la sei cavata molto bene nella tua prima sessione."

"Figo. E quindi che si fa?"

"Ti svegli."

"Così e basta?"

"Già" risponde. "Devi solo volerlo, e dovrebbe succedere. Quando sei pronta per un'altra sessione, rimettiti a dormire, e farò del mio meglio per venire a trovarti... ma niente promesse. Ho una valanga di clienti che sgomitano per la mia attenzione."

"E non dovrai toccarmi di nuovo?" chiedo, ricordando le parole di Nero.

"No" dice. "E dato che sei una vampira, dovrebbe essere facile. Se ti vedrò dormire, saprò che lo stai facendo per la terapia. Non succede con tutti i miei clienti, che dormono perché ne hanno bisogno."

"Ottimo" dico. "Come mi risveglio?"

"Come la Nike" dice Bailey. "Just do it."

Mi alzo dal lettino, e ordino a me stessa di svegliarmi.

Con un sussulto, apro gli occhi nel mio salotto.

CAPITOLO TREDICI

"STAI BENE?" chiede Fluffster nella mia testa. "Mi hai stretto abbastanza forte nel sonno."

"Sto bene." Allento la presa sul mio povero domovoi, e mi alzo a sedere.

Proprio come dopo l'ultimo risveglio, non mi sento affatto intontita.

Dev'essere una cosa tipica dei vampiri.

"Com'è andata la terapia?" chiede Nero, entrando in salotto con Claudia, che tiene ancora in braccio Lucifera... e in qualche modo, ha ancora le membra intatte.

"Surreale." Poso per terra Fluffster, e osservo il braccialetto peloso di Bailey.

Dev'essere lo stesso Pom del sogno, ma qui ha un aspetto molto diverso. Mi chiedo se il suo aspetto nel mondo dei sogni sia un parto dell'immaginazione di Bailey, come le nuvole e il resto.

"È stato un ottimo inizio" commenta Bailey con espressione indecifrabile.

"Bene." Nero abbassa lo sguardo sul telefono. Senza risollevarlo, afferma: "Organizza altre sessioni, e addebitale sul mio conto di Gomorra."

"Affare fatto." Bailey tocca il proprio braccialetto da compagnia.

"Vlad e gli altri sono tornati sulla Terra?" chiedo, distogliendo lo sguardo dal looft.

"Hanno attraversato il portale qualche minuto fa" spiega Nero. "Eric verrà a prenderci tra un attimo."

"Era ora." Mi alzo in piedi. "Andiamo."

Claudia mette giù la gatta, e accompagniamo fuori Bailey. Quando arriva l'ascensore, le dico che è stato un piacere conoscerla.

"Il piacere è stato tutto mio" risponde, poi guarda Nero. "Non che ci sia stato piacere durante la nostra seduta. È stato tutto strettamente platonico."

Le porte dell'ascensore si chiudono davanti a lei, e il telefono di Nero trilla.

Guarda un messaggio, e noto di non aver più controllato il mio telefono dopo il ritorno dalle Altre Terre... perciò lo faccio.

Ho ricevuto parecchi messaggi da Lucretia, per qualche motivo.

Come in un'eco dell'incubo in cui avevo perso la mia ritrovata sorellastra, il mio battito accelera.

Poi leggo il contenuto dei messaggi, e sospiro di sollievo. Lucretia mi ha invitata al suo nuovo Rito del mandato. Come vampira, deve ripetere tutta quella spiacevole procedura, ed è programmata per oggi.

Mezz'ora fa, per essere precisi.

Faccio scorrere tutti i suoi messaggi. Dopo l'invito originale, essi si fanno sempre più preoccupati per l'assenza di risposte da parte mia. Mi ha perfino chiamata alcune volte.

La richiamo, ma trovo la segreteria.

Sto bene, sorella, scrivo, sorridendo per l'ultima parte. *Scusa se mi sono persa il tuo Rito, ma magari ci vediamo al castello? Ci andrò tra un secondo per una riunione del Consiglio. Di nuovo, scusa per il ritardo nella risposta. Ho una valida scusa, lo giuro.*

Mentre alzo lo sguardo dallo schermo, Eric compare in corridoio.

"Prima le signore." Nero indica con la testa sua sorella e me.

Eric si avvicina a Claudia, toccandole la spalla. Svaniscono, poi Eric ricompare e mi afferra.

Dubito che il teletrasporto mi stancherà mai. Un attimo prima, siamo nel mio palazzo; subito dopo, mi ritrovo su una familiare piattaforma circolare, con il profumo d'incenso alla salvia che mi solletica il naso.

Kit, Vlad e gli altri sono già qui, in piedi accanto a me, con indosso quelle vesti cerimoniali con il cappuccio in testa.

Come di consueto, ci sono candele accese tutt'intorno a noi... ciascuna delle quali sembra galleggiare, conferendo a questo posto un'atmosfera da Sala Grande di Hogwarts.

Gli altri membri del Consiglio occupano il proprio posto a sedere, e indossano a loro volta le vesti, con i volti a malapena distinguibili nella luce cupa.

Mi guardo intorno, alla ricerca di volti familiari, ma non ne trovo. Chissà se Chester (il manipolatore delle probabilità che aveva ingaggiato Beatrice per uccidermi, aiutando in seguito me e Nero a sconfiggere Darian) è tornato nel Consiglio, come promesso da Nero.

Non lo vedo presente, quindi probabilmente non ancora. E ha senso, dato che Nero è stato impegnato nella sua recente conquista.

"È un po' inquietante vederli da quaggiù" mi sussurra Kit. "Mi sento come se ci stessero per giudicare."

Claudia studia il Consiglio con divertimento. Chiaramente, non ha mai visto *Eyes Wide Shut*, e così questa atmosfera da orgia non la disturba minimamente. Ma la sua mancanza di paura ha senso. Essendo un drago, probabilmente può decimare ognuna di queste creature con un solo soffio.

Eric si rifà vivo, portando Nero, poi scompare con altrettanta rapidità. Immagino che non faccia parte del Consiglio.

Accanto a noi, Vlad abbassa il cappuccio, scoprendo il volto meditabondo. "Ho già fornito al Consiglio una breve panoramica della minaccia" afferma. "Ma aspettavamo voi per discutere del piano d'azione."

Una persona si alza. Nonostante il cappuccio della vestaglia, noto che si tratta di un uomo anziano, calvo in cima alla testa ma ancora con dei lunghi ciuffi di capelli ai lati. Sopra le sue labbra sottili, ci sono dei grossi baffi grigi. Mi ricorda un scienziato pazzo determinato a conquistare il mondo... un onore per il quale, adesso, dovrà combattere contro Tartaro.

"Come possiamo sapere che la veggente sta dicendo la verità?" Mi guarda dall'alto con i suoi occhi leggermente strabici. "L'ultima volta in cui è venuta qui, dovevamo discutere della sua performance in TV."

"Lui è Easton" mi sussurra Kit nell'orecchio. "Da camminatore dei sogni, ha informazioni su tutti i membri del Consiglio, ed è per questo che il suo fastidioso atteggiamento viene tollerato."

"Io dico di avere una prova" dichiara il camminatore dei sogni. "Posso esaminare personalmente i suoi sogni per..."

"Prima, passeremo sul tuo freddo cadavere" ringhia Nero, con gli anelli limbari in modalità drago. "Lo stesso vale per chiunque altro osi pensare di toccarla."

Il suo sguardo passa in rassegna tutta la stanza, e sorpresa, sorpresa, all'improvviso nessuno vuole toccarmi.

"Come tutti i presenti sanno, so distinguere la verità dalle bugie" afferma Nero con voce bassa e secca. "E Sasha sta dicendo la verità. A meno che" guarda in tralice il già intimidito camminatore dei sogni, "non dubiti della *mia* parola?"

Easton si abbandona sulla sedia senza fiatare.

Presumo che non abbia informazioni compromettenti su *tutti* i membri del Consiglio.

Un'altra persona si alza. Sotto il cappuccio, è una bellissima donna che, in mancanza di un termine migliore, ha un odore delizioso.

Delizioso in maniera familiare.

"Lei è Tatum" sussurra Kit con voce rauca. "Il succubo più potente del mondo, e ha avuto storie con metà del Consiglio." Vedendomi guardare Nero con occhi socchiusi, si affretta ad aggiungere: "Non con lui, non temere. Non è mai stato con un membro del Consiglio."

Bene. Non vorrei essere costretta ad uccidere un altro succubo... o altre persone del Consiglio.

Ho la sensazione che non vedrebbero di buon occhio questo comportamento.

"Penso sia ovvio quale dovrebbe essere il nostro prossimo passo" dichiara Tatum con voce monotona. "Una questione di tali proporzioni non può essere gestita da un singolo Consiglio. Dobbiamo convocare una riunione di tutti i Consigli."

"Ha ragione" interviene una donna in piedi accanto a noi, quella che aveva aiutato Nero nelle sue battaglie, chiamando a raccolta animali che obbedivano ai suoi ordini. "Il Consiglio di Parigi comprende a sua volta un potente veggente, e per quanto nessuno dei presenti dubiti della visione di Sasha" lancia a Nero un'occhiata prudente, "sarebbe saggio sentire anche le sue previsioni, e le sue idee su come risolvere la situazione."

Un veggente nel Consiglio di Parigi.

Perché ho un brutto presentimento a riguardo?

"Concordo" dice Nero in maniera teatrale. "Qualcuno si oppone?"

Anche stavolta, nessuno fiata.

"Allora ci aggiorneremo, una volta conclusi gli accordi" conclude definitivamente Nero. Spostandosi di lato, si avvicina all'uomo che si era trasformato in un lupo mannaro gigante durante le battaglie nel mondo dei draghi, e dice a bassa voce: "Dobbiamo parlare."

"Certo" risponde lui. "Ci vediamo in corridoio."

Nero annuisce, poi mi prende per mano e mi trascina fuori dalla stanza, seguiti da Claudia.

"Sasha, questo è Eduardo" dice Nero, quando siamo lontani dalle orecchie del Consiglio. "È l'alfa del branco di New York."

"Piacere di conoscerti." Tendo la mano, per stringere quella enorme di Eduardo. "Ti ho visto combattere in una visione. È stato uno spettacolo impressionante."

"Grazie" risponde, poi guarda Nero con aspettativa.

"Diglielo" mi suggerisce Nero.

"Ho avuto una visione, in cui venivo attaccata da un lupo mannaro" spiego a Eduardo. "Gigantesco. Più grosso di te."

"Impossibile" replica Eduardo. "Sei sicura che la tua mente non sia stata influenzata dalla paura? La mia specie può incutere abbastanza timore, vista da vicino."

Evito di roteare gli occhi. "No, non penso."

"Allora descrivilo" dice Eduardo, accigliato.

Mentre lo faccio, il licantropo appare sempre più confuso.

"Non esiste un lupo del genere da queste parti" dichiara alla fine. "Sei sicura che non fosse semplicemente Kit, o un membro della sua specie con i suoi trucchetti?"

"Non ne ho idea" rispondo. "Come potrei notare la differenza?"

"Probabilmente, non puoi farlo" dice Eduardo. "Pochissimi di noi ci riescono... e questo non è d'aiuto."

"Puoi chiedere in giro?" suggerisce Nero. "Magari è uno giovane, non ancora sul tuo radar? O un visitatore da altre parti?"

"Lo farò" dice Eduardo. "Ma non sperateci troppo."

E senza nemmeno un addio, se ne va a lunghi passi.

E va bene.

Forse i licantropi sono bravi a socializzare soltanto con altri licantropi?

Stringendosi nelle spalle, Nero comincia ad addentrarsi nel castello in un percorso simile alle catacombe.

Una volta sicura di non essere sentita nemmeno da un udito ipersviluppato, chiedo: "Il veggente di Parigi è Nostradamus, vero?"

"Giusto." L'espressione di Nero è cupa. "Ma nonostante ciò che ha fatto a te e a tuo padre, *dovrebbe* essere nostro alleato in questo."

"Lo so" replico. "Vuole la morte di Tartaro più di ogni altra cosa. Il problema è, a che prezzo?"

"Già" commenta tetramente Nero. "Di sicuro, fa anche il proprio gioco."

Il mio telefono emette un trillo, attirando lo

sguardo incuriosito di Claudia.

Controllo il dispositivo. È un messaggio di Lucretia.

Ho appena ripreso i sensi, e ho visto le tue risposte. Sei vicina alla sala di risveglio?

"Dove ci troviamo nel castello?" chiedo a Nero. "Lucretia ha terminato il Rito del Mandato, e vuole vedermi."

"Dille che stiamo andando alla torre sud ovest" risponde Nero, quindi prende Claudia per un braccio, tirandola verso una svolta a sinistra. "Lei sa dov'è."

Seguendoli, scrivo a Lucretia, e mi dice che ci vedremo là.

"Ha usato le parole 'ho ripreso'" dico a Nero. "Significa che il Rito è spiacevole per un vampiro tanto quanto lo è stato per me da pre-vampira?"

Nero fa una smorfia. "Quasi tutti svengono durante il Rito. E più sei forte, più dolore provi."

"Interessante" commento, notando che Claudia ascolta attivamente. "Non avrò fretta di affrontare il mio secondo Rito molto presto, presumo."

"In realtà, ne avresti bisogno al più presto" replica Nero. "Senza l'aura del Mandato, non vieni riconosciuta nella società dei Conoscenti, e quindi ti considerano fuori della legalità."

"Giusto. È come strapparsi un cerotto, presumo: meglio farla finita subito." Poi mi viene in mente una cosa, e dico: "Il licantropo nella visione. Non ho visto la sua aura."

"No?" Nero solleva un sopracciglio.

"No" dico. "Ma al momento non vedo l'aura di

nessuno... perciò mi chiedo se potrei sventare quel futuro, eseguendo il Rito prima dell'aggressione."

"Forse non hai visto l'aura di quel tizio, perché proveniva da un altro mondo" dice Nero. "D'altro canto, visto che a breve dovrai comunque partecipare al Rito, perché non farlo oggi?"

Per sottolineare quelle parole, afferra uno dei monaci che passano di qui, e gli sussurra qualcosa nell'orecchio.

Annuendo solennemente, il monaco corre via, presumibilmente per occuparsi dei preparativi.

"Potrei vedere l'aura di una persona di un altro pianeta?" Seguo Nero e Claudia su per una stretta scalinata. "Sempre che nel pianeta di origine si applichino le questioni del Mandato."

"No" risponde Nero. "Il Mandato riguarda specificatamente ciascun pianeta, ulteriore motivo per eseguire il Rito oggi, insieme ad ogni altro Conoscente della Terra che non l'abbia già fatto."

"Eh?" Guardo Claudia, per vedere se capisce la logica del fratello, ma si stringe nelle spalle.

"Quando Tartaro e i suoi figli arriveranno, potremo distinguerli dai Conoscenti della Terra grazie all'assenza dell'aura" spiega Nero. "In effetti, i Consigli emaneranno probabilmente l'ordine di uccidere a vista chiunque non sia dotato dell'aura."

"In tal caso, anch'io parteciperò a questo Rito" dichiara Claudia. "Meglio evitare i danni collaterali di chi cercherebbe di 'uccidermi a vista'."

Nero si ferma, e la guarda accigliato. "Sicura? Hai

più potere della maggior parte delle persone, e per te sarà molto doloroso."

Claudia si stringe nelle spalle, noncurante.

"Non so nemmeno se sarebbe possibile organizzarlo" continua. "Il Mandato è un privilegio dei Conoscenti nati in questo mondo. I Consigli fanno eccezioni per alcuni abitanti di altri mondi, come me, in effetti, ma..."

"Sono sicura che faranno un'eccezione anche per me, quando dirò loro che è il prezzo da pagare per il mio aiuto." Claudia gli strizza l'occhio, poi mi guarda. "Aiuterei lo stesso, ovviamente, ma loro non devono saperlo."

"Ne parliamo meglio più tardi" dice Nero, fermandosi alla fine della scalinata, davanti a una grande porta. "La torre sud ovest è da questa parte."

Con uno stridio di cardini arrugginiti, spinge la porta per aprirla.

"Eccovi" esordisce Lucretia, sorridendo, mentre entriamo in una stanza con pareti circolari di pietra... la stessa in cui un drago cattivo rinchiuderebbe la damigella in pericolo.

Meglio non far arrabbiare Nero. Questo posto potrebbe mettergli in testa delle idee.

"Lucretia, lei è Claudia" dice Nero. "Claudia, lei è Lucretia: la sorellastra di Sasha. Come noi, si sono appena ritrovate come sorelle."

"Piacere di conoscerti, sorella di Sasha" dice Claudia a Lucretia con un sorriso malizioso. "Dato che sono la sorella di Nero, siamo praticamente una famiglia."

Di nuovo quell'allusione non così sottile. Claudia non si arrende facilmente, eh?

Avevo sperato che Lucretia non capisse la versione del russo che costituisce la lingua dei draghi, ma a giudicare dal sorriso maligno, simile a quello di Lilith, sul suo viso, la mia sorellastra ha capito benissimo.

"Come stai?" le chiedo, ricordando che ha appena superato il Rito.

"Sì, come va?" Nero la osserva con preoccupazione. È un capo più attento di quanto pensassi, oppure, più probabile, sta pensando a come sarà per me e sua sorella.

"Mi sono sentita stranamente bene, non appena ho ripreso i sensi" risponde Lucretia. "A quanto pare, è più facile gestire il Rito la seconda volta."

"Oh, bene" dico, sollevata.

Sto per spiegarle che a breve lo affronterò anch'io, ma Lucretia dice con un sorriso: "Ho una grossa sorpresa per te."

Il mio cuore accelera. Penso di sapere dove andrà a parare, ma non voglio sperarci troppo.

"Riguarda la parentela" conferma, con il sorriso che si allarga.

Certo. Quando si affronta un Rito, la famiglia partecipa alla cerimonia... e quindi, il nostro misterioso fratello era lì per lei.

Come in risposta ai miei pensieri, la porta si apre... e non posso credere ai miei occhi.

Questo è mio fratello?

Dev'essere uno scherzo.

CAPITOLO QUATTORDICI

"SPERO che tu capisca come mai abbia dovuto chiarire prima con lui" dice Lucretia.

"Sì" rispondo, mentre mio fratello entra... seguito da un'altra parente a sorpresa, saltata fuori direttamente da una puntata di *Jerry Springer*.

Si tratta di Chester e di sua figlia Roxy, un'adolescente licantropo che, con il suo branco in stile *Mean Girls*, mi aveva aggredita, e più di una volta.

E adesso, salta fuori che è mia nipote.

In loro difesa, sia il padre, sia la figlia hanno un'espressione castigata... e di sicuro, vale anche per me. Ero già dispiaciuta per ciò che avevo fatto a Roxy, e questo prima di sapere della nostra parentela.

Spero che, adesso, non sia altro che una storia di cui ridere a tavola durante il Ringraziamento... subito dopo che Lilith avrà ricevuto il Premio Nobel per la pace.

A proposito di Lilith, ora che so cosa cercare, Chester le assomiglia un po', soprattutto per quel sorriso da imbroglione. Non si può dire lo stesso di Roxy. Lei ha preso dalla mamma: la moglie di Chester e, un tempo, amante di Darian.

Già, decisamente *Jerry Springer*. In stile Conoscenti.

"Voglio cominciare, confessando che sono molto dispiaciuta per averti puntato addosso una pistola" dico a Roxy, poi le tendo la mano.

La fissa attentamente, poi la stringe con vero entusiasmo.

Con il suo solito atteggiamento da ape regina smorzato, e il viso relativamente privo di trucco, mia nipote dimostra finalmente la sua età... facendomi sentire un mostro, nonostante abbia accettato le mie scuse.

Chester dà una gomitata alla figlia.

"Giusto." Lei osserva i propri stivali Louboutin. "Dispiace anche a me. Avrei dovuto percepire che eri parte della famiglia. Assomigli molto a zia Lucretia." Incrociando il mio sguardo, aggiunge sinceramente: "Niente è più importante per me della famiglia. Mi auguro che che tu possa credermi."

Povera ragazza. Perdere la mamma, e avere Chester come padre, deve averla spinta a desiderare forti legami familiari.

"Sasha ha così tanti parenti" sussurra Claudia a Nero, ma con voce abbastanza alta, da farsi sentire da tutti. "Se la sposi, diventeranno la *nostra* famiglia."

Ottimo. La sorella di Nero dev'essere nella stessa barca di mia nipote, avendo perso *entrambi* i genitori da giovane.

Sbircio Nero.

La sua espressione è indecifrabile. Se questa idea assurda gli piace, non ne dà alcun segno. Lucretia, comunque, mostra un largo sorriso, mentre le espressioni di Chester e Roxy rimangono invariate. Magari non capiscono la variante russa della lingua dei draghi?

Accantonando ogni pensiero sulla reazione di Nero, sorrido a Roxy. "Certo. Non parliamone più, del nostro inizio travagliato."

"Anch'io non avrei voluto cominciare con il piede sbagliato" dice Chester, con il volto da satiro insolitamente serio.

"Vorresti non aver cercato di ucciderla tramite Beatrice, intendi?" ringhia Nero.

Roxy guarda il padre con occhi grandi. Immagino che non conoscesse tutti i dettagli della nostra storia.

"Sapevo solo che Sasha era una persona per la quale Darian provava interesse" risponde Chester. Più amaramente, aggiunge: "Non avevo idea del fatto che la nostra amata madre avesse partorito l'ennesimo figlio da ignorare."

"Non penso che Lilith volessi ignorare *me*" dico con una smorfia. "E fidati, l'assenza del genitore di cui avete sofferto tu e Lucretia è stata un bene."

"Giusto." Chester mi studia, come vedendomi per la prima volta. "Lucretia mi ha detto che hai passato del tempo con Lilith."

"Lei..."

"Aspetta" mi dice Roxy, annusando l'aria. "Hai

qualcosa di diverso oggi. Non assomigli solo a zia Lucretia, ma hai anche il suo stesso odore. O almeno, quello che ha cominciato ad avere di recente. Dopo la trasformazione."

Ottimo. Non ho superato il test del fiuto di mia nipote.

"Hai ragione" le dice Nero. "Sasha è una vampira adesso. Lilith ha fatto in modo che bevesse il suo sangue, assicurandosi che morisse."

I miei tre parenti restano a bocca aperta all'unisono, e Lucretia esclama: "Come ho fatto a non notarlo? Non hai l'aura. Riesco perfino a percepire..."

"Aspetta" interviene Chester. "Sono troppe cose tutte insieme. Qualcuno può partire dall'inizio?"

"Certo" dico. "È cominciato, quando ho scoperto una mappa per arrivare da mio padre." Guardo se Nero reagisce, dato che la mappa in questione si trovava nella sua cassaforte, ma la sua espressione è sempre imperscrutabile. "Dopodiché, ho organizzato una spedizione di salvataggio" continuo, "finendo in un mondo di cui Lilith si era impossessata. Un mondo dove le persone la adorano come una divinità. Ecco dove passava la maggior parte del tempo mentre, come dicevi tu, vi ignorava."

"Una divinità" mormora Chester, e non si capisce bene se sia impressionato o indignato.

Chi sto prendendo in giro?

È impressionato. E potrei avergli suggerito l'idea di conquistare qualche povero pianeta, per diventarne il dio della discordia.

Oops.

"Comunque" dico, "ecco in cosa eravamo impegnati, quando ci hai aiutati con il tuo leone all'aeroporto. In seguito, Nero mi ha rinchiusa, sono fuggita, e poi si sono fatti vivi Lilith, Nostradamus e questi chort." Proseguo, raccontando loro gli avvenimenti successivi, e concludendo con il modo in cui Woland mi ha uccisa.

Poi descrivo la mia visione apocalittica. Dal momento che fanno parte della mia famiglia, voglio che scappino, se dovessi fallire nel fermare Tartaro.

Il volto di Chester si contrae, mentre parlo, e gli occhi di Roxy s'ingigantiscono ad ogni parola. "La Terra verrà distrutta?" esclama quest'ultima alla fine. "Perché non sei partita da questo punto?"

"Spero d'impedirlo" mi difendo. "Siamo qui per questo, comunque: parlare al Consiglio dei Consigli tra qualche minuto."

"Certo" dice Chester. "Avevo sentito parlare di una riunione, e mi chiedevo per quale motivo fosse stata fissata." Piega la testa di lato, studiandomi. "Senza offesa, *sorella*, ma mi chiedo con quali presupposti Nostradamus crede che tu possa sconfiggere Tartaro. Voglio dire, la nostra famiglia è piuttosto notevole, non fraintendermi, ma lui è una leggenda di tutt'altro calibro."

"Per cominciare, ha ereditato due poteri" risponde Lucretia. "Il vampirismo da Lilith e le abilità di veggente da Rasputin. Hai mai sentito parlare di un veggente vampiro prima d'ora?"

"No" afferma Chester. "I doppi poteri sono piuttosto rari."

"A proposito" dico. "E se, in realtà, avessi ereditato *tre* poteri? È possibile che, siccome Lilith voleva che un figlio dai superpoteri la salvasse, la sua prodigiosa manipolazione delle probabilità abbia realizzato questo per lei?"

Chester si gratta il mento. "In effetti, sei riuscita a non morire, quando ho cercato di farlo succedere. Il che è molto difficile per una persona priva dei poteri di un manipolatore. Pensavo che fosse dovuto alla tua abilità di veggente, ma forse..."

"Ha sconfitto anche me" osserva Roxy, con le guance che arrossiscono. "E sono protetta dalla tua fortuna, quindi si applica la stessa logica."

Nero mi guarda, pensieroso. "Sai, adesso che ne parli, così si *potrebbero* spiegare le tue abilità con il mercato azionario." Si rivolge agli altri. "Ho spinto Sasha ad amplificare i poteri di veggente, chiedendole dei consigli sulle azioni, e l'ha fatto magnificamente. Ma, vedendo la situazione dalla giusta prospettiva, i suoi risultati potrebbero essere dovuti ai poteri con le probabilità, e non alle capacità di veggente. Era semplicemente troppo brava... perfino per una veggente con un potere al suo livello." Mi guarda con ammirazione. "A volte, avevo la sensazione che il solo fatto che lei mi desse un'azione *muovesse* il mercato a favore di quell'azione."

Ha ragione.

Senza curarmi d'invocare delle visioni sul mercato

azionario, avevo suggerito a Nero dei ticker come EAT, CAKE, BEAT, HOG, LUV, FIZZ, YUM, NUT, COOL, WOOF, e altri perfino più stupidi, senza alcuna ricerca. Li avevo tirati fuori dal nulla, solo per il loro nome divertente... eppure, tutti gli avevano fatto guadagnare dei soldi.

"Per muovere il mercato azionario in quel modo, bisognerebbe possedere un'enorme quantità di potere grezzo sulla manipolazione delle probabilità" medita Chester. "Hai notato altre cose anomale come questa?"

"Non sono stata molto fortunata ultimamente, se è questo che intendi" rispondo.

Sfortunata.

Giusto.

Questo è l'eufemismo del secolo.

"Ai manipolatori delle probabilità possono comunque succedere brutte cose." Gli occhi di Chester sono pieni di dolore, mentre pronuncia queste parole. "Io ho perso mia moglie, e più di recente, il posto nel Consiglio. Temporaneamente." Guarda Nero in modo eloquente, poi sospira. "L'universo è troppo complesso, per manipolarne ogni aspetto."

"Già" dico, cercando di pensare ad altri esempi per confutare la teoria della manipolazione delle probabilità. "Quando ho bisogno di una visione, spesso ottengo quella giusta. Quando mi unisco alla mente di altri veggenti, intravedo alcuni dei loro ricordi, e sono molto pertinenti. Ho sempre pensato che succedesse grazie all'aiuto del mio subconscio, in qualche modo, ma invece potrebbe essere questo."

"Buona idea" commenta Nero. "Quando era solo una veggente principiante, è riuscita a sognare proprio le visioni di cui aveva bisogno, per ostacolare te e Beatrice, e anche il Consiglio."

Ha ragione.

È da un po' che non penso a quelle visioni nei sogni, ma erano di una precisione estrema... e arrivavano giusto in tempo per salvarmi.

"Sai" dico. "In base a molti commenti su YouTube, la mia performance in TV ha fatto credere a molte persone che la mia 'previsione' di quel terremoto in Messico fosse dovuta alla fortuna."

"Non ci avevo neanche pensato." Chester sogghigna, sembrando stranamente uno dei cattivi. "Significa che hai avuto bisogno solo di un minimo potenziale di base nella manipolazione delle probabilità, poi la performance in TV l'avrebbe incrementato."

"Wow." Roxy mi guarda con ammirazione. "Se è vero, nessuno verrà mai ad infastidire la nostra famiglia. Sempre che sopravviviamo a Tartaro, intendo."

"Giusto." Le sorrido. "Ora, se fossi abbastanza fortunata da capire come verificare la presenza di questi poteri, potrei cominciare a crederci."

Roxy guarda il padre. "Non può fare quello stupido test a cui mi hai costretta per tutta la vita?"

Chester si palpa le tasche, e mette il broncio. "Non ho con me un mazzo di carte oggi, ma penso di poter escogitare un altro test che..."

"Aspetta." Mi metto entrambe le mani in tasca. In

quella giusta, avvolgo il mio fidato mazzo di carte nella carta lampo, presa in precedenza, mentre nella tasca sinistra, stringo un accendino. "Che cos'hai appena detto che ti serve?"

"Ho detto che non ho un mazzo di carte da gioco" ripete Chester, pronunciando ogni parola come se avessi perso improvvisamente quaranta punti di quoziente intellettivo.

"Beh, io ho questa palla di carta" dico, tirando fuori il mazzo impacchettato. "Sarebbe d'aiuto?"

Prima che possa darmi una risposta bisbetica, do fuoco alla carta con l'accendino.

In un enorme lampo di fuoco, resto con un mazzo di carte in mano.

Muovendomi con la velocità data dai poteri di vampira, tolgo le carte dall'involucro, e le faccio saltare alcune volte da una mano all'altra, un po' per esibizionismo, un po' per dimostrare che si tratta di un vero mazzo di carte, comparso di punto in bianco.

"È eccezionale" esclama Lucretia con approvazione.

Eccezionale? Preferisco sconvolgente.

"Sa fare molto di più" dichiara fieramente Claudia. "Falle vedere il numero in cui le carte si capovolgono, oppure..."

"Ti prego, non fare mai una cosa simile durante l'Orientamento." Roxy mi lancia un'occhiata implorante. "Almeno, se diremo a tutti che siamo parenti."

Ma guarda. La magia con le carte è così *impopolare* tra i giovani della comunità dei Conoscenti?

"Il test" ricorda aspramente Nero a tutti. "Ora che si è 'materializzato' un mazzo di carte, mettiamoci al lavoro."

"Giusto" dice Chester, e mi ruba le carte di mano. "Sasha, te l'avevo già mostrato in passato." Mischia le carte, poi le dispone... e il mazzo è perfettamente in ordine, come nuovo.

"Già" rispondo, senza nemmeno curarmi di soffocare l'invidia. "Me l'avevi mostrato. E allora?"

"È questo il test. Cioè, voglio che tu faccia la stessa cosa" spiega, e rimescola le carte. "Tieni." Me le porge. "Provaci."

Mischio le carte, e desidero che si dispongano secondo l'ordine di un nuovo mazzo. Lo voglio, tanto quanto voglio levare quel ghigno dalla faccia di Chester.

Quando dispongo le carte, sono in ordine casuale.

"Sai quante disposizioni delle carte esistono in un mazzo mischiato?" chiedo a Chester, frustrata. "Più della quantità di atomi sulla Terra."

"Vero" afferma. "Significa semplicemente che devi desiderarlo... o applicare la forza di volontà... molto intensamente."

"Che ne dici di darle delle istruzioni utili" ringhia Nero. "Dev'esserci una tecnica di base."

"Bene." Chester libera un sospiro. "Perché non cominci a volere fortemente il tuo obiettivo, al punto da vederlo manifestarsi nella realtà? Quando funziona, vedrai dei filamenti di possibilità disponibili. Questi filamenti suggeriranno l'esito e il consumo di potere associato a loro... ma ci vogliono abilità e pratica per usarli correttamente, quindi non tormentarti."

"Aspetta" dico. "Cosa intendi con 'filamenti'?'"

"Alcuni li chiamano i fili del fato. Quando li vedrai, saprai che cosa sono" dice. "Prova a chiudere gli occhi. Per alcuni novizi, aiuta con la concentrazione."

Chiudo gli occhi, come suggerisce. Poi, per sicurezza, faccio qualche respiro meditativo, come se volessi entrare nello Spazio Mentale.

Mischiando le carte in mano ad una velocità ritmica e calmante, cerco di spingerle a disporsi nell'ordine di un nuovo mazzo.

Nessun segno di filamenti.

Come avevo fatto una volta con i poteri di veggente, mi sforzo di credere veramente di possedere questa nuova capacità. Con tutta me stessa, convinco la mia mente (e l'universo in generale) di *essere* una manipolatrice delle probabilità.

Lo sono, perché lo voglio.

Lo sono, perché lo è mia madre.

Lo sono, perché potrebbe rappresentare la mia unica chance per sconfiggere Tartaro.

Ripetendo 'lo sono' più volte come un mantra, immagino il mazzo di carte separarsi, prima in base ai colori, poi ai semi, e alla fine, a seconda del valore.

Mi soffermo su quanto sarebbe figo rimettere in ordine il mazzo, dopo tutti questi mescolamenti.

Poi mi viene un'ispirazione, e comincio ad immaginarmi, mentre eseguo questo 'mescolamento nell'ordine di un nuovo mazzo' come numero di magia.

Sarebbe un finale incredibile per una lunga performance di magia con le carte.

Mi viene un'altra ispirazione. Se riuscissi a riordinare le carte in segreto, molti ingegnosi effetti diventerebbero possibili. Per esempio, se qualcuno prendesse una carta dal mazzo, sarebbe estremamente facile per me sapere quale, guardando le carte in ordine.

Dev'essere quest'ultima possibilità a vincere.

Di colpo, vedo deboli linee colorate davanti a me, nonostante abbia ancora gli occhi chiusi.

Sono lieta di essere stata preparata ad una cosa del genere, altrimenti penserei di perdere il senno.

Quando mi adatto all'intera storia dei filamenti, noto che sono di diversi 'colori', in mancanza di una parola migliore, e che hanno vari 'spessori'. Mi sforzo di 'percepire' i colori e, nel frattempo, alcuni di essi mi danno una 'sensazione giusta'.

Rimango lì, a mescolare ed auto-esaminarmi, e non impiego molto a capire che lo spessore dei filamenti corrisponde al consumo di potere menzionato da Chester: il filamento più sottile sembra più flessibile. Più soggetto al controllo.

Alcuni filamenti più spessi sembrano avere il colore più promettente. Ma quando cerco di afferrarne uno mentalmente, sembra irraggiungibile.

Ignorando per il momento il filo ostinato, provo con uno di quelli più sottili... il cui colore non mi comunica una sensazione altrettanto giusta.

Sembra che succeda *qualcosa*.

Il filo 'scatta'... di nuovo, in mancanza di un termine migliore.

Aprendo gli occhi, dispongo le carte tra le mani.

Ma guarda.

Non seguono l'ordine di un mazzo nuovo, ma risultano separate con quelle rosse da una parte, e quelle nere dall'altra.

Questo è davvero un punto di partenza segreto per una serie di numeri, perciò, se riuscissi a ripeterlo in futuro, amplierei notevolmente il mio repertorio.

"Non posso crederci" esclama Chester, fissando le carte riordinate. "Hai decisamente ereditato il potere."

"Sei sicuro?" Roxy guarda il mazzo. "Non sarò un fenomeno in matematica, ma perfino io riesco a capire che esistono vari modi per riordinare così un mazzo di carte in base ai colori, rispetto ad un unico ordine."

"Allora ricordi i miei insegnamenti" commenta fieramente Chester. "E hai ragione. Le probabilità che succeda questo, mentre si mescolano le carte, sono molto, molto più alte rispetto a un mazzo che finisca disposto in un nuovo ordine. Presupponendo che lei sia abbastanza potente da riuscirci, Sasha avrà bisogno di molto più allenamento, per fare qualcosa di concreto con il suo potere. Ma questa separazione dimostra il principio dell'atto. Non ho alcun dubbio. Sasha è una manipolatrice delle probabilità, come me."

"Ciò *spiegherebbe* la sua personalità da truffatrice" mormora Roxy.

La mia personalità ha qualcosa di sbagliato? Da che pulpito viene la predica.

"Non è affatto così, signorina" dichiara severamente Chester. Mi guarda. "Riprova."

Prima che io abbia la possibilità di chiudere gli occhi, il telefono di Nero trilla.

"Bisognerà posticipare la lezione" afferma, dopo aver osservato lo schermo. "Il Consiglio dei Consigli ci aspetta."

CAPITOLO QUINDICI

TUTTI SCENDONO INSIEME A NOI, poi ci dividiamo. Io, Nero e Claudia ci dirigiamo verso la riunione del Consiglio, mentre gli altri vanno ad aspettare nella stanza, dove di solito si esegue il Rito.

"Sapevi che Chester era mio fratello?" chiedo a Nero, mentre svoltiamo l'ultimo angolo verso la sala riunioni del Consiglio. "O che Lucretia era mia sorella, a proposito?"

"Non esattamente" risponde. "Sapevo solo che Chester era il fratello di Lucretia. Ed è il motivo principale per cui non l'ho ucciso, dopo aver scoperto che cercava di ucciderti."

"Sono felice che tu non l'abbia fatto." Mi fermo vicino alla porta della nostra destinazione.

"È stato proprio un caso fortuito." Claudia guarda il fratello in maniera significativa.

Nero annuisce, poi mi guarda. "Il fatto che Lucretia fosse la tua sorellastra, l'ho scoperto solo quando me l'hai detto tu. E avevi anche detto che lei non voleva che sapessi già dell'altro fratello, quindi ho rispettato i suoi desideri."

"Ehi, grazie" rispondo, senza nascondere la delusione. "Se i ruoli fossero stati invertiti, io ti avrei rivelato un dettaglio così importante."

Si china con gli occhi luccicanti. "Hai ragione. La prossima volta che capiterà questa situazione, darò priorità alle tue esigenze."

Detto questo, apre la porta ed entra.

Accidenti.

Nero si stava seriamente scusando?

I miei poteri sulla fortuna devono essere completamente funzionanti adesso.

Lascio entrare Claudia, poi la seguo.

Una volta dentro, mi fermo per guardarmi intorno.

Strano.

Mi aspettavo molti più partecipanti a questo Consiglio dei Consigli.

Non vedo altro che lo stesso gruppo di prima.

L'unica differenza è che il Dottor Hekima è seduto sul podio, dietro una parete di grandi monitor per computer. Andiamo a controllare quella configurazione, scoprendo che su ognuno di essi è aperta un'elaborata app per videoconferenze, con finestre multiple che mostrano gruppi di persone con le vesti e i cappucci. Sullo sfondo, un software (o qualche addetto dietro le quinte) sembra tradurre i loro discorsi in tempo reale.

A-ha. Quindi, non incontreremo gli altri Consigli di

persona. Ognuno è riunito nel proprio castello, ed è la tecnologia a unirci.

Credo che sia sensato. Non mi aspettavo che il 'Consiglio dei Consigli' somigliasse più di tanto a una riunione aziendale.

"È tutto pronto" ci dice Hekima, poi si rivolge al resto della stanza. "Vi prego di dichiararlo, se non volete l'illusione dell'immersione."

"È un illusionista" sussurra Nero a Claudia. "Può dare la sensazione che la riunione sia reale, ma solo se lo desideri."

"Certo che sì" risponde eccitata Claudia.

"Bene" sussurra Nero.

Nessuno rifiuta l'offerta di Hekima, e nemmeno io.

"E sia" dice Hekima, poi solleva le braccia con tutta la teatralità di un direttore d'orchestra. Una pulsante energia rossa fluisce dalle sue dita e penetra nelle teste dei presenti. Subito dopo, ci ritroviamo in una stanza quattromila volte più grande di quella realmente occupata, un luogo che mi ricorda il Colosseo al massimo del suo splendore.

Molto figo. A quanto pare, Hekima sta creando per noi l'illusione di un'enorme riunione di persona del Consiglio dei Consigli. Scommetto che qualcuno con il suo potere stia facendo la stessa cosa per gli altri Consigli.

"Io rappresento New York oggi" tuona Nero con voce abbastanza forte, da farsi sentire dal Consiglio del New Jersey (sempre che esista) fisicamente, non solo tramite video.

"E io rappresento Parigi" afferma un uomo alto con la veste viola, parlando un inglese dall'accento francese.

"E io rappresento San Pietroburgo" dice una donna tarchiata con la veste color porpora, in un inglese privo di accento russo.

Nei minuti seguenti, si presentano sempre più persone, e quando non parlano in inglese, l'illusione di Hekima traduce per noi, sfruttando probabilmente il software visto sui suoi schermi. È un po' come un film straniero doppiato... che bisogna personalizzare per ciascun ascoltatore, perché Claudia sembra seguire quello che succede.

Terminate le presentazioni, la donna di San Pietroburgo dice: "Prima di cominciare, chiedo gentilmente a Sasha, la veggente che ha previsto l'imminente catastrofe, di descrivere a tutti noi la sua visione."

Ricordo che Nostradamus aveva detto che Baba Yaga era uno dei membri più gentili del Consiglio di San Pietroburgo, e adesso noto che era la verità. Che genere di mostro mi chiederebbe di parlare davanti a una simile quantità di Conoscenti tra i più potenti del mondo?

D'altro canto, non sono realmente qui.

È tutta un'illusione.

Inspiro profondamente alcune volte, come mi aveva insegnato Lucretia, e ignorando il sudore freddo che mi cola lungo la schiena, racconto loro la mia previsione.

"Grazie" risponde alla fine la signora dalla veste

color porpora. "Ora vorrei chiedere a Nostradamus, del Consiglio di Parigi, di dare il suo autorevole contributo a questa profezia."

È brava. Non mi ha esattamente definita un'inaffidabile bugiarda, ma questo è il significato sottinteso.

Nostradamus si alza, e provo la forte tentazione di dargli un pugno in faccia per il suo attacco nello Spazio Mentale. Però resisto, perché a) non è nemmeno qui, b) anche se lo fosse, probabilmente vedrebbe arrivare il pugno e lo schiverebbe, e c) anche se portassi a segno un colpo, sarebbe contro un uomo cieco, e quindi una carognata.

"La previsione di Sasha è, in effetti, uno dei possibili futuri" dichiara solennemente Nostradamus. "L'ho vista nei dettagli... compresa la morte di ogni singola persona in questa stanza, che non era fuggita." Le figure incappucciate intorno a noi si muovono, a disagio, ai loro posti. "Ma non è detto che un esito così orrendo debba avverarsi per forza" continua Nostradamus. "C'è un altro modo, e coinvolge Sasha: la prima Conoscente di cui abbia mai sentito parlare, dotata dei poteri combinati di una veggente, una vampira e una manipolatrice delle probabilità."

Sa che sono una manipolatrice delle probabilità? Oh, ma che dico? Certo che lo sa. Probabilmente, è così da prima che nascessi.

Sussurri di meraviglia accompagnano sottovoce questa rivelazione, seguiti da occhi freddi e calcolatori, che mi scrutano come un virus sotto un microscopio elettronico.

Nostradamus aspetta che si calmino, poi prosegue. "Prima di arrivare qui sulla Terra, Tartaro conquisterà alcuni altri mondi, compreso un sonnolento pianeta medievale governato da Lilith."

Diversi Consiglieri appaiono scontenti, nel sentirla nominare. Lascia fare a mammina cara, e si creerà dei nemici dappertutto.

"Se restiamo uniti, con Sasha al comando, potremo affrontare Tartaro e i suoi figli in quel mondo primitivo" dice Nostradamus. "Non essendoci lì altri Conoscenti a parte Lilith, possiamo rivelare la nostra natura indiscriminatamente. La vittoria in quel luogo comporta molti vantaggi, e quello cruciale è il fatto che gli umani sulla Terra resteranno ignari della nostra esistenza."

Un mormorio di approvazione ci circonda. A questi maniaci del potere piace l'idea di mantenere lo status quo, qui sulla Terra. E parecchio.

"Perché hai rubato a Sasha i poteri di veggente di oggi?" ringhia Nero... e noto che anche lui sta ricordando a se stesso, che un attacco fisico a Nostradamus sarebbe inutile al momento.

"Ho in mente un percorso specifico per il futuro" risponde Nostradamus in tono contrito. "Se un altro veggente lo conoscesse, potrebbe modificarlo... accidentalmente, o per maldestrezza."

"In pratica, vuoi avere tu voce in capitolo, ma

dovrebbe essere Sasha ad assumersi tutti i rischi?" L'espressione di Nero è minacciosa.

"Ho previsto che questo nobile gruppo ricompenserà profumatamente Sasha per il rischio che sta per correre" risponde Nostradamus. "E ho anche previsto che, se Tartaro dovesse arrivare sulla Terra, lei morirebbe inutilmente, nel tentativo di proteggere i suoi genitori adottivi."

Questo sembra probabile.

E purtroppo, vedo che Nero non accusa Nostradamus di mentire... significa, quindi, che sta dicendo la verità.

"Ti capisco, se non vuoi rischiare la vita della persona che ami" dice Nostradamus a Nero. "Ma per quanto ne so, non esiste altra possibilità."

La persona che ama? Aspetta, cosa?

"Questa era una bugia." Gli occhi di Nero si socchiudono un'occhiata letale. "Mentimi un'altra volta, e morirai."

"Chiedo scusa" dice Nostradamus, e accantono la sua sconvolgente affermazione su Nero, per concentrarmi sull'argomento attuale. "Ovviamente, esistono altre opzioni. Potremmo affrontarlo in un luogo diverso dal mondo di Lilith, per esempio. Io sto solo suggerendo la soluzione migliore dal mio punto di vista."

La mascella di Nero si contrae. Stavolta, Nostradamus non deve aver mentito.

"Vinceremo nel mondo di Lilith,?" chiede Nero. "Sasha sopravvivrà?"

"A causa del coinvolgimento di tutti i manipolatori delle probabilità... il figlio di Tartaro di nome Lug, Lilith e la stessa Sasha... non posso garantire alcun esito con certezza" risponde prudentemente Nostradamus. "Non abbiamo che una possibilità."

"Se non sei in grado di garantire la sicurezza di Sasha, dovrai inventarti un altro piano." Non avevo mai sentito la voce di Nero così vicina al ruggito di un drago. "La Terra e tutti voi" lascia scorrere lo sguardo su tutti i Consiglieri, "potete bruciare, per quel che m'importa." Con questo, si posiziona in maniera protettiva davanti a me.

"Non ti resta altra scelta" ribatte la donna di San Pietroburgo.

"Eh?" Le mani di Nero si trasformano in artigli. "Pensi che qualcuno possa costringermi a fare qualcosa?"

"Non costringerti" risponde, coraggiosa. "Mi devi ancora una favore dal 1897. O te ne sei dimenticato?"

Non posso non lanciare un'occhiata a Vlad, Eduardo, Colton e al resto di coloro che hanno aiutato Nero a sconfiggere l'usurpatore, in cambio di un favore.

Ha davvero dispensato una montagna di debiti.

"'Fanculo a quello" ringhia Nero. "I favori devono essere ragionevoli, è implicito."

"Nessuno ti sta chiedendo di uccidere la tua fidanzata" dice la donna. "Se lei non rispetterà i suggerimenti di Nostradamus, morirà qui sulla Terra. A me sembra che vogliamo tutti la stessa cosa: lei viva e vegeta, e Tartaro morto."

"Basta così." Nero mi afferra per le spalla. "Ce ne andiamo."

"Alcuni dei contratti sono scritti" dichiara la donna. "Se li violi, morirai."

"Non morirà" interviene Nostradamus, scatenando un altro giro di sussurri sottovoce. "È troppo potente. Ma ne rimarrà gravemente indebolito... e non servirebbe a nessuno."

"Se lui è debole, non si può opporre a noi" obietta la donna.

"Creatura meschina!" ruggisce Claudia, con una voce talmente tipica di un drago, da mandarmi un brivido lungo la schiena... e non sono io l'obiettivo della sua ira. "Hai appena minacciato mio fratello?"

Le lancio un'occhiata.

La sorella di Nero sembra sul punto di ricoprirsi di squame.

Ha dimenticato che questo enorme Colosseo è un'illusione? Dubito che, in forma di drago, potrebbe entrare nella stanza in cui ci troviamo realmente... per non parlare del fatto che la persona che vorrebbe squartare, è seduta al sicuro in Russia.

"Non possiamo sconfiggere Tartaro senza Nero e la sua specie" afferma Nostradamus, forse scorgendo lo stesso mio pericolo. "Dobbiamo raggiungere un accordo amichevole."

"Nero, Claudia" sussurro sottovoce, sapendo che possono sentirmi grazie ai sensi di drago. "Per favore, state al gioco con quello che sto per dire. Non c'è motivo d'iniziare una guerra."

Non so se mi abbiano sentito, o se siano disposti a farlo, ma mi preparo comunque a prendere la parola... il che non è facile, dato che sto ancora tremando per l'ultimo attacco dovuto a un discorso in pubblico.

Con una sicurezza che non provo, mi schiarisco la gola sonoramente, in attesa di avere l'attenzione di tutti. "Sono stufa di sentire parlare di me, come se non fossi presente" annuncio, quando tutti gli occhi sono puntati su di me. "Io, non Nero, né chiunque di voi, decido che cosa faccio e contro chi combatto."

Guardo con aria di sfida la donna dalla veste color porpora.

Nero prende il telefono, lo inclina, in modo tale che solo io possa vedere lo schermo, e digita:

Ti conviene avere un buon piano.

"Ci sono in gioco le vite dei miei genitori" gli sussurro con voce così sommessa, che solo lui e Claudia dovrebbero potermi sentire.

Spero che questa non-spiegazione sia sufficiente per sviarlo, poiché non ho un vero e proprio piano. Per ora, penso di dare corda a Nostradamus, finché/a meno che non salti fuori qualcosa di meglio.

Nero scuote la testa, richiama la finestra in cui dava ordini ad Eric, e digita: *Torna qui. Subito.*

Eric non si fa vivo.

Chissà di che si tratta?

Ai membri del Consiglio, dico: "Dato che *io* non

devo favori a nessuno, mi prendo quello che voglio per il *mio* aiuto... e il prezzo sarà esorbitante."

Riesco a vedere Nostradamus sospirare di sollievo. Evidentemente, stiamo entrando in un futuro favorevole dalla sua prospettiva.

Nero guarda in tralice il telefono. Ho la sensazione che Eric sia nei guai.

"Che cosa vuoi?" chiede l'uomo alto, che rappresenta il Consiglio di Parigi.

Sogghigno, imitando Lilith. "Voglio che tutti i favori che Nero vi deve diventino miei."

"Cosa?" esclama la rappresentante di San Pietroburgo. "Ma valgono..."

"Esatto" dico. "Non interrompermi più, per favore."

Tutti lanciano un'occhiata arrabbiata alla donna, che torna a sedersi. La mia prossima richiesta potrebbe spingerla ad alzarsi di nuovo.

"Voglio un'amnistia completa per mio padre, Grigori Rasputin" dico. "Qualunque cosa abbia fatto per infastidire il Consiglio di San Pietroburgo, dev'essere perdonata e dimenticata. Voglio che possa tornare sulla Terra, senza doversi mai guardare le spalle."

Infatti, la donna balza in piedi, ma prima che possa dire qualcosa, un paio dei suoi colleghi, i cui volti non riesco a vedere, va a sussurrarle qualcosa.

"Accordato" risponde di malavoglia. "C'è altro?"

"Voglio che ogni Consiglio sulla Terra decreti che nessuno deve fare del male ai miei genitori adottivi, né usarli contro di me... pena la morte."

"Sono sicuro di parlare a nome di tutti, se dico che non sarà un problema" risponde il rappresentante di Parigi, e gli altri Conoscenti concordano con un mormorio.

"Voglio i pieni privilegi della cittadinanza per Claudia." Indico la sorella di Nero con la testa. "La sua cerimonia del Mandato dovrebbe iniziare subito dopo la mia."

"Penso che si possa sistemare" dice il tizio di Parigi. "Ma potremmo doverlo mettere ai voti."

"E voglio poter praticare ancora la magia" aggiungo per capriccio. Non è un punto su cui intendo insistere, ma dato che li ho tutti in pugno lo stesso, perché non metterci anche questo?

"Che cosa intendi?" chiede la donna del Consiglio russo, sempre più accigliata.

"Illusionismo sul palco" spiego. "Il Consiglio di New York mi ha vietato di farlo, temendo di mettere i Conoscenti sotto gli occhi del mondo, o di conferirmi dei poteri ingiustamente. Quello che chiedo è poter eseguire dei numeri da illusionista, che verrebbero percepiti solo come tali dagli umani." Prendo il mio mazzo di carte, e le faccio saltare più volte da una mano all'altra. "Cose del genere."

Si guarda intorno. Questa richiesta è chiaramente più complicata.

"Il Mandato potrebbe impedirti di eseguire questi numeri" dice Vlad. "Quando il Consiglio di New York te l'ha proibito, in parte era per la tua stessa protezione."

"Ho un'idea a riguardo" gli rispondo. "Quando il mio Mandato verrà riapplicato, voglio essere un Araldo, come il defunto Gaius. Quel tipo di Mandato non è meno restrittivo?"

"Sì" mormora Vlad. "Così potrebbe funzionare."

"In ultimo, voglio che ogni singolo membro del Consiglio al mondo mi debba un favore" dichiaro, decidendo di sfidare veramente la sorte. "Un contratto scritto e vincolante che sottolinei l'entità di questo favore."

"Sei abile nelle negoziazioni" commenta la donna del Consiglio russo, guardandomi con ammirazione. "Questo richiederà una votazione. Presumo che, se i voti dovessero pronunciarsi a tuo favore, sia disponibile anche tu a includere tutto questo in un contratto vincolante?"

"Subito dopo aver affrontato il Rito" rispondo. "Credo che il Mandato sia un prerequisito, quando si tratta di stipulare questi contratti?"

"Sì" dice. "Qualcuno ha dei problemi con questa trattativa? Chi si oppone, si alzi in piedi."

Si alzano pochissime persone.

Ottimo. Si farà a modo mio... per quel che potrebbe servire, se Tartaro dovesse uccidermi.

"È deciso, allora" conclude Nostradamus con sollievo nella voce. "Il tuo Rito del Mandato attende."

Prima che uno dei fratelli possa dare inizio ad una guerra mondiale, prendo Claudia e Nero per mano, e li trascino fuori dalla stanza.

Una volta fuori portata d'orecchio di chiunque, Nero libera la mano, e chiama rabbiosamente Eric.

"Segreteria telefonica" mormora, prima di ricominciare a camminare. "Faremo quattro chiacchiere, io ed Eric."

"Magari i Consigli sapevano che avresti potuto usarlo per portarmi via, e sono intervenuti?" dico, affrettandomi a tenere il passo.

"A meno che voi due non abbiate il Mandato, Eric non è un fuorilegge" risponde Nero, ma non sembra sicuro. "In ogni caso, hai fatto un buon lavoro, nel ridurre l'ostilità là dentro." Lancia una prudente occhiata alla sorella. "Poche persone sulla Terra sanno quanto possiamo essere realmente pericolosi io e Claudia. Se avessero attaccato, avresti potuto rimanere ferita nel fuoco incrociato."

"Fuoco incrociato" ripeto, immaginandomi lui e Claudia che si trasformano, sputando poi fiamme dalle enormi fauci verso gli sventurati Consiglieri. "Letteralmente."

Claudia ridacchia, e le labbra di Nero vibrano, ma poi la sua espressione si adombra nuovamente. "Qual è il *vero* piano?" chiede. "Non dirmi che vuoi dar retta ai capricci di Nostradamus."

"Sinceramente, non ce l'ho" rispondo. "Ma tu e Claudia che sterminate tutti i Consiglieri, non mi sembrava una buona idea."

"Allora ti dico io cosa facciamo." Nero allunga il passo. "Non appena il Rito del Mandato tuo e di Claudia sarà terminato, abbandoneremo questo mondo. Che provino ad avanzare richieste, quando saremo tra i miei draghi. Non metterebbero piede oltre l'hub dei portali."

Claudia approva con un cenno del capo.

"Non possiamo farlo." Ansimo, mentre cerco di tenere il passo. "E i miei genitori? E tutte le persone che lavorano per il tuo fondo? Per non parlare dell'intera popolazione umana della Terra?" Stringo i pugni. "Dobbiamo ripetere la nostra discussione di prima?"

Si ferma, così come me e Claudia. "Che ne dici di un altro piano?" chiede. "Dopo il Rito, raggiungiamo Rasputin su Atlantide."

Aggrotto la fronte. "E che differenza c'è rispetto al primo piano?"

"Guadagneremo tempo... nel modo più letterale possibile." Ricomincia a camminare, e lo seguiamo. "Visto come scorre velocemente il tempo su quel pianeta, potrai fare pratica con i tuoi poteri di vampira e di manipolatrice per mesi, prima che scorra il tempo qui sulla Terra. Posso addestrarti a combattere, e cosa più importante, tu e tuo padre accantonerete abbastanza riserve di potere da veggente, da vedere voi stessi se il cosiddetto piano di Nostradamus sia davvero il migliore, e l'unica via per sconfiggere Tartaro."

Giusto. E tu avrai molto tempo per convincermi a rimanere ad Atlantide, o a nascondermi nel mondo dei draghi, è quello che non pronuncio ad alta voce.

Se Nero pensa di potermi convincere ad

abbandonare i miei genitori, rimarrà amaramente deluso.

"È un piano decente" commento di malavoglia. "Ma ai Consigli non darà fastidio, se ce ne andremo di punto in bianco? Come possono sapere che vogliamo tornare indietro?"

Nero ricontrolla il telefono, poi dietro di noi, dove ci sono i Consiglieri.

"Dato che non riesco a trovare Eric, penso che vi convenga eseguire il Rito, come se non fosse cambiato niente" dice. "E firmerai anche un contratto con i membri di questo Consiglio. Solo che aggiungeremo delle clausole."

"Come 'niente missioni suicide'?" chiedo. "E 'a meno che un altro veggente non escogiti un piano migliore di quello di Nostradamus'?"

"Una cosa del genere" conferma Nero. "Sistemato il contratto, tutti si rilasseranno, ed è allora che tu e Claudia affermerete di non sentirvi bene... cosa normale, dopo il Rito. Dopodiché, andremo tutti a 'incontrare una guaritrice', ma invece andremo subdolamente da Thalia e saliremo sulla limousine... o da Eric, se mi avrà risposto. Poi andremo dritti all'hub del JFK, e da lì fino ad Atlantide."

"Potrebbe funzionare" dico, mentre entriamo nella familiare stanza, simile ad una camera delle torture, con la pietra sacrificale nella parte anteriore... proprio quella su cui avevo sofferto per il Rito la prima volta.

"*Funzionerà*" dice cupamente Nero. "Farò in modo che funzioni."

Notando i monaci indaffarati in questo tetro luogo, diventa taciturno.

Nel vederci, i monaci prendono me e Claudia per le braccia, e ci trascinano nell'alcova sul retro.

Una sacca di sangue, due maschere e due scomode vesti sono appese su ganci dorati, destinate a noi.

Consumo avidamente quel premuroso snack, poi prendo la maschera, quella con il sereno volto femminile scolpito nel marmo. È proprio quella che avevo usato la prima volta. Non ha gli occhi, e ce n'è uno aggiuntivo al centro della fronte. Una maschera che mi contraddistingue come veggente.

Quella di Claudia è più blanda. Presumo che ignorino quale specie di Conoscente assegnarle.

Mi premo la maschera contro la faccia e, come l'ultima volta, riesco a vedere grazie ai piccoli fori che sono stati creati nella zona degli occhi.

"Sarà doloroso" informo Claudia, cominciando a spogliarmi. "E a *te* farà più male di quanto non succederà a me: più potere possiedi, maggiore è la violenza con cui la magia del Mandato s'intreccia con la tua."

"Non ho paura" dice, e si spoglia del vestito, rivelando un corpo per il quale le modelle umane venderebbero l'anima. "Suona più come un'avventura."

"Potrebbero offrirti un Mentore" spiego, indossando la veste simile a carta vetrata. "Probabilmente, sarà Nero ad assumere l'incarico... proprio come ha fatto con me."

"Come se potesse insegnarmi qualcosa che già non

so." Sogghigna. "Come ci si sente, realmente, a vedere le aure?"

Mi sforzo di descriverle l'aspetto delle persone con l'aura del Mandato, prima che mi trasformassi in una vampira, poi lei chiede cosa succederebbe, se si violasse il Mandato.

Le spiego che, sebbene non l'abbia mai fatto, ho sentito dire che è letale. "La mia amica Ariel, che hai già conosciuto, una volta ha provato a dire qualcosa che al Mandato non piaceva. Come risultato, perdeva sangue da ogni parte" dico, rabbrividendo al ricordo. "Il mio consiglio? Trova un altro modo per divertirti."

Claudia sorride. "Chiaro. Beh, ti conviene andare." Indica con la testa l'entrata dell'alcova. "Sembra che tutti siano già qui per te."

"Grazie" rispondo. "Le orecchie di drago colpiscono ancora. Buona fortuna con il tuo Rito."

"Altrettanto" risponde, poi indossa la maschera.

Esco dall'alcova, scoprendo che ha ragione.

Le candele nella camera delle torture sono festosamente accese, come l'ultima volta, e i membri del Consiglio di New York siedono sulle panchine di pietra, con indosso le loro macabre maschere. Lucretia, Chester e Roxy sollevano le maschere e mi salutano con la mano.

Che carini. Non è solo il Consiglio. Stavolta, c'è anche la mia famiglia.

È di nuovo Colton a celebrare la cerimonia, probabilmente l'unico a poter reggere quel bastone gigante per il Rito, senza sembrare stupido.

"Sali" tuona. "Cerca di rilassarti."

Già. Certo. Proprio quello che aveva detto l'ultima volta... e poi è scoppiato l'inferno.

Molto riluttante, mi sdraio sulla lastra, e apro la veste.

Come prima, il bastone di Colton brilla in un cerchio di energia magica.

"Aspetta un s..." inizio, ma lui lo usa per marchiarmi, prima che possa terminare la frase.

Penso che, fino a questo momento, stessi bloccando il ricordo di quanto mi aveva fatto male.

Ma adesso mi sta tornando in mente con violenza.

La mia pelle non sfrigola, dove viene toccata dal marchio. Quasi vorrei che lo facesse. L'agonia è invece interna, e di gran lunga peggiore di qualsiasi ustione.

Sembra che la mia essenza abbia preso fuoco. Come se il mio idrogeno, ossigeno, carbonio, calcio e fosforo venissero violentemente risistemati... e questi atomi fossero poi rimessi insieme tramite una collisione.

Mi agito sulla lastra, con un ruggito inumano che mi esce dalla gola.

Le mie corde vocali si lacerano, subito riparate dai miei poteri di vampira, permettendomi di gridare ancora, cosa che faccio prontamente.

Mi sgorga il sangue di bocca, il mio, o quello che avevo bevuto prima.

Perché non ho ancora perso i sensi?

E il peggio, cioè la parte in cui l'energia magica mi sovrastimola le terminazioni nervose, arriva non molto tempo dopo. È la peggiore agonia che si possa immaginare, e quando il dolore raggiunge un livello particolarmente insopportabile, qualcosa dentro di me si spezza, e ho l'impressione di cadere.

Sì.

Era ora.

Con un ultimo grido che mi lacera le corde vocali, perdo i sensi.

CAPITOLO SEDICI

MI RISVEGLIO NEL SILENZIO.

Alzandomi a sedere, mi sfrego gli occhi.

Questo silenzio ha qualcosa di rassicurante, ma non so cosa.

Poi mi guardo intorno.

La scialba stanza non contiene mobili, ad eccezione del mio letto, e non ci sono finestre.

Aspetta un secondo. Emana anche un vago odore di farmaci... e mi ricorda l'ufficio di un'infermiera o una stanza di ospedale.

Oh, merda.

I ricordi mi tornano in mente di colpo... sia quelli del Rito, che ho appena affrontato, sia quelli della visione in cui Lilith mi costringeva ad uccidere Ariel e Felix, tramite il legame con il sire che la lega a me.

Gli eventi di quella visione si erano verificati *qui*, proprio in questa stanza.

Grazie al cielo, ho chiesto ai miei amici di rimanere

a Gomorra. Evitare gli istituti medici non bastava chiaramente a superare questo futuro.

Questa dev'essere la stanza in cui ti portano per il recupero dopo il Rito. In effetti, Lucretia mi aveva addirittura parlato di una sala di risveglio, ma non mi era venuto in mente che anch'io sarei finita qui, o che potesse essere quella della visione.

Il mio battito cardiaco va alle stelle.

Se ho ragione, mancano pochi secondi all'arrivo di Lilith.

Dov'è Nero?

Ora che ci penso, dov'era nella mia visione?

Ah, giusto. Claudia avrebbe affrontato il Rito dopo di me. Dev'essere qui, a guardarlo, o a partecipare alla selezione del Mentore.

A meno che non sia finito, e stia venendo qui?

In ogni caso, non sto ad aspettare che mi salvi.

Me la caverò da sola.

Balzando in piedi, mi precipito verso la porta grigia con tutta la rapidità di un vampiro.

Prima che la raggiunga, essa viene ridotta in pezzi.

A pochi centimetri da terra, si sta librando Lilith... proprio come avevo previsto.

"Sasha, cara, come ti senti?" cantilena, squadrandomi dalla testa ai piedi.

"Che cosa ci fai qui?" chiedo di botto, ma subito capisco di aver pronunciato la stessa identica frase della visione, perciò so che cosa risponderà.

"Sono qui per vedere come stai." Il suo gioioso

sorriso mette in mostra le zanne. "Il tuo benessere è molto importante per me."

Già.

Proprio quello che aveva detto nella visione.

Se seguissi il copione, poi l'accuserei di essere la causa dell'attacco dei chort, il che la spingerebbe a (cito testualmente) 'smettere di fare la mamma gentile'.

E ciò significa che userebbe il legame con il sire, per costringermi ad uccidere Ariel e Felix.

No.

Non mi piace affatto quel copione.

Anche senza i miei amici qui, non penso che vorrei vederla smettere di essere 'una mamma gentile'. Non se ciò significa che invocherà il legame con il sire, obbligandomi a obbedirle.

Meglio essere carina e guadagnare tempo, finché non avrò l'occasione di scappare... o fino all'arrivo di Nero.

"Ho fatto sì che il Consiglio mi nominasse Araldo" la informo con un entusiasmo esagerato. "Inoltre, chiunque di loro mi dovrà un favore."

"È fantastico." Lilith si guarda intorno furtivamente. "Ti dispiace raccontarmi tutto lungo la strada?"

"Lungo la strada?" La guardo con la massima ingenuità. "Dove andiamo?"

"Lunga storia" risponde. "Non sono esattamente la benvenuta da queste parti. Sei pronta?"

So che, se mi rifiutassi, mi *costringerebbe* ad andare.

D'altro canto, se sembrassi troppo impaziente,

potrebbe intuire la mia strategia... e di conseguenza, fare leva sul legame con il sire.

"Hai la spada al plasma." Tende la mano. "Ridammela, per favore."

Oh, giusto. La spada che ho considerato mia per tutto questo tempo, inizialmente apparteneva a lei.

Al contempo, noto anche che qualcuno mi ha rimesso i miei vestiti, mentre ero priva di sensi, e spero che si tratti di Nero, ma sospetto fortemente che in realtà siano stati i monaci. La ricomparsa dei vestiti significa che ho effettivamente la spada con me... ma non voglio *proprio* separarmene, soprattutto se poi tornerà nelle mani di Lilith.

"Te la ridarò per giocare più tardi" mi dice, rassicurante. "Adesso dammela."

Se non lo faccio, può comunque costringermi, mi dico nel porgergliela.

Con un sorriso malvagio, l'attiva.

Ricordando che cos'abbia fatto a Nero con quell'oggetto, decido che *non* voglio che venga qui a cercare di salvarmi, dopotutto.

"Fa' in fretta" dice, afferrandomi la mano.

Con uno strattone, mi porta fuori dalla stanza... e per poco, non inciampo nei cadaveri degli Esecutori e dei monaci che, evidentemente, stavano sorvegliando la sala di risveglio.

Sarebbe d'aiuto, se urlassi?

Probabilmente no.

Quando arriviamo alla fine del corridoio, vedo Eric, l'alleato teletrasportatore di Nero.

Sì!

Se c'è qualcuno che può tirarmi fuori viva da questo pasticcio, è lui.

La parte migliore è che non ho bisogno di violare la finzione della 'brava figlia'. Saprà da solo di salvarmi.

"Pronto?" chiede Lilith a Eric.

"Ai tuoi ordini" risponde lui, con quella parlata robotica tipica delle persone sotto l'effetto della malia.

Oh no. È per questo che Nero non riusciva a contattarlo? Perché era finito tra le grinfie di Lilith?

"Non è giusto" dico a Lilith, continuando la recita. "Quando avevo cercato di usare la malia su questo tizio, l'altro giorno, aveva detto: 'I tuoi trucchi mentali da vampira non funzionano su di me'."

"Un peccato" commenta, mentre Eric mette una mano sulla spalla a entrambe. "Ciò dimostra solo con quanta urgenza dobbiamo accrescere i tuoi poteri."

Prima che io possa chiedere un chiarimento, Eric ci fa scomparire, e quando ricompariamo, riconosco l'entrata dell'hub del JFK.

Il portale più vicino si trova alla distanza di un salto, ma so che Lilith può raggiungermi senza fatica, quindi non mi prendo il disturbo di compiere un gesto inutile.

"Grazie" dice Lilith a Eric. "Adesso ti teletrasporterai di nuovo nel tuo piccolo appartamento, e dimenticherai che tutto questo sia mai successo."

"Dimenticherò" ripete Eric, poi scompare.

Ma dubito che Nero glielo *permetterà*.

Capiranno che Eric ha un vuoto temporale... e anche il perché, spero.

Ovviamente, a quell'ora, potrebbe essere troppo tardi per me.

"Da questa parte, cara" dice Lilith , indicando un portale sconosciuto. "Una camminata ci aspetta."

Mi avvicino al portale, e le indico di entrare per prima... immaginando di potermi poi gettare verso il portale più vicino, nella speranza che non conduca in una terra devastata dal nucleare.

"Prima tu" risponde Lilith, mandando a monte le mie speranze.

"No, dopo di te" dico, sforzandomi di non sembrare insistente.

Per poco non mi sfuggiva "Prima i più vecchi", ma sono felice di non averlo fatto. L'ho già vista squartare le persone a mani nude, e non voglio essere oggetto di una cosa simile.

E poi, non dimostra più di venticinque anni.

Le labbra di Lilith si serrano lo stesso. "Insisto."

Merda. Mi conviene procedere da sola, piuttosto che essere indotta dal legame con il sire.

"Grazie" rispondo con leggerezza, e balzo nel portale.

Lilith è alle mie calcagna, e il mondo in cui finiamo è un'arida terra desolata senza possibilità di fuga.

Nella mia testa, ripeto il colore e la posizione del portale appena attraversato. Quando scapperò, dovrò conoscere la via del ritorno.

"Puoi dirmi dove stiamo andando?" chiedo gentilmente a Lilith. "Per quanto sia divertente andare in giro con te, ero nel bel mezzo di una cosa super-importante, quando sei comparsa."

Mette il broncio, poi si dirige verso un portale verde. "Cosa potrebbe esserci di più importante del passare un po' di tempo di qualità con la tua mammina?"

"Salvare il mondo" rispondo, aggiornando mentalmente il percorso che sto cercando di memorizzare. "Nostradamus mi aveva spiegato come sconfiggere Tartaro, e stavo per esercitarmi con Nero."

"Che coincidenza." Lilith mi fa segno di entrare nel portale. "Addestrarti e poi uccidere Tartaro è esattamente lo scopo di questo piccolo viaggio... solo che lo faremo senza che quell'invadente di Michel ci ostacoli."

Oh già. Lei chiama Nostradamus 'Michel'. Forse, dovrei chiamarlo anch'io per nome. Dopotutto, è lui la fonte di tanti miei mal di testa.

Il mondo dall'altra parte del portale verde ha un vero e proprio arcobaleno di lune colorate nel cielo serale, e molto lontano, vedo gironzolare una specie di creature gigantesche. Prendo mentalmente nota di tutto per il viaggio di ritorno.

"Quindi, stiamo andando nel tuo mondo?" chiedo con finto entusiasmo. "È lì che Tartaro attaccherà, secondo Nostradamus."

"Sì e no." Lilith si dirige verso un portale viola a ore due. "Andiamo in un posto che Tartaro attaccherà, ma non il mio mondo. Secondo Michel, l'attacco di cui parli è leggermente più avanti nel futuro. Prima di attaccare il mio mondo, Tartaro ne distruggerà un altro... più simile alla Terra. È *lì* che siamo dirette.”

“Ma perché?” chiedo. “Perché non vuoi seguire il piano di Nostradamus, per affrontare Tartaro nel tuo territorio personale?”

“Intendi, a parte i miliardi di persone che salveremo nel mondo in cui stiamo andando?” Solleva un sopracciglio. “Moriranno tutti, se non arriviamo noi, sai.”

“Giusto.” Soffoco l’impulso di commentare che non mi era sembrata una persona a cui gliene fregasse qualcosa, se un mondo lontano veniva completamente risucchiato.

“E poi, se seguissimo lo stupido piano di Michel, tutti gli anni di duro lavoro che ho messo nel mio mondo andrebbero in fumo” dice, indicandomi di attraversare il portale viola. “I mondi con gli umani, ma privi di Conoscenti, sono piuttosto rari.”

Usciamo dal portale, entrando in una grotta innevata, e un freddo gelido ci investe.

Lilith indica un portale giallo nelle vicinanze, e continua. “Inoltre, essere una dea comporta delle responsabilità verso i miei adoratori. Dubito che Michel abbia precisato quanti di loro sopravvivranno con il suo piano, ma quel numero è molto vicino allo zero.”

“Non ha precisato questi dettagli” rispondo, memorizzando la prossima tappa del percorso. “Non prenderla male, ma non pensavo che t’importasse così tanto del tuo popolo.”

Non ho voluto esagerare. Lei li ha schiavizzati, ne ha bevuto il sangue, e ha propinato loro delle bugie per generazioni.

Si stringe nelle spalle. "Beh, è come possedere un animale domestico... o del bestiame. Non voglio che qualcuno arrivi e faccia loro del male."

Potrebbe essere così? Ha *qualcosa* di simile ad una coscienza? Se tiene almeno un pochino al suo popolo, forse c'è dell'altro in lei, oltre alla sete di potere.

D'altra parte, l'ha appena paragonato al bestiame.

Attraversiamo un portale rosso, uscendo in un mondo dall'aspetto acquitrinoso con un cielo rosa, e aggiunge: "E poi, il piano originario di Michel avrebbe portato i Conoscenti della Terra nel mio mondo... e anche se avessimo sconfitto Tartaro, forse non sarei riuscita a farli andare via tutti."

Ecco che la verità salta fuori.

Il suo mondo è un buffet all you can eat di sangue e potere, che lei non ha intenzione di condividere.

Mi appunto mentalmente il prossimo portale a cui si avvicina, e chiedo: "Sei sicura che Tartaro si possa sconfiggere sul pianeta alternativo, in cui mi stai portando? Nostradamus ha detto..."

"Che le possibilità di uccidere Tartaro sono più alte nel mio mondo" completa. "Non ho potuto non notare un dettaglio: non ha mai detto che le *mie* probabilità di sopravvivenza sarebbero state maggiori in quelle circostanze."

"Quindi, pensi che Nostradamus voglia sbarazzarsi

di te *e* di Tartaro in un colpo solo? Perché dovrebbe? Pensavo che foste amici."

Varchiamo un'altra serie di portali. "Io e lui siamo alleati, per il fatto che odia *profondamente* colui che, secondo le profezie, dovrebbe uccidermi" risponde. "Sospettavo da tempo che Michel farebbe il doppio gioco con me in un battibaleno, se ciò comportasse la morte di Tartaro... e di recente, il mio intuito mi ha suggerito che sarei finita su una pietra sacrificale." Ci dirigiamo verso un portale color lavanda. "No, grazie." Mi fa segno di attraversarlo. Dall'altro lato, continua: "Come senz'altro hai ormai scoperto, non ci si può mai fidare di un veggente. Presenti inclusi." Mi fa l'occhiolino. "Ho usato Michel finché potevo, ma adesso devo seguire i miei piani."

La vera lezione è: Lilith è ancor meno affidabile di un veggente.

"Perché rapirmi allora?" chiedo. "Perché non venire dai Consigli, e convincerli ad aiutare nel mondo in cui stiamo andando?"

"Mi ucciderebbero, prima di ascoltarmi" risponde. "Inoltre, se davvero sconfiggessimo Tartaro e giocassimo le nostre carte subito dopo, questo succoso mondo pieno di umani sarebbe maturo per una conquista."

"Cioè, anche qui, non vuoi condividere" sparo, dimenticandomi della recita della brava figlia.

"Hai capito" dice Lilith, dopo aver attraversato un altro hub ed aver oltrepassato il prossimo portale. "Ma anche un'altra cosa: grazie al loro livello di tecnologia, il mondo in questione mi offre più opportunità per un rapido incremento di potere."

Eh? Resisto alla tentazione di chiarire, o porre altre domande in generale. Sta diventando difficile tenere a mente il percorso nella mia memoria a breve termine.

In effetti, se dovessimo attraversare qualche altro portale, comincerei a perdere il filo del tragitto... sempre se non è già successo.

Magari, potrei rischiare l'ira di Lilith, prendendo il telefono e scrivendo appunti?

Potrei nasconderlo nel palmo della mano e...

"Siamo arrivate" dichiara, mentre entriamo in un hub molto simile a quello del JFK.

"Sì?" Sospiro di sollievo, e ripeto mentalmente il percorso appena fatto.

"Già." Guarda un vecchio orologio da polso. "Ci conviene sbrigarci. La tua grande apparizione in TV comincia tra un'ora."

CAPITOLO DICIASSETTE

"LA MIA GRANDE COSA?" grido, camminando rapidamente, perché mi sta guidando come un maiale al macello.

"Non te ne avevo parlato? Diventerai famosa su questo pianeta." Sogghigna. "Non è ciò che hai sempre voluto? Essere un fenomeno in televisione?"

"Ehm" è tutto ciò che riesco a commentare. Inspirando, ci riprovo. "Volevo diventare un'illusionista famosa in TV. *Sulla Terra*. E questo prima di sapere che Tartaro sarebbe venuto ad ammazzare tutti."

"Be', questo sarà più o meno ciò che desideravi, ed è il modo migliore per prepararti per Tartaro." Lilith ci porta in un corridoio. "Ora concentrati e pensa a dei trucchi, per convincere le persone di essere una vampira, una veggente e una manipolatrice delle probabilità."

"Aspetta, tu sapevi che ero un'imbrogliona? Sono l'ultima a sapere queste cose?"

"Me l'ha detto Michel" dice. "Ha avuto una visione, in cui tu e il caro Chester ne parlavate. Come sta, comunque? Ho sentito dire che, adesso, ho una nipote. Foxy, si chiamava?"

"È Roxy, ed è un'adolescente ormai" ribatto, poi inspiro di nuovo. "Aspetta. Non cambiare argomento. Perché sto per andare in TV?"

"Ricordi quando avevi incrementato i tuoi poteri di veggente? Quella previsione del terremoto?"

"Sì."

"Be', è la stessa cosa" spiega. "Più umani crederanno nei tuoi poteri, più potenziamento otterrai."

Mi gira la testa.

Da un lato, questo è un sogno che si avvera.

Dall'altro, è il mio incubo peggiore... dovermi esibire davanti a un grande pubblico, senza preparazione.

Magari dovrei scappare?

No. Pessima idea. Sono arrivata fino a questo punto, senza costrizioni dovute al legame con il sire, perciò tanto vale continuare con la farsa.

Se dovesse funzionare, e diventassi più potente, dovrebbe essere più facile per me scappare... e anche affrontare Tartaro, indipendentemente dal pianeta.

Una parte di me non è nemmeno sicura che Lilith si sbagli.

Forse questo mondo *è* un posto migliore per combattere Tartaro.

In ogni caso, ho bisogno di comunicare a Nero e agli altri le mie coordinate. Lilith non li ha inclusi nel suo piano, perché brama il bottino di questo mondo, ma io non nutro le sue stesse ambizioni, e penso che più persone significhi migliori possibilità di vittoria.

Però, non so come raggiungere gli altri.

Se potessi entrare nello Spazio Mentale, chiamerei Rasputin, o il bannik, o perfino Nostradamus, ma ho esaurito il potere.

Giusto?

Controllo per l'ennesima volta, e noto che lo Spazio Mentale non è raggiungibile.

Forse Rasputin vedrà questo in una visione? *È* in un mondo più veloce, adesso, perciò potrebbe aver recuperato i poteri.

D'altro canto, come manipolatrice delle probabilità, Lilith ci può nascondere agli occhi dei veggenti, e probabilmente lo sta facendo.

Arriviamo ad una porta, che conduce fuori dai corridoi segreti dell'hub, quindi seguiamo un percorso, fino a raggiungere l'ingresso principale dell'aeroporto.

Ma mi accorgo che non è un aeroporto, bensì un'enorme stazione dei treni, simile a quella di Grand Central Terminal di New York, ma cento volte più grande.

Questo posto brulica di persone vestite in modo strano, con tagli di capelli fortemente ispirati agli anni ottanta.

Coerentemente con il tema anni ottanta, la maggior parte degli adolescenti gironzola con aggeggi stranamente simili ai walkman per musicassette della Sony. Nelle loro orecchie, ci sono piccole cuffie arancio collegate con i cavi... niente Bluetooth in vista.

"Hanno internet su questo mondo?" chiedo a Lilith con finto orrore.

"No" replica. "Ma grazie a questo, più persone che mai saranno sintonizzate per vederti in TV."

Oh, giusto. Quasi dimenticavo che sto per esibirmi.

Ora che me ne ricordo, una mostruosa agitazione dovuta alla paura del pubblico mi prende lo stomaco.

"Quand'è questo show?" chiedo, schivando una signora con un taglio di capelli corti in cima e ai lati e lunghi dietro, che indossa una giacca con delle spalline giganti.

"Tra un'ora" dice Lilith.

"E quanto è lontano lo studio?" chiedo, mentre usciamo in strada, e vedo delle auto che sembrano saltate fuori dalla parte del 1985 di *Ritorno al futuro*.

"Dieci minuti a piedi" risponde Lilith, e comincia ad attraversare la strada, noncurante, in mezzo al traffico intenso. "Siamo al centro di New Langdon."

Nemmeno un'auto ci investe, mentre attraversiamo, e ciò mi dà un'idea di come mettere a segno alcuni numeri.

"Ho bisogno di un minimarket e di un negozio di ferramenta" dico, pensando rapidamente. "E del tuo aiuto con lo spettacolo."

"Certo" risponde lei. "Qualunque cosa ti serva."

Ci dirigiamo verso un negozio di alimentari all'angolo, dove chiedo al giovane commesso se vendono i biglietti della lotteria.

"Sì, signorina" risponde con uno strano accento, che mi ricorda un misto di britannico e australiano. "I numeri saranno annunciati tra cinquantacinque minuti circa."

Non mi sorprende vedere le cose andare così bene al loro posto. Lilith mi sta già aiutando.

"Puoi usare i tuoi poteri per scegliere i numeri vincenti?" le sussurro.

"Occorre chiederlo?" risponde a bassa voce, poi annuncia con sicurezza i numeri al commesso.

"A che serve?" chiede, una volta uscite dal negozio, mentre stringo quello che, spero, sarà il biglietto vincente. "A meno che non riusciamo a fermare Tartaro, questo mondo non durerà abbastanza a lungo per riscuotere la vincita."

"Vedrai" dico. "Ora ci serve un negozio di ferramenta."

Passiamo davanti ad antiquati negozi, che includono un noleggio di videocassette, chiara versione locale di Blockbuster, poi un altro negozio che vende musicassette, e un altro che sembra il gemello cattivo di Radioshack.

Il negozio di ferramenta, tuttavia, è abbastanza normale, e non impiego molto a individuare l'occorrente: la sparachiodi dall'aria più spaventosa che abbiano.

"A che ti serve?" chiede Lilith, osservando il dispositivo, mentre prendo una scatola di chiodi. "Conosco molti metodi di tortura creativi, per i quali non serve alcun oggetto di supporto."

"Chiederò a qualcuno di spararmi con questa, per dimostrare quanto sia fortunata" spiego, avvicinandomi ad un altro scaffale, dove raccolgo una maschera da saldatore. "Con i tuoi poteri, puoi fare in modo che tutti i chiodi manchino il mio corpo, presumo?"

"Certo." Sogghigna. "Non avrai bisogno di quella maschera."

"La maschera serve per rendere più drammatica quella parte della performance" spiego. "Aumenterà la sensazione di pericolo."

La maschera è presente, anche perché non escludo che Lilith mi faccia finire un chiodo in un occhio per ridere, ma lo tengo per me.

"Hai un ottimo istinto per le scene drammatiche" commenta, adocchiando la maschera con approvazione. "Ho la sensazione che mi renderai fiera di te oggi."

"Lo spero. Ora, la prossima fermata dovrebbe essere un negozio di forniture per ufficio. Conosco alcune procedure del mentalismo che..."

"Non c'è tempo" dice Lilith, guardando l'orologio. "Siamo già in ritardo."

Va avanti, trascinandomi nella Times Square di questa città, e in un grattacielo con l'atrio più elegante che abbia mai visto.

"Siamo qui per Pacifica's Got Talent" dice Lilith ad un corpulento addetto alla sicurezza.

"Siete arrivate troppo tardi" risponde lui. "I concorrenti dovevano essere qui un'ora fa."

Gli occhi di Lilith si trasformano in specchi. "Ci porterai là. Subito."

Soggiogato, l'uomo ci guida verso l'ascensore. Una volta raggiunto il piano con lo studio, Lilith deve ripetere l'espediente della malia qualche altra volta, finché non mi sottopongono frettolosamente alla fase del trucco.

"Fatela sembrare ancora più pallida" dice Lilith, squadrandomi con disapprovazione. "Più regale, se possibile. Più simile a come dovrebbe essere una vampira."

"Ha già la carnagione pallida" risponde l'addetta al trucco, con l'accento che sembrano avere tutti gli abitanti del posto. "Penso che..."

Lilith sfrutta di nuovo la malia, e vengo resa molto pallida, al punto che alcune persone potrebbero credere che indossi una maschera di porcellana. In seguito, l'addetta ai capelli svolge il proprio lavoro, e completa il trattamento, svuotandomi sulla testa un flacone di lacca per capelli.

"Andiamo. Presto, andrai in onda" dice Lilith, trascinandomi fuori dalla sala trucco.

Davanti a noi, c'è una fila di altri concorrenti: uno sembra un cantante, un altro un prestigiatore, e l'ultimo sfoggia un macabro trucco da clown.

In questo momento, mi si accende di nuovo la lampadina.

Non solo comparirò in televisione, ma parteciperò ad una gara.

Se questo spettacolo è simile ai talent show della

Terra, devo preoccuparmi delle critiche dei giudici, in aggiunta alle centinaia di spettatori che mi fissano.

Non pensavo che il mio battito cardiaco potesse accelerare ancora, ma in qualche modo ci riesce.

"Ho una fame da lupo", afferma Lilith, e prima che io possa fare una battuta sarcastica, usa la malia sul clown davanti a noi, dicendogli di non urlare.

Gli altri concorrenti sono talmente preoccupati della loro stessa paura del pubblico, da non accorgersi di Lilith, che si china sul collo del clown per affondarvi le zanne.

Inoltre, non prestano attenzione, mentre lei tracanna copiose quantità di sangue del povero ragazzo.

È subentrata la sua fortuna, forse?

Terminato il macabro compito, stacca la spugna rossa sul naso del clown, e la usa per pulirsi la bocca. "Dovresti nutrirti" mi dice. "Così sarai più forte."

"Penso di stare bene" rispondo.

"Non essere troppo sicura" replica Lilith. "Bevi da lui."

Prima che insista, facendo leva sul legame con il sire, mordo volontariamente il collo del clown. In questo modo, almeno, posso sapere che sarà vivo dopo il mio pasto.

Dopo alcuni sorsi, lo lascio andare.

"Allora." Lilith mi guarda con espressione impassibile. "Ha avuto un sapore divertente per te?"

Sopprimo un sospiro. Senza dubbio, ha scelto il clown solo per fare questa trita battuta.

"Dimenticherai che sia successo" gli ordina Lilith. "Oh, e adesso vieni dopo di noi."

Il poveretto cede il proprio posto nella fila, e si mette dietro di me.

Merda.

Poteva essere una farsa più semplice da seguire.

Oh, beh. Nemmeno il prestigiatore sembra molto impressionante.

"Sto meglio, in effetti" informo Lilith, ed è la verità. "Non avevo notato questo effetto del sangue."

"Oh, ti può far provare cose incredibili" dice. "Non solo ti senti bene, ma dopo esserti nutrita, per un po' diventi più potente. A volte, *molto* più potente. Tutto dipende dalla fonte del pasto."

"Potente?" Non riesco a non sentirmi incuriosita.

"Già" risponde. "Non te ne accorgi tanto, se bevi da un umano così, ma con un Conoscente succederebbe. Più potenti sono, più potente diventerai dopo aver bevuto da loro."

Questo è figo in un modo inquietante.

Mi chiedo se sia il motivo per cui Gaius avesse generato in Ariel la dipendenza dal proprio sangue. O per cui...

Aspetta. Ho *già* provato ciò di cui parla Lilith.

Forse anche più di una volta.

Quando ho bevuto dima Nero, la prima volta in cui abbiamo fatto sesso, mi sono sentita in una maniera incredibile. Più precisamente, qualunque cosa abbiamo fatto dopo, ha generato un cratere nel terreno e abbattuto degli alberi.

Più potente, in effetti.

Oh, e questo spiega la mia corsa ininterrotta per salvare Nero? È successo, quando ho bevuto tutto il sangue di Woland.

Chiedo a Lilith se la quantità conta.

"Decisamente" risponde. "Più bevi, più potere ottieni. La mia regola è: quando ho la possibilità di bere da un potente Conoscente, li prosciugo sempre fino all'ultima goccia, per massimizzare i vantaggi."

Ottimo.

Intende dire, ucciderli.

Ucciderli, per un temporaneo incremento di superpotere.

Cielo, spero di aver ereditato più DNA da mio padre.

"Adesso tocca a te" afferma Lilith, mentre il prestigiatore inciampa sul palco.

Comincio ad inspirare profondamente, nel tentativo di calmare il panico sempre più intenso. Quando la luce sopra l'entrata del palco diventa verde, salgo sul palco, strascicando i piedi con la maschera sottobraccio, e tirandomi dietro la sparachiodi.

Qualcuno mi collega un microfono, e avanzo, sentendomi come uno zombie.

All'inizio, le luci del palco sono troppo accecanti per vedere qualcosa. Poi i miei occhi si adattano, e mi accorgo che la situazione è *molto* più grave di quanto pensassi.

Non è uno studio televisivo, come durante la mia performance sulla Terra.

Questo è un vero e proprio teatro, con migliaia di spettatori disposti in centinaia di file. Davanti, ci sono sette giudici, e tutti mi fissano con una brama omicida negli occhi.

Ma questa non è comunque la scoperta peggiore.

Come previsto da tutti i segni e avvertimenti, questo spettacolo viene trasmesso *in diretta*.

È l'incubo diventato realtà di ogni persona che soffre di glossofobia... e non c'è una Bailey pronta a salvarmi.

CAPITOLO DICIOTTO

"CIAO. CHE COSA SARESTI TU?" chiede altezzoso il giudice più a sinistra. "Una dark o una geisha?"

Per poco, non mi strozzo con la lingua.

È già abbastanza brutto che io sia in preda al panico. Ora quest'uomo vuole aggiungere altro stress con i suoi stupidi commenti?

Inspirando rapidamente, ricordo a me stessa che dev'essere l'onnipresente e rude personaggio alla 'Simon Cowell', e che è tutto in nome del mondo dello spettacolo.

Non è che non gli piaccia *io* nello specifico.

"Sono soprannaturale" rispondo con voce un po' tremante. "Capisco che sia difficile da credere, ed è per questo che dimostrerò che cosa sono in grado di fare."

Lui, un uomo adulto, mi guarda roteando gli occhi, e mormora: "Bisogna lavorare su questa tiritera."

Decidendo che la cosa migliore da fare sia ignorarlo, come se fosse il solito disturbatore, dico:

"Per cominciare, dimostrerò la mia capacità di prevedere il futuro." Poso la sparachiodi e la maschera, poi tiro fuori il biglietto della lotteria. "Ecco." Mi avvicino ad una bellissima donna, nonché giudice più lontano da quello suscettibile, e le porgo il biglietto. "Mi sono inventata questo, perché tutti dicono sempre: 'Se puoi prevedere il futuro, perché non vinci alla lotteria?'"

Rivolgendomi al cameraman più vicino, chiedo: "Puoi mostrarlo agli spettatori a casa? Voglio che tutti sappiano che il biglietto non ha nulla di ambiguo."

Quel tizio è in gamba. La telecamera zooma all'istante sui numeri, e qualcuno visualizza perfino l'intera scena su un voluminoso schermo televisivo a tubo catodico sopra il palco.

"Teneteli a mente" dico, indicando lo schermo. "Ora, sarebbe possibile sintonizzare quella TV sull'estrazione della lotteria?"

Il cameraman alza i pollici verso di me, perciò mi allontano dal giudice, affinché nessuno sospetti che io cambi qualcosa, o cancelli segretamente dei numeri per stamparne degli altri in qualche modo.

Le mie probabilità di sembrare una stupida sono astronomiche, perché la fortuna di Lilith deve lavorare su più livelli in questo caso. Innanzitutto, il biglietto dev'essere davvero quello vincente, e secondariamente, il risultato della lotteria dev'essere annunciato subito.

Mentre qualcuno imposta il canale corretto sullo schermo, una parte del piano si realizza: la trasmissione mostra una grande ruota con delle palle bianche coperte da numeri, che gira e gira, aumentando la suspense dei presenti... soprattutto la mia.

La prima palla va al suo posto, e il numero corrisponde al mio biglietto, così come il secondo.

La giudice mormora la mia frase preferita in bocca a uno spettatore: "Non è possibile."

Quando il terzo numero corrisponde, mi rilasso.

Anche se gli altri dovessero essere sbagliati, ho comunque un impressionante numero tra le mani.

Ciò che preferisco in questa dimostrazione, è il fatto di stare proprio ingannando tutti. Non sto usando i miei poteri di veggente, come sostenevo, i quali sono in pausa momentanea. Come in ogni numero di magia, c'è un metodo alla base delle mie azioni, che non ha nulla a che fare con la mia pseudo-spiegazione.

Si dà il caso che il metodo che sto usando è di tipo soprannaturale, e impressionante in sé e per sé.

Il prossimo numero combacia, e anche quello successivo.

Quando l'ultimo numero è esattamente identico, tra il pubblico esplode un applauso forsennato.

Il mio battito cardiaco sale alle stelle, e mi accorgo di una strana sensazione... come se mi stessi riempiendo di un'energia meravigliosamente calda.

Oh, già. Ricordo questa sensazione. L'ho provata in TV, sulla Terra. Dev'essere dovuta ad un incremento di potere basato sulla fede.

Così va bene. Significa che alcune persone là fuori credono che io abbia davvero previsto la lotteria. Sono convinte che la scena appena verificatasi non sia stata un numero da illusionista.

Pfiù.

Una volta mi scocciava, quando la gente pensava che i miei poteri da illusionista fossero reali, ma adesso sono super-grata alla credulità degli umani.

"Sei incredibile" dice la giudice a cui ho consegnato il biglietto della lotteria. "Perché mai sei qui? Sei appena diventata milionaria con il tuo dono."

"Beh, mi piace esibirmi" rispondo sinceramente "Lo farei, anche se avessi tutti i soldi del mondo."

"*È stato* un bel trucco" commenta il giudice suscettibile con un briciolo in più di rispetto di prima... ma non molto. "Particolarmente bello, per una ragazza illusionista. E sembra *davvero* che tu ti diverta." Mi squadra, arricciando il naso. "Devi solo lavorare sulla capacità comunicativa e sulla presenza sul palco. E poi, è ovvio che in qualche modo..."

"In realtà, non ho finito" rispondo a denti stretti. "Risparmia le critiche per la fine, e le teorie sulla mia metodologia per i tabloid."

Solleva un sopracciglio, e intuisco che sta per dire qualcos'altro di sarcastico.

Un impeto di rabbia ha la meglio sulla mia paura del pubblico.

Il suo comportamento, soprattutto quella parte della 'ragazza illusionista', dev'essere sistemato.

Aspetta un attimo. Posso vendicarmi, e fare una dimostrazione improvvisata degna della stessa Lilith.

Se funzionasse, dovrebbe aumentare una delle mie fondamentali abilità da vampira.

"Ho progettato altre cose impossibili" dichiaro, sovrastando qualunque cosa abbia appena detto il giudice. "Voglio che gli spettatori a casa non abbiano alcun dubbio sul fatto che le mie azioni siano reali. Non sono, come dici tu, dei trucchi."

"Questo è chiedere troppo" ribatte il fastidioso giudice. "Parecchi idioti vengono qui, e pensano di saper cantare, mentre strillano come dischi rotti. Come te, sono convinti che i loro..."

"Se sei così scettico, che ne dici di offrirti volontario per la prossima dimostrazione?" dico amabilmente. "È incentrata sul controllo della mente, ma dato che credi che i miei siano solo trucchi, non dovrebbe funzionare su di te, giusto?"

Normalmente, non sceglierei mai un disturbatore come aiutante (fa parte delle 101 regole sulla gestione del pubblico), ma questa non è una situazione comune.

Qui, più lui è scettico, più potente sarà il numero.

"Se controllerai la mia mente, avrai tutto il mio supporto." Solleva una piccola paletta con scritto un 10. "Ora, devo venire con te sul palco?"

"No." Trasformo gli occhi in specchi... e il pubblico resta a bocca aperta. In tono mellifluo, dico: "Voglio che strisci sul palco a quattro zampe."

Un silenzio di tomba cala nella sala.

Penseranno che sia un brutto scherzo.

Poi, come un robot, il giudice si alza dalla sedia, si

mette per terra, e comincia a strisciare sul palco da brava marionetta.

Il silenzio diventa sempre più pesante.

Riesco quasi ad ascoltare l'incredulità dei presenti.

Gli altri giudici e gli addetti alle telecamere appaiono addirittura più sbalorditi del pubblico alle loro spalle. Come avevo presupposto, la mia vittima è una vera prima donna, e nessuno può immaginare che un'artista come me l'abbia indotto ad umiliarsi in questo modo... ed è la migliore spiegazione non soprannaturale.

"Bel lavoro" commento, quando attraversa il palco come un cane. "Adesso mi bacerai le scarpe, e ti alzerai in piedi."

Tendo troppo al sadomasochismo per i programmi TV destinati alle famiglie?

Oh, beh.

Mi dà un bacio sulle scarpe, come ho ordinato, poi si alza lentamente, sempre con espressione vuota.

"Un applauso per il mio coraggioso volontario" dico, spezzando finalmente la tensione. Tutti applaudono con un folle entusiasmo.

Proprio come prima, provo una calda sensazione di potere... e sta diventando più forte.

Oh-oh.

Spero che non diventi una cosa seria come l'ultima volta. Non voglio perdere di nuovo i sensi.

Inspiro profondamente.

Non posso pensare di svenire, o ad altre potenziali insidie, poiché sarebbe una reazione irrazionale sulla televisione nazionale. Non nel mio mondo, ma comunque.

"Grazie" dico, quando le ovazioni si placano. "L'altro potere che volevo dimostrare, è la mia capacità di controllare la fortuna stessa."

Raccolgo il casco da saldatore, e lo indosso, in modo tale da poter usare ancora il microfono.

"C'è qualcuno nel pubblico che ne possiede uno?" Agito nell'aria la sparachiodi.

Un uomo grande e grosso si alza, e gli chiedo di unirsi a noi sul palco.

"Prendi questa." Gli porgo la mia sparachiodi. "Controlla che sia una sparachiodi in regola, ma sta' attento. Non voglio che tu ti faccia saltare un piede, se per caso lo spettacolo non avesse l'assicurazione."

Tutti ridacchiano, mentre l'uomo verifica che la sparachiodi sia davvero in regola.

"Consegnala al giudice" lo indico con la testa, "e torna a sederti con un giro di applausi."

Mentre l'esperto di ferramenta se ne va, con il pubblico che applaude cautamente, mi dirigo verso l'estremità del palco, dove appoggio la schiena contro una parete di legno.

"Sei pronto?" chiedo al giudice.

Annuisce meccanicamente, ancora sotto effetto della malia.

"Bene." Inspiro di nuovo per calmarmi. "Voglio che mi spari addosso uno di quei chiodi. Fa' del tuo meglio, quando prendi la mira, e non preoccuparti. Il mio potere sulla fortuna farà in modo che nemmeno un chiodo mi colpisca."

Nessun altro illusionista si è mai avvicinato così tanto alla verità.

Il metodo sarà proprio il potere sulla fortuna... ma quello di Lilith, non il mio.

Il giudice suscettibile mi punta contro la sparachiodi.

Allargo le braccia in maniera teatrale.

Ogni membro del pubblico si sposta sul bordo della propria sedia, in un silenzio di tomba.

Mi sono sempre chiesta che cosa succeda mediamente nella testa di una persona, che assiste ad un numero pericoloso come questo. Qualcuno vorrebbe gridare "Fermati!", che sarebbe probabilmente il gesto morale da compiere? Oppure, segretamente, sperano che l'artista si faccia male?

Gli esseri umani sono dotati di una curiosità morbosa... per questo, si fermano sempre a fissare un incidente in autostrada.

Bang!

Il primo chiodo colpisce la parete a due centimetri dalla mia spalla.

Il pubblico resta interamente a bocca aperta.

Il prossimo chiodo colpisce lo spazio tra le mie gambe.

Accidenti.

Se fosse stato appena un centimetro più su, mi avrebbe impalato in un senso piuttosto letterale.

Il chiodo successivo è talmente vicino alla parte alta

della mia testa, da raschiare via un po' di colore dalla maschera da saldatore.

Quello seguente mi colpisce tra le dita della mano, aperte.

Lilith deve esercitare un enorme controllo sulle traiettorie di quei chiodi... e sta facendo del suo meglio per dare una buona impressione.

Dopo quella che sembra una settimana, la sparachiodi finalmente è scarica.

Mi sposto di lato e guardo indietro.

C'è una sagoma di me stessa, delineata dai chiodi.

"E questo è quanto" affermo. "Sono davvero fortunata."

L'applauso è entusiastico adesso. Va avanti, e ancora... e noto che tutti, perfino i giudici, si sono alzati in piedi per dimostrare il proprio apprezzamento.

Sento le ginocchia deboli, e la sensazione di energia calda ricompare, ma molto più potente stavolta.

Una vera e propria valanga.

Merda.

Devo abbandonare il palco, prima che arrivi la parte dell'orgasmo e mi faccia cadere con la faccia... annullando, forse, una parte del numero.

"Grazie mille" boccheggio. "Votate per me!"

Con questo, scappo di corsa dal palco.

Le ovazioni non si fermano.

La giudice, a cui ho lasciato il biglietto della lotteria, grida che dovrei eseguire un'altra performance, come un bis.

Lilith m'incrocia con un sorriso fiero, e mi abbraccia addirittura.

Mi tolgo il casco da saldatore, per respirare, poi mi viene in mente un'idea.

Possono avere il loro bis, e potrei impressionarli anche di più, senza alcuna fatica.

Silenziando il microfono, dico con urgenza a Lilith: "Scambiamoci i vestiti."

Ignorando gli sguardi sbalorditi degli altri concorrenti, comincio a spogliarmi.

Lilith, subdola almeno quanto me, capisce alla svelta, e si spoglia senza fare domande.

Una volta scambiati i vestiti, le passo la maschera, che indossa.

Già.

Nessuno si accorgerà dello scambio.

"Va' là fuori, e dimostra di saper volare" le dico.

Pur non vedendole la faccia con la maschera, sono sicura che stia sorridendo per l'aspettativa.

Con grazia, sale sul palco.

Entro in modalità malia, e faccio in modo che gli altri concorrenti dimentichino ciò che hanno appena visto.

Nel frattempo, mi viene in mente di poter sfruttare questo come possibilità di fuga.

Ma prima, devo eseguire la maggior parte del numero. Individuo una TV a tubo catodico, che mostra ciò che succede sul palco, e riattivo il microfono.

Lilith arriva al centro del palco, e fa un inchino.

Le folli ovazioni si placano.

"Prima di eseguire la prossima dimostrazione, controllate che io non abbia addosso fili metallici o calamite nascosti" dico nel mio microfono, e Lilith si avvicina al giudice suscettibile, ancora sul palco e probabilmente ancora soggiogato.

Senza allungare troppo le mani, controlla che non abbia addosso dei fili, e non ne trova.

Lilith fluttua lentamente verso l'alto.

Stavolta, l'anelito di meraviglia è così forte, che lo sento da qui.

Qualcuno ha la brillante idea di accendere una musica New Age di sottofondo, mentre Lilith si libra sempre più in alto.

Sono estremamente soddisfatta della sua performance.

Se questo numero fosse stato eseguito da solo, dubito che qualcuno avrebbe creduto che potessi davvero volare. David Copperfield aveva eseguito una levitazione in un numero di magia molto simile a questo, all'inizio degli anni novanta, senza essere una divinità-vampiro... per quanto ne sappiamo, comunque. Ma in combinazione con le mie altre dimostrazioni, le persone dovrebbero credere che questo sia reale.

O almeno, lo spero.

"Ora volerò dalle persone del pubblico, così potranno controllare i fili a loro volta" dichiaro, e Lilith fa come dico, atterrando a caso vicino ad alcune persone, che ovviamente non trovano alcun filo segreto.

Mentre gli spettatori a casa cominciano ad avere le proprie convinzioni, le sensazioni di calore diventano ancora più intense.

I miei arti cominciano a formicolare, e mi siedo, temendo di cadere.

Addio alla mia possibilità di fuggire. Mi sono lasciata trasportare dalla performance.

Fremo, mentre un orgasmo correlato alla fede m'investe, simile a quello provato durante la mia prima apparizione in TV.

Il poter-gasmo... o come si possa chiamare... è seguito rapidamente da un altro, e un altro ancora.

Proprio come la prima volta, il piacere si tramuta in dolore, mentre mi sembra che tutto il corpo diventi una pura terminazione nervosa, che qualcuno ha distrutto con un taser.

La stanza gira intorno a me, e mi vengono le vertigini.

Poi una nuova ondata di calore mi colpisce, mandandomi in cortocircuito il cervello.

Crollo a terra, e la coscienza mi dice addio.

CAPITOLO DICIANNOVE

RIPRENDO I SENSI, e mi alzo a sedere.

Avevo la testa nel grembo di Lilith, e ci troviamo in un'auto in movimento, senza alcuna traccia visibile dello studio televisivo.

"Come siamo arrivate qui?" chiedo, guardando fuori dal finestrino le innumerevoli persone che si muovono in massa nelle strade trafficate della città intorno a noi.

"Alla fine della nostra performance, sono uscita e ti ho trovata svenuta per terra" spiega Lilith. "Prima che i fan adoranti potessero fare comunella con te, ti ho trasportata fuori, e abbiamo preso questo taxi."

Wow.

In precedenza, ero svenuta solo per breve tempo. Forse ho acquisito ancora più potere oggi?

"Come posso sapere se ha funzionato?" chiedo a Lilith in un sussurro. "Sono una veggente e una manipolatrice delle probabilità più potente adesso? E, cosa più importante, so volare?"

"Ne so quanto te" risponde. "Immagino che, come veggente, non sentirai così tanto la differenza... tranne il fatto che la tua riserva giornaliera di potere di veggente dovrebbe essere di gran lunga maggiore."

Per verificare questa teoria, cerco di entrare nello Spazio Mentale, ma fallisco di nuovo.

Magari l'incremento entrerà in azione solo dopo essermi ripresa dall'attacco di Nostradamus?

"Ora, come manipolatrice delle probabilità, grazie all'incremento di potere, dovresti avere accesso agli eventi con una bassa frequenza... quelli che hanno l'aspetto di filamenti più spessi" continua.

Prendo il mio mazzo di carte, lo mescolo, poi chiudo gli occhi e riprovo con il test di Chester.

Immagino il mazzo di carte separarsi, prima in base ai colori, poi ai semi, e alla fine, a seconda del valore. Ricordo a me stessa quanto sarebbe figo rimettere in ordine il mazzo e, come prima, m'immagino eseguire questo test come un numero di magia con le carte... o utilizzarlo come metodologia segreta.

Stavolta, è più facile.

Le linee colorate (i fili del fato) compaiono davanti a me più velocemente di prima.

Studiandoli attentamente, mi concentro sul loro spessore.

Come in precedenza, i filamenti più spessi mi sembrano più 'giusti'... e adesso intuisco il perché. È come aveva detto Chester: quelli più spessi richiedono un maggior consumo di potere. E Lilith ha appena detto che questi corrispondono agli eventi con una bassa frequenza.

Mettendo insieme queste informazioni, avrebbe senso se un evento meno probabile (per esempio, una probabilità fattoriale di uno su cinquantadue) consumasse più potere di manipolazione delle probabilità, e fosse rappresentato da un filo più spesso.

Come l'ultima volta, i fili più sottili sembrano più facili da controllare, più elastici, mentre quelli più spessi sono irraggiungibili e rigidi.

Afferro mentalmente il filo più spesso che riesco a vedere.

È come se cercassi di agguantare un'anguilla con le mani unte.

E va bene. Ignorando per il momento il filo rigido, provo con uno più sottile... che non mi trasmette una sensazione altrettanto 'giusta'.

Anche questo sfugge alla mia presa, così come un altro più sottile, e un altro ancora.

Ma alla fine, trovo un filo di medio spessore rispetto agli altri... e quando esercito una pressione su di esso a livello metafisico, scatta.

Aperti gli occhi, dispongo le carte tra le mani, trepidante.

Sì!

Ho fatto dei progressi.

Invece di separarle solo per colore, come prima, le carte si sono anche suddivise in base ai semi. I valori di ogni seme sono ancora in ordine casuale, ma mi sono avvicinata un po' di più al mio obiettivo.

La comparsa in TV comincia già a dare i suoi frutti.

Rifaccio il test.

Ottenere lo stesso risultato è più facile stavolta.

Dopo un altro tentativo, riesco a piegare al mio volere un filo più spesso... e come risultato, riordino metà delle carte di picche.

"Eccellente" commenta Lilith, osservando il mio operato. "Ma sta' attenta a non impegnarti troppo all'inizio. Ci sono dei limiti sulla quantità da manipolare in un giorno." Mi toglie di mano il mazzo di carte, lo mescola, poi lo dispone in un ordine completo con una strizzatina d'occhio. "Quei limiti si espandono con l'esperienza, come un muscolo che s'ingrossa, ma al momento, potrebbe non esserti rimasto molto con cui giocare."

Merda.

Sarebbe stato utile saperlo, prima di sprecare la mia magia di manipolatrice, giocando con un mazzo di carte.

D'altro canto, ho bisogno di fare pratica. Non sono neanche lontanamente in grado di fare qualcosa di utile con il mio nuovo potere.

Decidendo d'ignorare l'avvertimento di Lilith, mescolo le carte, e cerco di ripetere il test... ma nessun filo compare, indipendentemente dai miei sforzi di concentrazione.

Immagino di aver raggiunto il limite di cui parlava.

Oh, beh. C'è una cosa molto più figa, che devo capire come fare.

"E volare?" chiedo impaziente a Lilith. "Come posso *riuscirci?*"

"Non lo so, sinceramente" dice. "Quando ne ho bisogno, succede e basta." Fluttua leggermente sul sedile, ma non così in alto da farsi notare dal tassista. "Non ho mai dovuto esercitarmi nel volo, al contrario della manipolazione delle probabilità. Tutti i doni dei vampiri sono spontanei come questo. Lo fai e basta, fine della storia."

Okay.

Ordino a me stessa di volare.

Non succede nulla.

Forse non lo desidero abbastanza... soprattutto perché sono seduta in un'auto in movimento?

Ordino di nuovo a me stessa di volare.

Ancora niente.

E va bene. Ci proverò più tardi.

Dato che Lilith guarda fuori dal finestrino, senza badare a me, colgo l'occasione per riflettere sul mio piano.

Scappo via da lei, per unirmi a Nero e agli altri Conoscenti sulla Terra, e affrontare Tartaro sul mondo di Lilith, come suggeriva Nostradamus? Oppure affronto Tartaro qui, su questo pianeta, come vuole mia madre?

Il taxi si ferma davanti a un semaforo rosso, e un folto gruppo di alunni comincia ad attraversare la strada.

I loro volti, così angelici e innocenti, sembrano una secchiata d'acqua fredda sulla mia faccia.

Perché dovrebbe essere un dilemma?

Siamo in un mondo con *innumerevoli* abitanti... e ognuno è un figlio, una madre, un padre, un fratello, una sorella, un marito, una moglie.

Tutte queste persone meritano di vivere tanto quanto gli abitanti della Terra.

Dovrei proteggerle, se possibile... soprattutto perché alcune di loro, adesso, credono che io sia una specie di supereroina. Per parafrasare una famosa citazione di *Spider-Man*: se qualcuno t'infonde un grande potere, derivano grandi responsabilità nei suoi confronti.

Non esiste proprio altra scelta.

Devo cercare di aiutarle. Solo così potrò essere in pace con me stessa.

Se sopravvivrò, almeno.

Allora è fatta. Resterò.

Adesso devo capire che cosa significhi a proposito di Lilith.

Fuggirò ancora da lei? O seguirò i suoi piani?

Già, l'ultima parte è critica. Quello che vuole lei pone un grosso problema: il fatto che i Conoscenti della Terra restino fuori dal conflitto.

La sua avidità e i suoi folli discorsi. Avremmo molte più possibilità di sconfiggere Tartaro, se in qualche modo riuscissi a contattare Nero, che così potrebbe venire ad aiutarci insieme agli altri.

Ma come?

Posso ragionare con Lilith?

No. Rischierei di attivare il legame con il sire, limitando significativamente la mia libertà.

Se accedessi allo Spazio Mentale, potrei raggiungere Rasputin, ma non ho tempo di recuperare i miei poteri.

Mi serve un'altra forma di comunicazione tra le Altre Terre... altrimenti, devo scappare e portare a Nero le notizie di persona, una mossa dall'improbabile successo, considerando la vigilanza di Lilith e la costante minaccia del legame con il sire.

Poi ho un'illuminazione.

Io *ho* un altro modo per comunicare da qualunque punto delle Altre Terre.

Non devo fare altro che convincere Lilith con l'inganno a permettermi di utilizzarlo.

"Nonostante i miei sforzi, non riesco a volare" le dico, senza simulare la frustrazione. "Mi sento sfiancata in generale." Mi massaggio le tempie. "Se fossi ancora umana, direi che mi serve una bella notte di sonno. O una vacanza. E un trattamento spa o due."

"Povera cara." Lilith mi accarezza la schiena con un gesto stranamente affettuoso. "Ne hai passate tante, in effetti. Subito dopo la mia trasformazione, io dormii durante le prime notti, giusto per adattarmi. Che ne dici di fare un pisolino, quando arriviamo in hotel?"

"Sei sicura?" Sbadiglio, con uno scroscio di risa interiore per il mio successo.

"Sicura" dice, mentre l'auto accosta davanti a un hotel.

Mentre attraversiamo l'atrio, alcune persone mi guardano con espressioni curiose.

"Penso che ti riconoscano per la comparsa in TV" sussurra Lilith. "Fino all'arrivo di Tartaro, non faranno altro che parlare di te."

Come per confermare la sua teoria, un ragazzino si avvicina a noi nella zona degli ascensori, e mi supplica di autografargli un giocattolo simile al cubo di Rubik.

Scrivo 'L'Incredibile Sasha' sul cubo, poi mi maledico per non aver pensato a un nome figo da supereroina, e per aver consumato tutto il mio potere sulle probabilità nel mescolare le carte.

Se ce l'avessi ancora, potrei creare un numero a effetto, nascondendo il puzzle dietro la schiena, ruotandolo in maniera casuale, e ordinando i colori tramite i miei poteri di manipolatrice.

Anche se alcuni quadrati non si allineassero, sarebbe un'impresa notevole.

Oh, beh.

Prendo il mio mazzo di carte, ed eseguo un normale gioco di prestigio, in cui le carte nominate dal ragazzo mi finiscono in tasca.

"Come ci sei riuscita?" chiede a bocca aperta.

"Sai tenere un segreto?" gli sussurro con aria complice.

"Sì." Si china in avanti con gli occhi sgranati.

"Anch'io" affermo, facendo l'occhiolino, poi prendo Lilith per un braccio e scappo in ascensore.

Una volta dentro, preme il pulsante per il venticinquesimo piano, e dice: "Dovrai insegnarmi alcune delle tue tecniche da illusionista. Possono essermi d'aiuto nel mio mondo."

"Certo." L'ascensore si ferma, e usciamo. "Magari quando non mi sentirò così distrutta."

"Mi sembra giusto." Apre una porta, ed entriamo in una scialba stanza d'hotel senza televisore. "Perché non riposi adesso." Indica il letto con la testa.

"Già." Mi tolgo le scarpe. "Mentre dormo, perché non ti eserciti con questa?" Le do una delle mie carte, e le mostro come nasconderla in mano. "Si chiama impalmaggio, e per padroneggiarlo, ti esorto ad andare in giro con questa carta in mano, finché non ti sembrerà la cosa più naturale del mondo. Potresti sentirti un po' in colpa, quando cominci con l'impalmaggio, ma..."

"Il senso di colpa non è un mio problema" replica Lilith, prendendo goffamente in mano la carta.

L'impulso di rispondere al commento è forte, ma resisto con ogni briciolo di autoconservazione in mio possesso.

Mi sono spinta troppo oltre, per lasciarmi sopraffare dal legame con il sire a causa di una banalità come questa.

Sdraiandomi sul letto, chiudo gli occhi e dico: "Notte."

"Riposa, mia cara" cantilena piano Lilith, quasi come una mamma.

No. Ho immaginato l'ultima parte.

Lilith ha l'istinto materno di un AK-47.

Normalizzando il respiro, raggiungo un nuovo record per la rapidità con cui mi addormento.

CAPITOLO VENTI

STO ESEGUENDO la presa del proiettile, e Nero è il mio assistente sexy.

Ho il proiettile tra i denti... e le ovazioni cominciano, quando vedo la mia famiglia e i miei amici in pericolo.

Prima che qualcuno resti ucciso, una figura familiare mi compare davanti, bloccando il tempo intorno a noi, in modo tale che solo io e lei possiamo muoverci.

Sì.

Il piano ha funzionato.

Questo è un sogno, e lei è la sua camminatrice, Bailey.

"Spero che non ti dispiaccia, se mi sono intromessa prima che questo piacevole sogno si trasformasse in un incubo" dice Bailey. "Per scopi terapeutici, noi..."

"Non sono qui per la terapia" spiego. "Mi sono addormentata nella speranza di rivederti. Ho bisogno di mandare un messaggio a Nero. È molto importante."

Bailey mi guarda, meravigliata, e ci ritroviamo di nuovo su una nuvola, con l'oceano infinito sotto di noi.

"Dimmi qual è il problema" chiede, mentre il lettino compare sulla superficie della nuvola.

Pom, il suo simpatico compagno, si materializza anche qui, e mi osserva con i suoi begli occhi grandi.

Tanto vale che mi metta comoda, immagino, perciò mi siedo e dico: "È Lilith. Mi ha rapita."

Proseguo, raccontando tutto a Bailey, compresa la parte su Tartaro... come il piano originale prevedesse di affrontarlo nel mondo di Lilith, e come penso che quel piano debba essere modificato dopo le mie recenti scoperte.

"Come facciamo a trovarti?" chiede. "È la prima cosa che vorrà sapere Nero."

Lieta di averlo memorizzato prima, le spiego passo passo il percorso dall'hub del JFK sulla Terra fino a questo pianeta.

"Assicuriamoci che l'abbia capito correttamente" afferma Bailey. Ma invece di ripetermelo, mi mostra un sogno, in cui lei stessa percorre la strada appena descritta.

"Chiaro" dico, poi le spiego l'hotel in cui mi trovo al momento. Quando Bailey conosce a menadito anche questo, chiedo: "Sai dov'è realmente Nero?"

"Sulla Terra, immagino" risponde. "Io stessa sono su Gomorra, ma posso andare presto sulla Terra, da lì lo chiamerò."

"Bene" commento. "Fallo, mentre io mi sveglierò, nel frattempo, e farò del mio meglio per gestire Lilith."

"Sta' attenta" dice Bailey, accarezzando Pom. "Spero ancora di lavorare sui tuoi incubi un giorno. Finora, hai vissuto una vita interessante."

Le sorrido. "Siamo d'accordo. Se sopravvivrò a Tartaro, avrò di certo degli incubi nuovi di zecca per il tuo divertimento professionale."

Con questo, mi alzo, e ordino a me stessa di svegliarmi.

Funziona.

Con un sussulto, apro gli occhi nella stanza d'hotel.

CAPITOLO VENTUNO

SENZA IL MINIMO INTONTIMENTO, mi guardo intorno.

Lilith non è in vista.

Mi alzo, e trovo un bigliettino sul letto, vicino a me.

Sono uscita a prendere qualcosa da mangiare. Torno presto.

-Mammina

Qualcosa da mangiare? Spero che non sia un bambino piccolo, o una suora, o un gattino.

Vado verso il bagno, senza pensare.

Che fortuna: non appena decido che non mi serve fuggire da Lilith, me ne offre la possibilità.

A meno che io non *debba* farlo?

Posso sempre rivederla dopo, quando Tartaro si farà vivo.

Meccanicamente, prendo uno spazzolino monouso fornito dall'hotel, lo cospargo di dentifricio, e attacco i miei denti.

Poi qualcosa scatta nei miei ricordi... seguito da un'ondata di terrore.

Come ho fatto a non accorgermene prima? Ho avuto una visione di me, che mi lavavo i denti nel bagno di un hotel!

Ero proprio in questo punto prima che...

La mia scoperta arriva in ritardo.

Il mio super-udito da vampira intercetta lo stesso rumore della visione... come se qualcuno stesse aprendo la porta e strisciasse nella stanza.

Come nella visione, non mi prendo la briga di sputare, mentre getto via lo spazzolino, e schizzo fuori dal bagno alla massima velocità.

Almeno, evito di sbattere contro il gigantesco intruso stavolta.

Ma per un pelo.

Mentre lo guardo, ogni dubbio rimasto svanisce.

È un vero e proprio ormone della crescita, trasformato in un uomo.

Però non è un uomo, come avevo scoperto. È un licantropo.

Indietreggio di un passo, mentre alcuni pezzi del puzzle vanno al loro posto: i suoi strani capelli in stile anni ottanta, l'outfit, la polaroid.

Combacia tutto.

È normale su questo pianeta.

Capisco anche perché gli manchi l'aura del Mandato.

Non proviene dalla Terra.

Per questo Eduardo, il licantropo alfa, era così sicuro di non conoscere un lupo mannaro del genere.

Indietreggio ancora, ricordando i miei tentativi nella visione, per non ripeterli.

Non che mi restino molte opzioni: o la malia, o la lotta.

Be', la malia non aveva funzionato... il che è deludente, dato che adesso è potenziata dalla fede.

A meno che la visione non riguardasse un futuro, in cui non andavo in TV?

No.

Non posso rischiare.

Questo tizio potrebbe essere l'alfa del posto, e perciò troppo potente per la malia... o, per quanto ne sappia, non è possibile soggiogare i licantropi.

Rimane l'opzione di combattere... ma anche questo non aveva funzionato.

A meno che non possa farlo meglio stavolta? O almeno, in un modo diverso?

Sarebbe bello tenerlo a bada, pregando che Lilith arrivi in questo lasso di tempo.

Vale la pena tentare.

Un modo per prendere tempo è chiacchierare, perciò dico: "Ciao. Come posso aiutarti?"

Il tizio piega la testa, poi osserva la foto in mano, e quindi me. Con un grugnito, risplende di energia.

Non è una lingua lunga, lui.

Proprio come nel mio sogno, i suoi vestiti vengono ridotti a brandelli, mentre si trasforma in un enorme lupo.

Arretro, con il cuore che martella più disperatamente che nella visione.

Maledetto il futuro e i suoi schemi prevedibili.

Ringhiando, il licantropo snuda i denti massicci, e avanza verso di me.

Le mie zanne si allungano, e schivo una zampata... mentre l'angolo del letto viene danneggiato di nuovo.

Ficco le mani in tasca, tiro fuori tutto ciò che mi rimane della carta lampo, insieme a un accendino, e acceco entrambi nell'accenderlo.

Si riprende lui per primo, e mi attacca con l'altra zampa.

Sapendo quanto possa essere testardo il futuro, mi aspettavo questa mossa, perciò, sebbene accecata, ruoto di lato a velocità soprannaturale, e il cassettone viene fracassato al posto della mia faccia.

L'ultima volta, gli avevo dato un calcio nelle costole... quindi, adesso, miro alla testa.

Non funziona affatto meglio rispetto alla mia visione.

Il tizio schiva il colpo, e mi affonda i denti nella coscia, proprio come prima.

Digrignando a mia volta i denti dalla frustrazione, mi sforzo di rimanere in equilibrio.

Mi getta avanti e indietro, e perdo il combattimento, sbattendo la testa contro l'angolo di un comodino durante la caduta. Poi, lui mi trascina per la stanza.

Di nuovo.

Agitando le membra, lotto con tutte le mie forze. Se

non cambio il futuro adesso, finirò addosso alla finestra, e tanti saluti.

Non funziona.

I suoi denti mi afferrano più saldamente, e lui ringhia, dando degli strattoni con la testa e buttandomi in aria.

C'è un familiare attimo di assenza di gravità, poi la mia schiena cozza contro la finestra.

Il vetro si frantuma intorno a me, lacerandomi la pelle, mentre cerco di afferrare il telaio della finestra... ma non faccio altro che ridurre a brandelli i palmi delle mani, mentre vengo lanciata fuori.

È fatta.

Precipito come un mattone.

CAPITOLO VENTIDUE

LA DISCESA SEMBRA LENTA a causa dell'overdose di adrenalina.

Mi meraviglio della rapidità con cui guariscono la ferita alla testa e le lacerazioni sulla pelle, ma non conosco capacità curative in grado di salvarmi da questa caduta... o dall'atterraggio, per essere più precisi.

Mentre precipito vicino al diciannovesimo piano o giù di lì, ricordo una cosa importante.

La dimostrazione in TV.

Là fuori, dovrebbero esserci delle persone convinte che io possa volare.

Spero.

Di sicuro, io non ci avrei creduto, e nemmeno Felix. Ma Ariel forse sì.

Perciò, esatto, dovrebbero esserci dei credenti da qualche parte.

Questo, oltre al fatto che i vampiri (o perlomeno

Lilith) sanno volare, aumenta le notizie potenzialmente buone per me.

Però *non* sto volando.

Sto cadendo.

Perché non funziona? Lilith sosteneva che non ci fosse una speciale tecnica di base, ma quando avevo provato a volare in macchina, non ci ero riuscita. A quel punto, mi ero chiesta se magari non lo desiderassi abbastanza... ma adesso sì. Lo desidero più di ogni altra cosa.

Passa un altro piano.

Ordino a me stessa di volare, con tutta la disperazione derivante dalla mia situazione attuale.

Un altro piano.

Immagino me stessa più leggera dell'aria. Canticchio addirittura 'I Believe I Can Fly'... almeno, finché non ricordo chi sia il cantante. Poi canticchio 'Learning to Fly' dei Pink Floyd.

Passano altri due piani.

Con tutta l'anima, mi sforzo di credere che posso farcela. Ricordo a me stessa che il volo non è nulla, in confronto alla capacità di vedere nel futuro. Dopotutto, anche gli uccelli e gli aerei possono volare, ma nessuna creatura o macchina sa fare le stesse cose di una veggente.

Ancora nulla... e non restano molti piani per trovare la soluzione.

Chiudendo gli occhi per stimolare la concentrazione, ricordo a me stessa che sono una vampira.

E non una vampira *qualsiasi*.

Sono la figlia di Lilith, perciò volare è un mio diritto di nascita.

Succede qualcosa vicino al quinto piano, e sento un'incredibile leggerezza diffondersi in tutto il corpo.

La resistenza dell'aria cessa, e la mia discesa sembra fermarsi... ma ho paura ad aprire gli occhi.

E se fosse la sensazione che provano tutti coloro che si sono schiantati al suolo? E se questa leggerezza fosse la mia anima, che abbandona il corpo?

Sento una specie di grida di eccitazione in lontananza.

Le mie orecchie sembrano ancora funzionare. È rassicurante.

Speriamo in bene.

Prendo un bel respiro, e apro gli occhi.

Sono sospesa nell'aria, a quindici metri dal suolo.

CAPITOLO VENTITRÉ

ABBASSO LO SGUARDO.

Ci sono delle persone che mi fissano dal basso, indicandomi con il dito.

Ecco la causa del rumore. Peccato che non abbiano i cellulari con le fotocamere su questo pianeta. Questa prodezza sarebbe diventata virale.

Va bene. È ora di capire come funziona questa storia del volo.

Desidero fluttuare verso l'alto.

Con mio stupore, succede.

Ora che finalmente funziona, volare mi ricorda il modo in cui fluttuo durante le connessioni con altri veggenti nello Spazio Mentale... solo che mi sento addirittura più leggera.

Lentamente, mi libro in alto, fino ai piani a due cifre. Poi, sempre più veloce, supero il ventesimo e individuo la finestra rotta, dalla quale sono uscita.

Il lupo gigante mi sta fissando attraverso il telaio,

con le orecchie tirate all'indietro e i denti snudati in un ringhio.

"Abbiamo una faccenda in sospeso, io e te" sibilo in maniera teatrale. "Ho parecchie domande, e mi darai delle risposte."

Stringendo i pugni, protendo le braccia a mo' di Superman, e accelero.

Mentre accorcio la distanza, una parte di me si chiede perché stia ricominciando a combattere contro questo tizio, invece di fuggire. Forse perché, se non posso provare a me stessa di riuscire a sconfiggere un semplice licantropo (al di là delle dimensioni e della forza), non crederò mai di poter affrontare qualcuno come Tartaro.

E poi, sono stufa marcia di estranei a caso che cercano di uccidermi. È ora di finirla.

Forse, se infliggessi qualche sanguinosa punizione, il mio nome finirebbe sulla lista delle persone da non infastidire.

Il lupo mannaro ringhia, e si lancia su di me, mentre sfreccio verso la finestra, giusto sopra di lui. I suoi denti sbattono un pelo sopra la mia spalla.

Schizzo verso l'alto, e gli do un calcio sul muso.

Il licantropo vola dall'altra parte della stanza, sbattendo così forte contro la porta, da mandarla in frantumi.

Comincia a rialzarsi, ma lentamente, come stordito.

Librandomi nell'aria, gli afferro la zampa posteriore, come una mazza da baseball, e lo faccio roteare in alto: come risultato, la sua testa sbatte contro il soffitto.

In una pioggia d'intonaco, crolla a terra con la zampa posteriore sempre nella mia stretta, e la testa che ciondola da un lato.

L'ho messo fuori combattimento, oppure sta fingendo.

Nel secondo caso, è un errore di calcolo.

Stringendogli ancora di più la zampa posteriore, volo verso la finestra.

È sempre K.O., oppure simula, mentre la sua testa urta violentemente contro il telaio della finestra.

C'è un rumore di zampe che lacerano il tappeto dietro di noi.

Maledizione.

Non era solo.

Un gruppo di lupi mannari più piccoli irrompe nella stanza.

La manipolazione delle probabilità è stata ancora dalla mia parte? Se la lotta fosse durata qualche secondo in più, starei affrontando un branco intero.

"Siete arrivati troppo tardi" grido, deridendo i nuovi arrivati, mentre fluttuo fuori dalla finestra.

La rabbia con cui mi guardano i loro occhi da cane è tale, da farmi temere che uno o più lupi possano rischiare davvero di saltarmi addosso. Con la mia preda al seguito, volo verso l'alto per impedirlo, e mi rilasso solo quando mi sono lasciata il tetto dell'hotel molto dietro le spalle.

Dato che ci sono, proseguo verso le nuvole, finché

le persone a terra non sembrano che formiche. È allora che la mia preda comincia a riprendere i sensi... e adesso, sono certa che non stesse fingendo.

Il suo recupero è lento, perciò gli do una bella scrollata.

Finalmente, apre gli occhi... sbarrandoli in un modo innaturale per un lupo. Cioè, se si può dire che una creatura soprannaturale faccia qualcosa d'innaturale.

Il suo sguardo scende verso le persone sotto di noi, e tutto il suo corpo s'irrigidisce, mentre il sangue comincia ad uscirgli dalle orecchie, dalle fauci e dal naso.

Oh, merda.

Dev'essere sotto il Mandato di questo mondo, che lo sta punendo per aver mostrato la sua forma pelosa ai Babbani.

"Amico" esclamo. "Dubito che chiunque delle persone a terra possa davvero vederti nei dettagli. Organizzati."

Non commenta, continuando a sanguinare... e non so resistere alla tentazione. Sollevandolo più in alto, gli mordo la zampa pelosa.

Come può una cosa tanto grossolana essere così buona?

Questo tizio dev'essere davvero molto potente. Il suo sangue assomiglia all'eroina ricoperta di cioccolato.

Ringhiando per il mio morso, il licantropo risplende di quell'energia ora familiare, e la zampa pelosa nella mia stretta si trasforma in una gamba umana.

Una gamba umana nuda... attaccata ad ogni altra cosa nuda, che penzola a testa in giù.

Beh, questo è imbarazzante.

D'altro canto, potrebbe andare peggio. Potrei essere io quella nuda, e lui quello che si gode i miei fluidi corporei.

"Lasciami andare" ringhia il licantropo, mentre la perdita di sangue dagli orifizi s'interrompe.

Abbasso lo guardo verso il suolo lontano sotto di noi, poi lo guardo di nuovo, imitando Lilith con un sorriso. "Sicuro? So che è una rottura, venire sbattuto di qua e di là da una persona che pesa un terzo rispetto a te, ma non c'è motivo di rinunciare alla vita così."

Impallidisce, rendendosi conto della sua scelta di parole. "Per favore" dice a denti stretti. "Non mi piace l'altezza."

"Non ti piace l'altezza?" chiedo con finta preoccupazione. Poi, come se avessi perso il controllo del volo, scendo di colpo di mezzo metro.

L'espressione di orrore sul suo viso è impagabile.

"Che cosa vuoi?" ringhia.

La mia manipolazione delle probabilità mi ha procurato un licantropo affetto da acrofobia, o è solo una felice coincidenza? *Esistono* ancora cose simili alle coincidenze per me, ormai?

"Niente" rispondo, ripetendo il trucco della caduta.

Il suo pallore assume un'altra tonalità di bianco. "Come posso farti fermare?"

"Dicendomi perché hai cercato di uccidermi"

affermo, e per sottolineare la mia opinione sulle sue azioni, precipito di un altro mezzo metro.

"Nonostante tu sia chiaramente una Conoscente, sei andata in TV ad esibire i tuoi poteri, vincendo alla lotteria" dice, tremante. "Abbiamo verificato... non era una magia... perciò, devi aver usato i tuoi poteri di manipolatrice. Adesso, salta fuori che perfino il volo era reale... e ancora non riesco a crederci." Abbassa lo sguardo. "Che cosa ti aspettavi che succedesse?"

"Ho delle circostanze attenuanti" dico, notando quanto sia interessante il fatto che Lilith abbia evitato di menzionare i Conoscenti locali. In effetti, sembrava che non ne esistessero, quando aveva detto di non voler condividere il bottino di questo mondo con i Conoscenti della Terra. Secondo lei, era una conclusione scontata che Tartaro uccidesse tutti i Conoscenti del posto?

"Puoi usare tutte le scuse che vuoi, ma i Consigli avranno la tua testa" afferma, con un po' troppa spavalderia per i miei gusti, perciò precipito di un altro metro, per dargli una calmata.

Per tutta risposta ringhia, e dice tetramente: "Non ero l'unico a fiutare le tue tracce. I miei Esecutori sono là fuori... e tu sei morta stecchita. Specialmente se mi uccidi."

"Come ti chiami?" Risistemo la presa su di lui, per accertarmi che non scivoli. Sulle spine com'è, scivola tanto quanto il palo troppo usato di una spogliarellista.

"Obo" ringhia.

"Cioè, come lo strumento a fiato?"

"No" risponde. "Quello è un oboe... con la 'e' alla fine. Il mio nome è l'abbreviativo di Oboroten'."

Sogghigno. "Come licantropo in russo?"

"I miei genitori non erano dei tipi molto astuti" commenta aspramente.

"E la mela non è caduta molto lontano dall'albero" commento. "Caduta, chiaro?"

"Sì, molto intelligente" dice.

"Okay, Obo. Torniamo all'argomento attuale." Gli stringo di nuovo la gamba, per assicurarmi che non scivoli via, ponendo fine prematuramente alla conversazione. "Sono venuta qui da una delle Altre Terre, e intendo salvare il tuo mondo dalla distruzione. Non mi aspetto granché come ringraziamento, ma assassinarmi non aiuterà nessuno."

"Di cosa stai parlando?" Obo si piega in avanti, con gli addominali che si contraggono. "Come puoi tu, una vampira sola, salvare un mondo intero? E da che cosa? La minaccia più grande per la nostra esistenza sei tu. Andando in televisione, rischi di rivelare la nostra natura agli umani."

"Sono dovuta andare in TV, per incrementare i miei poteri e aiutarvi tutti. Per quanto riguarda da cosa o chi vi voglio salvare... quanto sai di Tartaro?"

Si lascia penzolare. "Ho sentito parlare di Tartaro. Non è solo una leggenda di cui ti parlano all'Orientamento, per spaventarti e dissuaderti dallo scappare nelle Altre Terre?"

"Purtroppo no. Tartaro è un'entità reale, e sta venendo a divorare il tuo mondo."

"Come no. E tu sei venuta a salvarci... solo per la bontà del tuo animo da vampira." Le sue parole grondano sarcasmo a tal punto, che penso seriamente di lasciarlo cadere. Invece, mi limito a scendere leggermente per spaventarlo.

Funziona. Inizia a respirare più velocemente.

"Se sei così scettico, perché pensi che io sia qui?" chiedo, quando si calma un po'. "Perché mi metterei un bersaglio sulla schiena in questo modo?"

"Magari sei stupida e assetata di potere" risponde. "È già successo prima."

"Penso sia da sciocchi chiamarmi stupida" osservo, e allento leggermente la presa, facendogli quasi scivolare via la gamba dalla mia mano.

Ricomincia a sudare copiosamente. "Va bene, come vuoi. Non importa perché l'hai fatto. Saperlo non è mio compito. Lascio queste domande a quelli che comandano."

"E allora *qual è* il tuo compito?" chiedo, mentre mi viene in mente un'idea probabilmente cattiva.

"Sono un Esecutore" dichiara con orgoglio. "Porto i Conoscenti come te ad affrontare l'ira del Consiglio. Vivi o morti."

Sadicamente, precipito di mezzo metro, per ricordargli chi è che comanda. "Sei fortunato" dico, decidendo di mettere in atto la mia discutibile idea. "Ti lascerò fare il tuo lavoro."

Mi fissa, senza capire, e ansimando rumorosamente. L'ultimo tuffo gli ha fatto chiaramente impressione.

"Mi porterai a parlare con il tuo Consiglio" dico. "Mi auguro che non siano così duri di comprendonio come te."

Si piega di nuovo verso l'alto con gli occhi spalancati, come se mi fossero spuntate delle zanne d'elefante. "È un trucco? Tu *vuoi* affrontarli?"

"Nessun trucco" rispondo. "Sono qui per salvare il tuo mondo, come ho già detto... ma non posso riuscirci da sola. Tu e il tuo Consiglio dovrete aiutarmi a salvarvi, e il primo passo è fare una chiacchierata."

Mi guarda, meravigliato. "Se sei sicura, allora portami giù, così posso bendarti e..."

"Portarti giù?" Ridacchio. "Assolutamente no. Noi andremo là in volo."

"Ma..."

"Ci andrò con gli occhi aperti" dichiaro fermamente. "Se dovesse succedermi qualcosa d'imprevisto, posso sempre lasciarti andare."

"Bene." I muscoli della sua mascella si contraggono. "Andiamo in volo. Se non ti dispiace, terrò gli occhi chiusi durante il viaggio."

"Se riesci a darmi le indicazioni senza guardare, posso bendare *te*."

Si stringe nelle spalle... cosa chiaramente difficile a testa in giù. "Vai verso nord."

Lo faccio, e durante il volo, noto che la metropoli sotto di noi è stata costruita su un'isola a forma di triangolo, con due lati uguali.

"Se la mia terminologia è corretta, quel continente è

un triangolo isoscele" dico alla mia preda. "È abbastanza preciso."

"Un triangolo aureo" dice, senza riaprire gli occhi. "I lati est e ovest dell'isola sono in rapporto aureo con il lato sud."

"Impressionante" commento con sarcasmo. "Non sapevo che la trigonometria fosse una competenza di base per un lupo mannaro Esecutore."

"Ogni bambino Conoscente qui lo sa" dice Obo, assumendo un tono da guida turistica. "Vedi, molto tempo fa, questo continente era un pentacolo: una forma con triangoli aurei sulle punte. Poi, uno dei discendenti di Rūaumoko causò un forte terremoto, che lasciò solo quest'isola fuori dall'acqua. Poco dopo, attivammo il Mandato. Spero che tu capisca come mai gli abitanti di questo mondo siano sensibili, di fronte alle appariscenti dimostrazioni di potere." Apre gli occhi, e li socchiude nel guardarmi.

Ottimo. Giustificare la mia performance in TV a queste persone sarà decisamente più difficile. Sempre se ci riuscirò.

Mordendomi il labbro, volo in silenzio per qualche minuto, sforzandomi di capire che cosa dire al Consiglio.

Obo corregge alcune volte la mia traiettoria, finché non diventa palese che stiamo volando verso il punto in cui la parte più stretta dell'isola diventa aguzza come una freccia.

"Come mai queste forme geometriche?" chiedo, nel vedere un'altra isola in lontananza. "Quella assomiglia a una pizza senza una fetta... ma sono sicura che in matematica esista un termine migliore per definirla."

"Quella forma si chiama settore, e il motivo per cui i continenti possiedono così tante forme in questo mondo è Rūaumoko, il Conoscente movimentatore di terre più potente, che sia mai esistito" spiega Obo. "Credendosi un dio, ha smembrato il compatto continente originale in forme di suo gusto. In questo mondo, circolano tante leggende su quegli eventi apocalittici... e perfino gli scienziati moderni lo spiegano attraverso una dubbiosa teoria della tettonica a placche simmetriche." Fissa la forma, che si avvicina rapidamente. "Comunque, si chiama Isola di Pac-Man, ed è il luogo di residenza del Consiglio locale."

"Aspetta, cosa?" Per poco non lo lascio cadere. "Pac-Man? Quello è un gioco che abbiamo nel mio mondo. Come fai a conoscerlo?"

Si asciuga il sudore dalla fronte, e respira per calmarsi. "Hanno anche l'Orientamento nel tuo mondo?" riesce a chiedere dopo un momento.

"Sì" rispondo sulla difensiva. "Forse non l'ho proprio frequentato fino in fondo, ma non è colpa mia."

"Beh, se l'avessi fatto, sapresti che tutte le belle idee per i giochi, i libri e i film vengono regolarmente 'prese in prestito' dai Conoscenti di altri mondi" dice. "Ecco perché troverai spesso lingue, cultura popolare e progressi tecnologici simili, e non solo."

Certo. Perché non ci ho pensato prima? A quanto pare, potrei portare l'abaco nel mondo dei draghi, e diventare il prossimo Bill Gates.

Aspetta un secondo.

Bill Gates è un Conoscente? Ha preso l'idea per *Windows* in un posto come Gomorra? In questo caso, perché non è passato direttamente all'intelligenza artificiale o alla realtà virtuale, piuttosto? Oppure...

"Alcune tecnologie sono controllate dai Consigli" dice Obo, leggendomi chiaramente nel pensiero. "Libri, fumetti e musica sono i settori in cui la condivisione tra i mondi è più dilagante. A meno che non siano libri su ideologie politiche più avanzate rispetto al loro tempo."

Mi appunto mentalmente di parlarne in modo più approfondito con il Dottor Hekima... sempre se sopravviverò.

Adesso che siamo abbastanza vicini all'Isola di Pac-Man da osservarla, la studio con tutta l'intensità della mia nuova e acuita vista da vampira.

A differenza della giungla di cemento che era l'isola con la città alle nostre spalle, questa assomiglia ad una riserva forestale... ma pompata di steroidi. Ovunque si posi lo sguardo, ci sono alberi simili a sequoie, alti più di cento metri, il cui insieme copre completamente la visibilità di ciò che succede al suolo.

In pratica, potrei atterrare nel bel mezzo di un'imboscata, senza saperlo.

Che piacere.

"Gli umani non vengono qui?" chiedo a Obo, mentre comincio con riluttanza la discesa.

"Abbiamo fatto sì che parecchi animali fossero protetti su quest'isola" dichiara fieramente. "È schermata da qualsiasi marinaio che possa capitare qui, e decidere di attraccare. Se un membro del governo dovesse venire per un controllo, i nostri illusionisti gli mostrerebbero ciò che vogliamo che vedano. E se dei bracconieri riuscissero in qualche modo a fare breccia negli schermi, verrebbero divorati dagli stessi animali che sono venuti ad uccidere, o esortati con la malia a non tornare mai più."

Divorati? A proposito di esagerazioni.

Chissà che cosa faranno tra qualche decennio quando Google, o l'equivalente di questo mondo, deciderà di creare delle immagini via satellite di qualunque cosa, e di metterle online. Un giorno, questo, e i piccoli droni, potrebbero rappresentare un problema per questo Consiglio.

Se ci saranno ancora dopo l'arrivo di Tartaro, s'intende.

Il che è la ragione per cui sono qui.

"Atterra là." Obo indica il punto in corrispondenza dell'ipotetico occhio di Pac-Man.

Mentre mi apro un passaggio tra le folte cime degli enormi alberi, individuo il punto che intendeva.

È un prato, e sull'erba ci sono delle persone che assomigliano ad un convegno di cosplay... o alle comparse di un film sugli elfi dei boschi.

Molte di loro mi indicano con il dito, mentre alcune puntano delle vere e proprie pistole... che stonano con la solita atmosfera fantasy medievale.

Scendo in volo con prudenza, assicurandomi che

Obo non si fratturi parti critiche, quando lo lascio cadere a terra.

Poi, ignorando i minacciosi oggetti tutt'intorno, atterro e saluto i presenti con la mano. "Salve. Sono qui per avere una conversazione molto importante con tutti voi." Per qualche motivo, lo dico con una pronuncia strascicata tipica del Texas. Dev'essere colpa di tutte quelle pistole.

"A quanto pare, si terrà un'udienza" afferma un uomo dalla barba cespugliosa, che non si abbina all'outfit da elfo. D'altra parte, per quanto ne so, gli elfi potrebbero avere la barba, soprattutto se sono anche degli hipster.

"Un'udienza è ciò che voleva lei" dice Obo.

L'uomo con la barba annuisce, poi tira fuori un walkie-talkie da sotto la tunica, e traffica con i comandi. Quando l'aggeggio sibila, chiede: "Lizzy, porta qui la TV, così possiamo esaminare le prove."

Una giovane donna, dal viso gentile e rotondo, compare all'improvviso.

Dev'essere Lizzy, ed è una teletrasportatrice, come Eric.

Con lei, c'è un supporto nero a più ripiani, con un grande televisore a tubo catodico e un videoregistratore. Mi ricorda l'allestimento che il nostro insegnante di educazione sessuale usava, per mostrare il documentario degli anni ottanta, simile ad un film dell'orrore, intitolato *The Miracle of Life*. Il parto dal vivo che esso rappresentava graficamente è stato, per me, il miglior motivo per praticare l'astinenza per innumerevoli anni in seguito... senza contare gli incubi che, di tanto in tanto, mi suscita ancora.

Forse, dovrei chiedere l'aiuto di Bailey in *questo*.

L'uomo con la barba si dirige verso l'aggeggio, e prende le spine elettriche collegate alla TV e al videoregistratore.

Dopo un momento di concentrazione, sprizzano delle scintille tra la sua pelle e le spine. Poi la TV prende vita.

Interessante.

È un tecnomante come Felix?

Ma no. Si sta occupando Lizzy dei comandi, perciò l'uomo con la barba dev'essere solo dotato di poteri con l'elettricità.

Decido di chiamarlo Sparkles.

Il videoregistratore è il prossimo a prendere vita, e un video sgranato si avvia, mostrando me sul palco, mentre mi esibisco nella previsione della lotteria e il resto.

Sembra un'ottima scena, non ho l'espressione di una persona sul punto di dare di matto, anche se stava succedendo proprio questo. Nonostante la tentazione, resisto all'impulso di chiedere a Sparkles una copia della cassetta.

Probabilmente, si aspettano che io mi mostri pentita in questo momento.

"Adesso sintonizzalo sulla TV in diretta" dice Sparkles, e Lizzy esegue.

Stanno trasmettendo un notiziario, e hanno un'immagine della sottoscritta.

"Abbiamo controllato il biglietto della lotteria" dichiara l'annunciatore. "È originale, ed è stato comprato poco prima dell'esibizione. Gli addetti alla lotteria ci assicurano che il sistema non può essere stato assolutamente..."

Sparkles interrompe la fornitura di elettricità alla TV, che si spegne. Vedendo che non c'è più bisogno di lei, Lizzy posa il telecomando sul videoregistratore, e scompare.

"Grazie per essere venuta" mi dice Sparkles in tono pericoloso. "Adesso pagherai per quel crimine efferato."

Come da copione, Obo assume la forma di lupo, mentre le dita e le armi degli altri vengono puntate di nuovo su di me... e stavolta, sono più minacciose.

CAPITOLO VENTIQUATTRO

VALUTO le mie possibilità di volare via, se dovessero spararmi tutti contemporaneamente.

Molto basse.

Zero, probabilmente.

"Posso spiegare" dico in fretta. "Sono venuta a salvare tutti gli umani di questo mondo da un terribile destino. Non sapevo che anche qui ci fossero dei Conoscenti, altrimenti avrei prima parlato con voi."

I Consiglieri sembrano confusi... e di conseguenza, leggermente meno pronti a ridurmi a pezzettini.

"Sono una veggente" continuo, parlando a ritmo sostenuto. "Ho previsto che Tartaro distruggerà il mondo da cui provengo, scoprendo poi che verrà anche su questo pianeta... e molto prima. Perciò, sono venuta per fermarlo qui."

Mentre mi fermo per riprendere fiato, noto che nemmeno una persona mi ha sparato addosso un proiettile o la propria magia... e alcune hanno addirittura abbassato le armi.

Bene.

Potrei ancora sopravvivere.

"Hai detto *Tartaro*?" chiede, accigliata, una signora anziana dagli occhi color lapislazzuli. "Magari dovremmo dire a Jaylen di unirsi a noi? È sopravvissuto..."

"Oh, per favore" replica Sparkles, roteando gli occhi. "Non disturberemo quel povero illusionista per queste bugie."

"Non sto mentendo" obietto. "Tartaro sta arrivando, e secondo le profezie, io sono colei che lo ucciderà. E dato che non ero sicura di essere abbastanza potente, ho fatto quel numero in TV, per diventare più forte. Ripeto, non sapevo che avrei pestato i piedi a tutti voi... anche se, in ogni caso, non è una cosa importante. Lo scopo del Mandato è impedire agli umani di scoprire l'esistenza dei Conoscenti. Ma non appena arriverà Tartaro, non rimarrà più alcun umano qui... né Conoscente."

Tralascio di proposito il coinvolgimento di Lilith. Potrebbero averne sentito parlare, ed essere la figlia del male personificato non aiuterebbe la mia causa.

Sparkles sospira in maniera teatrale, e scuote la testa. "Caspita. Direbbe qualsiasi cosa, pur di salvarsi la pelle."

"La mia pelle è in pericolo solo per mia scelta." Indico Obo con la testa. "Perché sarei venuta qui, se non per avvertirvi e prepararvi? Avrei potuto volare facilmente fino a un hub, tagliare la corda e tornare a casa, lasciando che vi arrangiaste nell'apocalisse imminente."

Molte altre persone appaiono pensierose, e alcune (come la signora anziana che aveva parlato di un sopravvissuto) addirittura convinte.

"Sapevi che ti avremmo dato la caccia, ovunque saresti andata" replica Sparkles, ma sembra meno sicuro.

"In realtà, ho dei potenti alleati nel mondo da dove provengo" dico. "Non potreste toccarmi lì."

"Questo *potrebbe* spiegare dove sia finito Criswell" interviene una donna esile, tra le prime persone ad abbassare la pistola.

"Chi è Criswell?" chiedo a Sparkles.

"Un veggente scomparso alcuni mesi fa, insieme ai suoi amici e alla famiglia" risponde aspramente, con espressione più turbata.

"E questo è quanto" affermo. "Deve aver previsto la fine del mondo, ma il resto di voi non gli piaceva abbastanza per avvertirvi."

Sparkles si liscia la barba per alcuni lunghi secondi. "Ancora non mi fido di te" dichiara, e le poche persone che ancora mi puntano contro le armi, approvano con la testa. "Hai violato la nostra regola più sacra."

"Tra voi, non c'è qualcuno con il potere di stabilire la mia sincerità?" chiedo, guardandomi intorno alla ricerca di anelli limbari negli occhi delle persone, ma non ne trovo.

Dove sono i draghi, quando ne hai bisogno?

A proposito di draghi, Nero mi manca sul serio... e non solo perché la sua presenza potrebbe salvare la mia pelle di persona sincera.

"Possiamo usare una delle pietre" dice la signora anziana dagli occhi strani.

"E sprecare un manufatto dal valore inestimabile?" grugnisce Sparkles.

"La posta in gioco non potrebbe essere più alta" ribatte lei. "Ci rimangono dieci pietre. Possiamo usarne una per questo."

Accigliato, Sparkles estrae di nuovo il walkie-talkie, e traffica con i comandi.

"Sì?" risponde una voce femminile.

"Porta le pietre" ordina Sparkles, e mette via il walkie-talkie.

Lizzy ricompare un'altra volta, e adesso tiene in mano un bellissimo cofanetto tempestato di gioielli.

Quando lo apre, vedo una serie di grosse pietre, che brillano di una luce magica color blu-oceano.

Ah.

Tutto questo non mi è nuovo.

Nel cofanetto, c'è anche una collana... nella quale si può inserire una pietra.

È confermato.

Quando avevo affrontato il Consiglio di New York per la prima volta, lo stesso oggetto era stato usato su di me. Quel giorno, era stato Nero a riversare energia in una pietra blu, per farla brillare così... e in seguito, essa aveva assorbito le sue capacità di rilevare la verità. Ma qui, un drago deve aver pre-caricato le pietre con quel potere.

Forse lo stesso Nero?

Non essendo il momento adatto per chiedere se sia stato merito dell'uomo sexy con cui vado a letto, aspetto in silenzio che Lizzy inserisca la pietra nella collana, e me la metta intorno al collo.

Sparkles diventa pomposo. "Con quella, dirai esclusivamente..."

"La verità" continuo. "Sì, so di questa magia, e voglio cominciare dicendo che, se avete bisogno di altre pietre, conosco molto intimamente una persona in grado di ricaricarle per voi."

La mia collana s'illumina di verde... dimostrando senza ombra di dubbio che sto dicendo la verità.

Come prevedevo, tutti i presenti strabuzzano gli occhi.

Evidentemente, sanno dei draghi... e ha senso, credo, considerando l'atmosfera da *Signore degli Anelli* di questo gruppo.

Nel caso in cui la minaccia implicita non fosse stata chiara, aggiungo: "E prima che prendiate una decisione sul mio destino, dovreste sapere che la persona in questione s'innervosirebbe parecchio con voi, se mi venisse fatto del male."

La mia collana emette di nuovo una luce verde.

"In effetti" dico, sentendomi più audace di fronte alle espressioni colpite e piene di orrore intorno a me, "sospetto che, se mi uccideste, l'arrivo di Tartaro diventerebbe l'ultima delle vostre preoccupazioni."

La pietra conferma ancora le mie parole.

"Hai finito con le minacce e le vanterie?" chiede Sparkles.

"Ho solo affermato dei dati di fatto" replico, e la pietra emette la luce verde. "Che ne dite di chiedermi ciò che vi serve sapere, in modo tale da concentrarci sulle cose importanti: salvare tutti da Tartaro?"

"Sei davvero una veggente?" chiede lui.

"Sì" rispondo, con una conferma verde.

"Hai davvero avuto una visione sulla fine di questo mondo?"

"No" dico. "Ho esaurito il potere di veggente, prima di poterlo fare. Ho previsto la fine del mio mondo, poi qualcun altro mi ha detto che la stessa cosa sarebbe successa qui."

"Chi è questa persona?" chiede. "Un altro veggente?"

Merda.

Vorrei proprio tenere Lilith fuori da tutto questo.

"Non un veggente, ma mi ha detto che è stato un veggente a darle l'informazione" rispondo, scegliendo attentamente le parole, affinché la pietra non mi dia della bugiarda. "Le ho creduto, perché non ha alcun motivo per mentire... la stessa ragione per cui voi dovreste credere a *me*."

"Diciamo che ti crediamo" afferma la donna esile di prima. "Resta il fatto che Tartaro è un distruttore di mondi. Che cosa possiamo fare, a parte scappare?"

"Come ho detto prima, secondo le profezie, io sono colei che ucciderà Tartaro. La profezia è stata annunciata da un veggente più potente di me. Oh, e oltre ad essere una veggente, sono una vampira... come potete vedere. E una manipolatrice delle probabilità."

La pietra conferma le mie parole, e tutti, compreso Sparkles, appaiono colpiti dalla mia rara tripletta di poteri.

"Ho anche studiato l'inganno e l'illusionismo... del tipo, giochi di prestigio" dico. "E potrebbero aiutare in questa situazione."

"Come?" chiede, accigliata, la signora anziana di prima.

Forse, l'inganno e l'illusionismo non sono stati i dettagli migliori da sottolineare, mentre cerco di sembrare un modello di sincerità.

"Avete molti Araldi in questo mondo?" chiedo, mentre un'idea che mi stava passando per la testa comincia a concretizzarsi.

Lei annuisce, mentre Sparkles corruga la fronte.

"E voi Consiglieri potete parlare di argomenti normalmente proibiti dal Mandato?" chiedo.

Annuisce di nuovo, ma con maggiore prudenza. Deve aver intuito dove voglio andare a parare.

"Okay. Allora, penso che dovreste andare tutti in TV e acquisire più potere, come ho fatto io" affermo, prima che comincino a protestare per la mia idea. "E posso aiutarvi a ideare dei numeri di magia, affinché le vostre capacità risultino addirittura più grandi."

"È pazza" dice Sparkles. "Potrà anche credere alle sue convinzioni, ma ciò non la rende meno folle."

"Sono perfettamente sana di mente" ribatto, e la

pietra conferma le mie parole... ma penso che lo farebbe ugualmente, a patto che io le creda veritiere.

"L'argomento di questa conversazione si sta espandendo ben oltre ciò che questo Consiglio è in grado di gestire" dichiara la donna anziana di prima. "Dobbiamo portare qui i rappresentanti degli altri Consigli... e anche Jaylen. Lui è quello che possiede più informazioni su Tartaro, essendogli sopravvissuto."

Un altro superstite oltre a Nostradamus? Un fatto proprio interessante.

"Farlo equivale ad ammettere che le crediamo" dice Sparkles con aria infelice.

"Io credo nel potere di quelle pietre" replica la donna. "E non vedo per quale motivo lei dovrebbe inventarsi tutto."

Di malavoglia, Sparkles traffica con il suo walkie-talkie.

Prima che il dispositivo possa prendere vita, Lizzy compare con un'espressione piena di aspettativa sul viso rotondo.

"Dobbiamo riunire il maggior numero possibile di rappresentanti degli altri Consigli" le spiega in tono imperioso. "Inoltre, dobbiamo parlare con Jaylen... se è disponibile, s'intende."

"Capito" dice Lizzy, e si teletrasporta da un'altra parte.

Non succede nulla per circa un minuto, perciò verifico se ho riacquistato i poteri di veggente.

Purtroppo no.

Dopo altri due minuti, Lizzy ritorna insieme ad

un'altra persona. Quest'ultima indossa una toga: forse proviene da un Consiglio con un'estetica diversa, più simile all'antica Grecia?

La persona successiva portata da Lizzy indossa degli abiti normali, e quella dopo un abito da cocktail.

A differenza della Terra, dove a tutti i Consigli piacciono le loro vesti e maschere, sembra che su questo pianeta ci sia un tema libero per chiunque.

Mentre si riuniscono sempre più Consiglieri, definisco mentalmente i dettagli della mia idea su come avere migliori possibilità in questo combattimento.

Le mie riflessioni s'interrompono, quando mi accorgo che, oltre a Lizzy, adesso c'è un'altra decina di teletrasportatori, aggiungendo così persone ad un ritmo sempre più veloce.

I nuovi arrivati si scambiano sussurri animati con i Consiglieri locali, e mi scotta la faccia sotto il peso di tutte le loro occhiate curiose.

Passano altri minuti, e Lizzy compare tenendo per la spalla un uomo che sembra vecchissimo.

"Ciao, Jaylen" dice la donna anziana, che aveva insistito nel portarlo qui. "Scusa per il disturbo, ma questa visitatrice ha qualcosa da dire che soprattutto tu, tra tutti quanti, vorresti sentire."

Curiosa, studio il nuovo arrivato.

Quando Samuel L. Jackson avrà centodieci anni, potrà interpretare quest'uomo in un film... sempre che un attore sia in grado di trasmettere la profondissima tristezza negli occhi di Jaylen.

"Sono sempre felice di vedere il tuo viso, Roslin" risponde alla donna con voce rauca.

Sta flirtando? Buon per lui.

Arrossendo leggermente, Roslin osserva le persone rumorose tutt'intorno, quindi punta la mano verso il suolo.

Il prato viene scosso da un piccolo terremoto... che attira immediatamente l'attenzione di tutti.

"Per favore, riferisci a tutti quello che ci hai appena detto" mi chiede Roslin.

Faccio come richiesto, fermandomi solo a metà, quando la pietra al mio collo smette di brillare, probabilmente perché ha esaurito la magia rivelatrice della verità dei draghi.

Dato che poter mentire è piacevole, indoro un po' alcune parti della storia, sostenendo di essere venuta qui di mia spontanea volontà, invece di ammettere che mia madre psicopatica mi ha rapita.

Non appena viene citato Tartaro, l'espressione di Jaylen diventa cupa, come quella che avevo visto sul volto di Nostradamus.

Odia Tartaro, questo è chiaro.

"Devo dedurre che tutti credano alle assurdità che le sono appena uscite di bocca?" chiede a voce alta Sparkles, fissando i colleghi.

La maggior parte dei Consiglieri annuisce con vari livelli di entusiasmo.

"Che ne dite di votare?" propone Roslin. "Chi pensa di dover considerare l'arrivo di Tartaro come una minaccia credibile, alzi la mano."

Quasi tutte le mani si alzano, perfino quelle delle persone che non avevano annuito, quando Sparkles aveva chiesto se mi credevano.

Con un'alzata di spalle, anche Sparkles alza la mano. "D'accordo. Immagino che non ci sia nulla di male, nell'essere preparati" brontola. "Ma se Tartaro non verrà, lei avrà molto di cui rispondere."

"Vorrei tanto essermi inventata tutto" dico. "Per il bene di tutti."

"Giusto" commenta Roslin. "Presa questa decisione, voglio che intervenga Jaylen. Lui è l'unico che io conosca, ad essere sopravvissuto all'arrivo di Tartaro su un pianeta. E da illusionista, può mostrarci che cosa aspettarci."

Giusto. L'aveva detto prima, ma diventa chiaro solo adesso. Non mi stupisco, se Jaylen aveva quell'espressione dipinta in viso, quando avevo parlato dell'imminente invasione.

Tartaro deve avergli inflitto una profonda sofferenza.

"Chiunque sia contrario al vedere la mia illusione, parli adesso" dice Jaylen, guardandosi intorno.

Nessuno obietta, perciò alza le braccia sottili, e ci spara addosso un'energia rossa.

La foresta intorno a noi viene sostituita dall'hub dal quale siamo arrivate io e Lilith.

"Cominciamo dal mio pianeta natio" dice la voce priva di corpo di Jaylen. "Vi ci porto subito."

Il nostro punto di vista vola dentro il portale, varcato da me e da Lilith per entrare in questo mondo, poi percorre rapidamente la strada fino alla Terra che ho memorizzato... solo che non emergiamo sulla Terra, ma seguiamo un'altra serie di portali altrettanto familiari.

Quando usciamo alla nostra destinazione, vedo che i miei sospetti erano fondati.

Jaylen ci ha portati in un mondo in cui sono già stata. Quello con tutti i corpi mummificati, che continuavo a vedere lungo il tragitto verso i mondi di Lilith e di Nero, e tornando da essi.

Solo che qui, il mondo di Jaylen è decisamente vivo: l'aeroporto brulica di un'attività frenetica, simile al JFK di New York.

Come un film che avanza rapidamente, il punto di vista corre fuori dall'aeroporto, viaggiando sopra l'autostrada, poi attraversa il quartiere di una città, sale le scale di un edificio ed entra in un appartamento, dove un Jaylen molto più giovane è seduto davanti ad un televisore.

Sullo schermo c'è un uomo che gli assomiglia vagamente, soprattutto a quello più anziano di oggi.

"Quando si guarda Tartaro, si vede una persona che si ammira o si adora" spiega la voce priva di corpo di Jaylen. "Ecco perché vedo mio nonno, morto da tempo."

Giusto. Nostradamus aveva visto il *proprio* mentore nei ricordi.

Tartaro ha uno schermo verde come sfondo, come se i direttori dello studio avessero voluto modificare a computer qualcosa dietro di lui, ma se ne fossero poi dimenticati.

"Guardate" dice Tartaro con voce sonora. "Sono arrivato, finalmente, e le vostre preoccupazioni e tragedie sono finite."

Mentre parla, provo una strana sensazione. Come se intendesse sul serio ogni parola di quel messaggio criptico. Come se dovessi credergli. Come se la sua parola fosse la verità, magari con la V maiuscola.

Quando lo sottolineo, Jaylen spiega: "Tartaro ha il potere di farti voler credere alle sue parole. Per fortuna, non funziona con chi di noi sa come stanno le cose."

Interessante. Dunque, Tartaro può sembrare qualcosa di sacro, e spingerti a voler credere in lui: non mi stupisce che interi mondi abbiano perso contro di lui.

"Sono noto con diversi nomi" dice Tartaro nello stesso modo che ispira fiducia. "Sappiate che coloro che hanno avuto fede in me, adesso saranno ricompensati." Sorride, beatifico, e mi chiedo quanti miliardi di persone lo vedano come loro dio. "Ma non temete, voi che non avete avuto fede in me" dice con un sorriso ancora più smagliante. "Ora che mi sono rivelato, potete credere. Non è mai troppo tardi."

Che sfacciataggine questo tizio. Si sta comportando esattamente come Lilith aveva fatto nel suo mondo, ma su scala molto più ampia. E, a differenza di Lilith che lasciava i propri sudditi più o meno vivi, Tartaro intende risucchiarli completamente, dopo essere diventato il loro dio.

"Presto, farò in modo che le vostre essenze... le vostre stesse anime... si uniscano a me" dice Tartaro, con gli occhi che emanano un calore celestiale. "Diventeremo una cosa sola."

Che farsa astuta. Se le persone credessero all'ultima parte (e molte lo faranno), la loro fede aumenterebbe il suo potere di fondo, quello di consumare l'energia vitale. Il fatto più diabolico è che nulla di ciò che ha detto nell'ultima affermazione è una bugia. Quando prosciuga qualcuno, oppure ne ingoia l'essenza, essi diventano proprio 'come una cosa sola', nel senso stretto della parola.

"Adesso arriveranno i miei figli" continua Tartaro. "Trattateli con lo stesso rispetto che riservereste a me, come se fossero un mio prolungamento. Serviamo lo stesso scopo."

Un'altra verità. Sono tutti qui per un buffet all you can eat.

Alla fine, Tartaro scompare dallo schermo, e il programma viene interrotto da un annunciatore, che comincia subito a speculare su ciò che gli spettatori hanno appena sentito, buttando lì frasi come Giorno del Giudizio e Seconda Venuta.

Il giovane Jaylen non è interessato a questa parte. Sentendo involontariamente qualcosa succedere all'esterno, si alza per andare a guardare fuori dalla finestra del secondo piano.

Uno scintillante portale al plasma si spalanca in mezzo alla strada.

Assomiglia ai portali degli hub, ma è più piccolo e più fioco.

"Alcuni dei figli di Tartaro sono teletrasportatori abbastanza potenti, da aprire portali temporanei" spiega la voce priva di corpo di Jaylen, quando qualcuno rimane a bocca aperta. "Questi portali esisteranno solo per un'ora e mezza... ma è un tempo più che sufficiente per permettere a questi cattivi di risucchiare il mondo."

Mentre parla, una fiumana di persone si riversa fuori dal portale, tutte con l'aspetto di qualcuno che Jaylen ama e rispetta, in varia misura.

Gli umani per strada le fissano, meravigliati. Alcuni cadono in ginocchio, mentre altri restano lì, come paralizzati. Evidentemente, vedono degli angeli o i loro parenti morti da tempo.

I figli di Tartaro si sparpagliano lentamente dal portale, poi protendono le mani, come in preghiera.

Archi di energia finiscono dritti nelle loro mani, fuoriuscendo dagli umani più vicini.

In un battito di ciglia, gli umani si trasformano negli involucri mummificati che ora ricoprono questo mondo.

Nonostante la distanza, anche Jaylen comincia a sentire la propria forza vitale prosciugarsi... ma non così rapidamente.

"Scusate, ma non voglio rivivere nei dettagli la prossima parte" dice la sua voce, mentre il mondo intorno a noi diventa temporaneamente nero. "Lasciatemi solo dire che quei mostri scoveranno metodicamente ogni essere vivente. Mentre gli umani saranno risucchiati subito, i Conoscenti verranno divisi in riserve di cibo e per la riproduzione. Questi ultimi saranno sfruttati per generare figli con dei poteri utili per i loro padri. Io sono stato l'unico sopravvissuto di tutta la mia famiglia."

Sebbene non possa vedere Jaylen, l'oscurità intorno a noi s'infittisce sempre di più a causa del suo dolore.

"Le prossime parti, piuttosto che un resoconto concreto di eventi, sono state estrapolate da me" spiega con voce tremante, mostrandoci una stanza costellata di schermi televisivi.

Sembra la stanza di sorveglianza di una banca, ma abbastanza spaziosa da includere decine di luoghi in tutto il mondo.

Ogni schermo riproduce una scena simile.

Da qualche parte del mondo, si apre un portale, da cui fuoriescono i figli di Tartaro, e la distruzione ha inizio.

Su uno schermo, questo accade nel deserto. Su un altro, su un'isola nell'oceano. Ma la maggior parte di essi mostra delle città.

Su uno schermo più grande, Tartaro attraversa quello che sembra uno studio televisivo, ben presto affiancato da una decina o più dei suoi figli. Lui e la sua banda risucchiano ogni persona che incrociano sul loro cammino, lasciandosi dietro una scia d'involucri.

Compare una teletrasportatrice, che blocca la strada a Tartaro... e ha portato con sé un uomo dall'aria regale.

"Quelli sono due dei Consiglieri più potenti che

avevamo" spiega Jaylen. "In seguito, ho condiviso una cella con loro nelle fosse di riproduzione. Se esisteva qualcuno con una possibilità di sconfiggere Tartaro, erano loro."

Tartaro squadra i nuovi arrivati, concentrandosi sulla donna e tendendo le braccia verso di lei, mentre i suoi figli attaccano l'uomo dall'aspetto nobile.

Un'energia violacea fluisce dalla donna verso Tartaro. Lei grida di dolore, cominciando visibilmente ad avvizzire, come se invecchiasse con molta rapidità. Risucchiarle l'energia sembra un procedimento più lento che con gli umani, ma ciò non fa che prolungarne l'agonia.

Nel frattempo, l'uomo dall'aspetto regale si trasforma in un licantropo addirittura più grosso di Obo, e comincia a fare a pezzi i figli di Tartaro, mentre essi cercano di prosciugargli l'energia.

È evidente che non siano abili nel risucchiare tanto quanto il papà.

Mentre il licantropo fa fuori l'ultima vittima, la teletrasportatrice emette un grido tormentato, poi scompare.

Accidenti. Ha appena lasciato lì il suo compagno ad arrangiarsi. Non è una bella cosa... ed è del tutto inutile, visto che, in base alle parole di Jaylen sulle fosse di riproduzione, verrà comunque catturata in seguito.

Quando la teletrasportatrice se n'è andata, Tartaro punta entrambe le mani verso il licantropo, e un'energia arancione comincia a fluire verso di lui.

Le orecchie del lupo mannaro si afflosciano, la sua

coda s'infila tra le gambe, mentre lui comincia ad ululare, e il suo corpo peloso si trasforma sempre più in una cosa simile all'uva passa.

Senza rallentare con il risucchio dell'energia, Tartaro gli si avvicina, e lo mette K.O. con un unico pugno sul muso.

Con questo appunto pieno di ottimismo, l'illusione di Jaylen si conclude.

Ritorno nel prato, circondata dalla vegetazione e da tutti i Consiglieri... che adesso hanno un'aria piuttosto tetra.

Come me, non sono impazienti all'idea dell'imminente combattimento.

Ma a differenza loro, io so che Tartaro è qualcuno che *dovrò* fronteggiare.

A quanto pare, è il mio destino.

Se non ero sicura delle mie prospettive prima, adesso provo ancor meno sicurezza. Per cominciare, non pensavo che Tartaro disponesse di così tanti rinforzi. 'Sconfiggerlo' aveva sempre significato uccidere solo un tizio molto potente, non un'intera armata dei suoi figli adulti. Ma adesso, sembra che lui sia soltanto un tassello del puzzle. Arriverà, andrà in TV, e scatenerà la sua progenie su tutti... una concatenazione di eventi molto più difficile da affrontare.

Ci serve un piano più elaborato, presumo. Un piano che includa anche l'eliminazione della sua progenie infernale.

Mentre ci rifletto, Lizzy, la teletrasportatrice locale, compare vicino alla configurazione della TV.

Ha gli occhi spalancati, ed è più pallida di alcuni dei vampiri presenti.

"Accendete la TV" dice cupamente a Sparkles. "C'è una cosa che dovete vedere."

Sparkles afferra i cavi, riportando in vita la TV.

Con le mani tremanti, Lizzy si sintonizza su un canale.

Il cuore mi martella all'improvviso, mentre aspetto che appaia l'immagine.

Se è ciò che penso io, tutti i miei sforzi non sono serviti a nulla.

Se Tartaro è già qui, a fare il suo discorso in TV, questo mondo, e io con esso, siamo condannati.

CAPITOLO VENTICINQUE

L'IMMAGINE SI VISUALIZZA, e mi rendo conto che questo mondo non è condannato.

Io però sì.

Lo schermo mostra Lilith. Sta fluttuando a pochi metri da terra, come ho imparato a fare.

"Mi chiamo Lilith. Colei che si è rivelata a voi prima è mia figlia, Sasha" dichiara mia madre alla telecamera, e i Conoscenti intorno a me distolgono lo sguardo dallo schermo, per fissarmi con espressioni sempre più cupe.

"Sono la dea del sangue e della fortuna" prosegue Lilith. "E ve lo dimostrerò per il piacere dei vostri occhi."

I suoi occhi diventano specchi, e lei indirizza lo sguardo verso la prima fila del pubblico in studio.

Catturata la loro attenzione, dice: "Venite. Berrò il vostro sangue."

Gli spettatori iniziano ad alzarsi, uno dopo l'altro, e salgono sul palco.

Quando il primo uomo la raggiunge, Lilith fa in modo che s'inginocchi e la preghi, poi beve da lui per i dieci secondi più lunghi nella storia della televisione.

Il resto del pubblico grida e cerca di scappare.

Impassibile di fronte alle reazioni degli umani, Lilith beve dalle altre persone soggiogate, prima di mettere in pratica il trucco del nutrimento a distanza che aveva applicato con i chort, in cui un piccolo flusso di sangue si propaga da ogni singolo membro del pubblico e finisce nella sua avida bocca.

Tutti coloro che mi circondano, perfino i vampiri, restano a bocca aperta di fronte alla TV con espressioni piene di orrore.

Non sapevano che l'ultimo trucco fosse possibile, presumo.

Dal canto mio, non posso evitare di chiedermi se Lilith intendesse *questo* nel bigliettino, in cui diceva di 'cercare qualcosa da mangiare'.

A proposito di colossali eufemismi.

Ovviamente, ciò che Lilith sta facendo aumenta il suo potere, proprio com'era successo a me. Dev'essere diventata invidiosa della mia copertura in TV, decidendo di volerne un po' anche per se stessa.

Prima che possa elaborare ulteriormente la situazione, Sparkles lascia cadere il cavo della TV, e si gira verso di me con i fulmini che gli danzano sui palmi delle mani. "Stavi sprecando il nostro tempo con le tue storie su Tartaro, così lei sarebbe stata libera di fare *quello*" esclama a denti stretti. "Ora sei morta."

Di nuovo, pistole e dita usate a mo' di armi vengono puntate verso di me.

Maledizione.

Sapevo che Lilith poteva rappresentare la mia fine, ma non pensavo che sarebbe successo in modo così indiretto.

CAPITOLO VENTISEI

UN RINGHIO familiare rieccheggia al di sopra delle cime degli alberi... e sembra pronunciare delle parole umane. Nel modo più agghiacciante possibile, sembra dire: "Toccatela, e sarete morti!"

Nel caso in cui non fosse ovvio a quale genere di creatura appartenga il ruggito, un grosso drago piomba giù dal cielo, e abbatte sulle teste dei presenti una quantità di rami equivalenti a cinque negozi dell'IKEA.

I Consiglieri si bloccano di botto.

Il drago atterra, risplende di una luce magica, e si trasforma in un Nero nudo, da far venire l'acquolina in bocca, con le mani ancora a forma di artigli e gli anelli limbari fuori controllo.

Il mio cuore sobbalza, e mi accorgo della somma gioia che provo nel vederlo... e non solo perché mi ha impedito di essere ridotta in polpette. Potrebbe essere dovuto a quella bocca severa ma in grado di attirare i baci, agli addominali perfetti, ai pettorali scolpiti, e non comincio neanche a descrivere che cosa ci sia dalla vita in giù.

Già, il mio Mentore autoritario mi mancava proprio... e non avrei mai pensato di dirlo.

"Mettete giù le armi subito" ringhia minacciosamente Nero, strappandomi alle mie fantasticherie arrapate. "Il vostro vero nemico è Tartaro, come Sasha vi ha già spiegato."

Scioccati, loro obbediscono.

"Sei lui" dice Roslin. I suoi occhi color lapislazzuli frugano il corpo di Nero, con un interesse così bramoso, da farmi provare l'impulso di darle uno schiaffo. Però resisto, perché finora è stata abbastanza gentile con me. "Avevi donato il tuo potere alle pietre, in cambio di un terremoto da parte mia" continua. "Ricordi?"

Nero la guarda con gli anelli limbari che si restringono.

"Sì." Mi si avvicina per togliermi dal collo il gioiello, ormai usato, e lo colpisce con un arco di luce, che lo ricarica immediatamente. Porgendo la collana a Roslin, afferma: "Stiamo sprecando tempo prezioso. Votate per darci o no la vostra fiducia, così possiamo aiutarvi o andarcene."

Dal modo in cui lo dice, sembra che preferisca decisamente l'ultima opzione.

Sparkles spinge il petto all'infuori. "Tu non ci ordini che cosa dobbiamo fare. E chi lo dice, che lei potrebbe andarsene?"

Scuotendo la testa, seccato, Nero scatta in un'azione

sfocata, e mena un fendente con gli artigli, prima che qualcuno possa pronunciare un suono.

Mi aspetto quasi di vedere i brandelli di Sparkles pioverci addosso, ma Nero è palesemente misericordioso oggi.

I suoi artigli hanno solo tagliato la barba di Sparkles all'altezza del mento, dando una ripulita a quell'atroce lunghezza.

Nel tempo che i residui della barba impiegano a toccare l'erba, simili a peli pubici, Nero ritorna al mio fianco.

"C'è qualcun altro che vuole minacciare Sasha?" chiede duramente.

"No, no. Siamo pronti a votare." Roslin fissa Sparkles, che si sta ancora riprendendo, con occhi socchiusi.

Non mi stupisce di vedere che votano per darci fiducia.

"Il tuo pubblico" mi dice Nero con un lieve sorriso che gli sfiora gli occhi.

"Come sei arrivato qui?" sussurro. "Come facevi a sapere dove fossi?"

"Bailey mi ha raccontato della vostra conversazione, ecco come ho imparato il percorso fino a questo pianeta, e Rasputin ha previsto che avresti trascinato un licantropo Esecutore su quest'isola dall'aspetto molto evidente" spiega tranquillamente. "Ma ne possiamo parlare dopo. Prima, devi risolvere una questione di famiglia."

"Giusto." Affronto la folla. "Quella donna in

televisione è veramente mia madre. È pazza, forse come una criminale, ma penso che possa aiutarci. È molto potente, e odia Tartaro." Prendo un respiro, e mi guardo intorno. "Ho un'idea su cosa fare adesso, ma ho bisogno che tutti voi siate aperti mentalmente. Come avevo cominciato a spiegarvi, ha a che fare con la comparsa in TV dei vostri Araldi e Consiglieri, per rivelare i vostri poteri."

M'interrompo, lasciando penetrare queste informazioni.

Sparkles mi guarda in tralice. "È un'idea terribile. Poniamo che questo Tartaro arrivi, e che lo sconfiggiamo. Se rivelassimo la nostra esistenza agli umani, si sbarazzerebbero di noi... o ci spingerebbero a sbarazzarci di loro."

"Non è detto" replico. "Non se gestiamo la situazione nel modo che ho in mente io. Se attuata con attenzione, la mia idea dovrebbe permettere ai Conoscenti di coesistere con gli umani dopo la scomparsa di Tartaro."

Tutti hanno un'espressione curiosa, tranne Nero.

Rasputin gli ha già riferito come andranno le cose? Se sì, non è giusto. Volevo che Nero facesse un inchino, dicendomi quanto mi considera intelligente.

"Sembra troppo bello per essere vero" ribatte Sparkles.

"Forse" dico. "Ma penso che, in questo modo, si riparerebbero alcuni danni causati da me e da Lilith... e s'intralcerebbe l'effetto del potere di Tartaro, se dovesse riuscire ad apparire in TV in base ai ricordi di Jaylen."

"Ha ragione" commenta Roslin. "Gli umani si stanno già facendo delle domande per noi indesiderate. Se combattessimo contro la progenie di Tartaro per strada, scoprirebbero ulteriori dettagli."

"Esatto" dico. "Invece, offriremo agli umani un quadro che per loro avrà senso. Sarà un inganno di proporzioni inaudite... ma fortunatamente per voi, guarda caso, sono un'esperta illusionista."

"Smettila di ricamarci su, e diglielo" interviene impaziente Nero. "Bisogna fermare Lilith."

"È semplice" dico trionfante. "Fingeremo di essere dei supereroi."

CAPITOLO VENTISETTE

"CHE COSA?" Sparkles tenta di tirarsi la barba, ma scopre che la maggior parte di essa è sparita.

"Super. Eroi" scandisco. "Come Superman. Avete il fumetto o il film qui?" Guardo Obo, che annuisce con forza.

Sparkles corruga la fronte. "Non capisco."

"Affermeremo di essere dei supereroi, e lo dimostreremo in TV" dichiaro. "E dipingeremo Tartaro come un supercattivo. In questo modo, potremo combatterlo apertamente, addirittura con l'aiuto degli umani."

La maggior parte dei Consiglieri appare ancora dubbiosa.

Forse, stanno ripensando alle tradizioni dei loro fumetti, ricordando storie come quelle degli *X-Men*, in cui le creature speciali e gli umani non vanno esattamente d'accordo come dovrebbero.

Nota per me stessa: assicurarmi di non definirci

'mutanti' o 'più evoluti', sarebbe negativo per le pubbliche relazioni.

"È tutta superbia" commenta Sparkles.

"Oh, davvero? Allora che cosa suggerisci?" gli chiedo.

"Possiamo usare la malia sugli umani" risponde incerto Sparkles.

"Usare la malia su miliardi di persone sarebbe piuttosto impossibile" osserva un vampiro Consigliere. "Non ci sono abbastanza esponenti della mia specie, per realizzarlo nell'arco di tempo di una decina di vite."

Jaylen si schiarisce la gola. "I nostri antenati si definivano dèi. È ciò che fanno Tartaro e quella donna in TV. Magari potremmo fare lo stesso?"

"Ci ho pensato" dico. "Ma il vostro mondo sembra troppo moderno per questo, e alla fin fine, non c'è una grande differenza tra qualcosa come le divinità pagane e i supereroi dei fumetti. Sulla Terra, esiste un supereroe di nome Thor, che nella mitologia era il dio del tuono." Guardo Sparkles in modo eloquente, perché la sua specie potrebbe aver ispirato quel mito specifico. "La differenza cruciale è che le persone vedono i supereroi come i buoni, a cui stanno a cuore i loro interessi. Gli dèi, invece, possono essere visti come egoisti e individualisti... non è granché nelle pubbliche relazioni."

Sparkles, e molti altri, appaiono ancora incerti.

"È essenziale fare presto" ricorda Nero a tutti. "Se questo è un prezzo troppo alto da pagare per preservare le vostre vite, io e Sasha saremo felici di andarcene. Ma tenete a mente che, quando se ne sarà andata, non troverete nessuno in grado di propinare questa bugia agli umani tanto bene quanto lei."

Nero sta bluffando sulla nostra partenza?

Se sì, è in gamba.

Io me la bevo di certo... e sono molto brava ad interpretare questo tipo di segnali.

"Io dico di votare un'altra volta" interviene Roslin.

"Concordo, ma ricordate che questo cambierà la nostra società per sempre" dichiara pomposamente Sparkles.

"E che esisterà ancora una società in grado di rilevare questi cambiamenti" ribatto.

"Chi appoggia il piano di Sasha, alzi la mano" dice Roslin, con il braccio che scatta in aria.

Quasi tutte le mani sul prato si alzano, ma alcune persone, come Sparkles, le sollevano con riluttanza.

"Allora è deciso" dichiara Roslin. "A quanto sembra, dovremo fidarci di Sasha e trasformarci in supereroi."

Trattengo un sorriso soddisfatto.

Sarà il mio inganno migliore in assoluto. Un numero da illusionista così incredibile, che nessun mago, nemmeno un grande come Houdini, si sognerà mai di metterlo in pratica.

Guardando Lizzy, chiedo: "Puoi portare me e Nero in quello studio?" Osservando alcuni teletrasportatori, aggiungo: "Puoi anche portare i Consiglieri e gli Araldi più potenti, soprattutto quelli con i poteri più scenografici?"

Lizzy si avvicina a me e Nero, e ci prende per le

spalle. Mentre stiamo per scomparire, spero in ritardo che non sia contraria alla mia idea dei supereroi, al punto da diventare una traditrice e sacrificare se stessa. Dopotutto, *potrebbe* teletrasportarsi con noi nel centro di un vulcano. O sul fondo dell'oceano.

Ma prima che quel pensiero possa sbocciare in un'ansia vera e propria, ci teletrasportiamo... e mentre compariamo nel nuovo posto, mi guardo intorno, inorridita.

CAPITOLO VENTOTTO

SIAMO NELLO STUDIO TELEVISIVO. Comunque, dato che abbiamo fatto con comodo sull'isola del Consiglio, Lilith si è nutrita della maggior parte del pubblico restante... certe volte, in modi molto creativi e inquietanti.

Oh, e le telecamere sono ancora in funzione.

Deve aver usato la malia sui loro addetti, perché qualsiasi persona normale semi-sana di mente sarebbe fuggita da parecchio tempo.

"Madre, ascoltami!" grido il più pomposamente possibile, e fluttuo verso l'alto, entrando nel raggio d'azione della telecamera.

Lilith guarda prima me, poi scorge Nero e gli altri Consiglieri comparire dal nulla. Snudando rabbiosamente le zanne, stringe l'elsa della spada al plasma al suo fianco.

"Veniamo in pace" dico rapidamente. "Rappresento gli eroi della *Lega dei Difensori*. Una grande minaccia si sta per abbattere su questo pianeta, e abbiamo deciso che è ora di lavorare in squadra."

Lilith piega la testa, mentre le fluttuo più vicino.

Assicurandomi di avere la telecamera alle spalle, abbasso la voce, affinché le mie prossime parole siano sentite solo da qualcuno con un udito da vampiro. "Ho scoperto altre cose su Tartaro... e l'unico modo per vincere funzionerà, se i Conoscenti di questo mondo, così come quelli della Terra, ci aiuteranno nell'impresa. Ho un piano, ma ho bisogno che tu stia al gioco. Dipingeremo Tartaro come un cattivo, e diremo agli umani che siamo dei supereroi con l'obiettivo di fermarlo. Di' qualcosa di grandioso, come voler mettere da parte le nostre divergenze, poi spegni le telecamere, così possiamo parlare."

Devo riconoscere che Lilith è una persona risoluta, che pensa in fretta. Quasi subito, mi guarda con gentilezza e amore dipinti in viso, cosa di cui non ritenevo capaci i suoi muscoli facciali. Allargando le braccia, come per abbracciarmi, dice: "Mia figlia. Tartaro, quel cattivo, mi ha lanciato un incantesimo, che mi ha costretta a fare del male a tutti quei poveri innocenti." Indica i suoi ultimi spuntini. "Non appena ti ho sentita parlare, l'amore di madre ha prevalso su quella magia malvagia. Sono tornata!"

Un po' incoerente con quello che le ho detto e troppo melodrammatica, ma ha improvvisato di punto in bianco.

"Spegniamo quelle telecamere, così possiamo avere un momento di privacy" dice agli addetti.

Essi obbediscono ai suoi comandi, e non appena i riflettori si spengono, ogni parvenza di affetto materno scompare dal suo viso.

"Qual è questo tuo piano?"chiede, socchiudendo gli occhi nell'osservare l'arrivo di Conoscenti sempre più numerosi. "Ti avevo detto che volevo questo mondo per me dopo la sconfitta di Tartaro."

"E io ti dico che non può essere sconfitto da noi due da sole" replico. "Ti rendi conto che, quando arriverà, si porterà dietro un intero, fottuto esercito?"

"Sì?" Lilith corruga la fronte. "Michel non mi aveva mai detto che i suoi figli erano *così* numerosi."

Serro la mascella. "Non farmi neanche cominciare con quel bastardo di Nostradamus. E raggiungiamo gli altri, così non dovrò ripetermi."

Annuisce, e voliamo verso i Consiglieri di questo mondo, dall'aria disorientata.

Apro la bocca per parlare, ma in quell'istante Eric si teletrasporta, tenendo Vlad e Kit per le spalle.

"Giusto in tempo" commenta Nero, mentre li osservo a bocca aperta. "Porta anche tutti gli altri."

"Che cosa ci fate qui, ragazzi?" esclamo.

Prima che Vlad o Kit possano rispondere, Eric ritorna con Ariel... e con un robot molto simile a quello usato da Felix nel combattimento con Baba Yaga.

"Ciao" dice il robot. Poi la piastra sulla sua faccia si apre, e dentro scorgo la faccia sorridente di Felix.

Wow.

Questo dev'essere Golem versione due, l'edizione con la tuta potenziata. Felix aveva detto che ci avrebbe lavorato con Itzel, perciò deve trattarsi del risultato.

"Non posso credere che ci siate anche voi" dico, precipitandomi ad abbracciarli entrambi. Solo che Felix è completamente di metallo, e Ariel talmente rigida, che potrebbe essere anche lei un robot.

Il mio stato di vampira, evidentemente, la manda ancora in paranoia.

Con attenzione, mi ritraggo e rivolgo loro un largo sorriso. "Non che non sia felice di vedervi, ma perché siete venuti?"

"Hanno bisogno di un incremento" risponde Nero. "Come tutti coloro che sono fondamentali per la difesa."

Okay, allora. A quanto pare, Rasputin aveva proprio previsto il mio piano dei supereroi; altrimenti, Nero non sarebbe così preparato.

"Non so se mi va che i miei amici partecipino alla difesa" sibilo contro di lui.

"Abbiamo insistito" dice Ariel.

"Con decisione" aggiunge Felix.

"E tu non mi dici che cosa devo fare" afferma Kit.

"Come ha detto lei" interviene Vlad.

"Bene." Sospiro. "Vorrei esprimere pubblicamente le mie opinioni, e dire che questa è una cattiva..."

Eric ritorna, stavolta con Lucretia e Chester.

"Che riunione di famiglia" commenta quest'ultimo con sarcasmo, nel vedere Lilith. "Madre, sei incantevole come sempre."

Lilith risponde con una battuta sarcastica, che non

sento, perché sono occupata ad abbracciare Lucretia. Come con Felix e Ariel, sono felice di vederla, ma non mi piace l'idea che venga messa in pericolo.

"Il tempo non è ancora dalla nostra parte" s'intromette Nero. "Che ne dite di lasciare che Sasha spieghi cosa succederà?"

Osservo tutti. "Ecco il mio piano. Incaricheremo qualcuno di creare dei costumi da supereroi per i presenti. Creeremo anche degli antefatti e, cosa più importante, organizzeremo delle dimostrazioni di potere per tutti voi: io posso aiutarvi a renderle quanto più possibilmente spettacolari. Una volta che qualsiasi vostro potere sarà potenziato, usatelo per sconfiggere Tartaro e i suoi tirapiedi."

"E questo deve avvenire rapidamente" aggiunge Nero. "Tartaro si farà vivo alle 6:45 di stasera."

Tutti guardano l'orologio alle sue spalle. Sono già le 2:15 del pomeriggio.

"Perché non sei partito da questo punto?" chiedo a Nero.

"Non ne ho avuto l'occasione" risponde. "Comunque, facciamo ancora in tempo."

"E tu *come* lo sai?" chiede Sparkles.

Con perfetto tempismo, Eric si teletrasporta, tenendo Rasputin per la spalla.

"Questo è mio padre veggente" spiego, appena mi riprendo dalla sorpresa. "Scommetto che è grazie a lui, se Nero conosce cosa ci riserva il futuro."

"Esattamente" dice Rasputin, e non riesco a non notare l'occhiata di vivo desiderio che lancia a Lilith... il che lo rende ufficiale. È un masochista. "Ho accumulato delle riserve di potere, e le ho usate per scoprire ogni luogo in cui le forze di Tartaro sbucheranno in questo mondo, e quando. So anche dove si trova il suo mondo di partenza e..."

"Cosa intendi con 'mondo di partenza'?" chiede Sparkles.

"Tartaro ha ripopolato un intero mondo con innumerevoli discendenti, che ne condividono il potere di prosciugare l'energia" spiega pazientemente Rasputin. "Chiamano questo mondo Tartaro, e per vincere davvero, dobbiamo assicurarci che quel mondo venga isolato dalle Altre Terre."

Wow.

E come dovremmo riuscirci?

"E se hai previsto il futuro, hai previsto anche la nostra vittoria?" chiede Sparkles.

È una bella domanda.

Vorrei averla posta io all'inizio.

"Non lo so" risponde Rasputin, guardandosi le scarpe. "Stavo per avere una visione su questo, quando Nostradamus mi ha attaccato di nuovo nello Spazio Mentale, strappandomi via i residui del mio potere."

"Nostradamus è un altro veggente" spiego per la gente del posto. "È grazie a lui, se anch'io in questo momento non ho alcun potere."

Per essere sicura di averlo esaurito anche adesso, cerco di entrare nello Spazio Mentale.

Niente. Deve ancora ricaricarsi.

"Stupido Michel" mormora Lilith sottovoce. "Per

una persona che sostiene di volere la morte di Tartaro, di certo gli piace scombussolare la capacità di tutti di uccidere veramente quel bastardo."

"Almeno, sappiamo dove si apriranno tutti quei portali" dice Vlad con espressione meditabonda, come al solito. "Questo ci offre una possibilità di riuscita."

"E condividerò quei punti con voi, non appena avremo finito qui" dice Rasputin, poi guarda Nero. "Vuoi aggiornarli tu sul resto?"

"Giusto" dice Nero, guardando la gente del posto. "I Conoscenti della Terra, e alcuni alleati provenienti da altre parti, stanno già occupando i loro posti di combattimento qui, su questo pianeta."

"Che cosa?" Il volto di Sparkles si contrae, e sulle sue dita scintilla un accenno di fulmini. "Siete appena avanzati senza consultarci?"

"È così." Nero non sembra minimamente intimorito. "Non c'era tempo di aspettare le vostre approvazioni. Ma non ci siamo limitati ad arrivare. I nostri Esecutori hanno soggiogato con la malia i comandanti chiave dei vostri governi e organizzazioni militari umani, affinché ci aiutino... che il piano di Sasha funzioni oppure no. Ma abbiamo comunque bisogno della presenza di tutti, per incrementare il loro potere."

"A questo scopo" intervengo, "perché non ci concentriamo sul piano dei supereroi?"

Nessuno protesta, perciò riferisco loro rapidamente le mie idee fino a questo punto: Roslin può essere un'eroina di nome Trematerra, Sparkles può essere Sir Fulmine, e Lizzy sarà Eterea.

A loro piace, perciò ne nomino alcuni altri, prima che Ariel m'interrompa dicendo: "Io voglio essere Batwoman."

"E io sarò il suo Joker" dice Chester, strizzandole l'occhio.

"Ehi." Felix muove il robot in una posa eroica. "In questo caso, mi prenoto per Ironman."

"Tutti quei personaggi esistono già nei fumetti" osserva Obo.

Felix si acciglia. "Stupido plagio fra le Altre Terre. Che ne dite di Steel?"

"Che ne dite di mantenere i nomi originali il più possibile?" dico.

"Bene" commenta Felix. "In tal caso, voglio essere Neo Golem. Non per il Neo di *Matrix*, attenzione, ma perché questo Golem è la versione nuova, e neo significa nuovo."

"Comunque" rispondo. "Prima che me lo chiediate, non inviteremo un orco nella squadra, chiamandolo Hulk."

"Oppure Horc" aggiunge Felix.

"Batman è davvero fuori questione?" Ariel sembra una bambina, alla quale è stato regalato un maglione ruvido per Natale. "E Scoiattolina Volante? È la cosa più vicina ai pipistrelli che mi venga in mente, e suona abbastanza figo."

"Sembra un nome per una pornostar" mormora

Felix, e scivola dentro la maschera giusto in tempo per evitare una sberla.

"Io sarò Jester" dice Chester, sorridendo proprio come un giullare. "Al posto di un completo viola come quello di Joker, posso indossare uno di quei cappelli a punta."

"E assomigliare alla Harley Quinn dei cartoni animati" mormora Felix sottovoce.

Sospiro.

Quando mi ero immaginata la fine del mondo, non avrei pensato di assistere a tanta giovialità.

"Io sarò Ninja Fox" dice Kit, trasformandosi in una vera volpe con indosso un outfit nero da ninja. Il risultato è più adorabile del meme di un gatto nella tutona di un coniglio.

"Kit sarà il supereroe più facile con cui convincere le persone" osserva Felix. "Sostanzialmente, è Mystica, in grado di trasformarsi anche in animali e mostri."

"Credo che Mystica *sapesse* fare anche quello" dice Ariel. "Ma penso sia successo quand'era stata potenziata da A..."

"Concentratevi" esclamo, roteando gli occhi. "Qualcun *altro* desidera scegliere il proprio nome?"

Alcuni lo desiderano, e li lascio fare. Poi discutiamo degli elementi dei loro outfit e degli antefatti. A quanto pare, Scoiattolina Volante era inizialmente un'Amazzone... cosa che io e Felix accettiamo con riluttanza. Chiariamo, però, che l'outfit di Ariel non assomiglierà affatto a quello di Wonder Woman, e che non potrà avere un lazo come strumento.

"Ogni teletrasportatore dovrebbe chiedere ai migliori costumisti dei film di questo mondo di realizzare rapidamente gli outfit necessari" dico. "Portate con voi un vampiro, se dovesse servirvi soggiogare qualcuno."

Seguono il mio consiglio, e chiedo a Eric di portarmi al negozio di magia del posto, per procurarmi una lunga lista di forniture che completino quelle che già avevo in tasca.

Quando torniamo, alcuni 'eroi' indossano già il proprio outfit, e il posto assomiglia ad un incrocio tra il Comic-Con e una festa di Halloween.

"Ora parliamo delle dimostrazioni dei poteri" dico, e prendo gli attrezzi del negozio di magia.

Escogito un numero adatto per ciascun eroe, aggiungendo teatralità grazie ad ogni tecnica di magia che mi viene in mente. Alcuni numeri di magia che invento sono buoni, e quasi vorrei che ci fosse un altro illusionista, in grado di apprezzare fin dove arrivi la mia scaltrezza.

"E io?" chiede Lilith in mezzo alla mia tiritera. "Quali sono il mio nome da supereroina e la mia storia?"

Oh, giusto.

Fatico talmente ad immaginarmela come un'eroina, che mi sono dimenticata di farlo per lei.

"Che ne dici di Lady Notte?" propongo, osservandola.

"Magari Signora della Notte?" Fluttua verso l'alto, mettendosi in una strana posa.

"No, così sembreresti una cortigiana" affermo. "Che ne dici di Notturna?"

"Va bene." Solleva il mento. "Qual è la mia storia?"

"Praticamente, l'hai già delineata" rispondo. "Senti questa: sei stata condannata a bere il sangue umano da Tartaro in persona, e sei un'anti-antagonista, perlopiù guidata dall'amore per la tua adorata figlia... e dall'odio per colui che ti ha trasformata in questa mostruosità."

"Che cos'è un'anti-antagonista?" chiede.

"Una specie di antieroe, ma al contrario" interviene Felix, con la voce robotica che fuoriesce dalla tuta quando la piastra anteriore è calata. "È una persona con obiettivi positivi, ma che li raggiunge tramite sistemi immorali. Ah, e probabilmente si rifiuta di commettere atti tipici dei cattivi, come mangiare i bambini."

"*Non* Lilith, dunque" mormora Rasputin. "Lei mangia i bambini senza alcuna costrizione."

"Ti ho sentito" dice lei. "Non è colpa mia, se il sangue dei bambini è così delizioso."

Tutti, e soprattutto i Conoscenti del posto, si scambiano delle occhiate di disagio, come se si chiedessero se stia scherzando.

Nutro il forte sospetto che non sia così, ma non lo dico loro, perché voglio che la mia squadra di supereroi abbia il morale alto.

Lizzy e una serie di altri teletrasportatori ritornano con ulteriori costumi, che le persone cominciano ad indossare. Nel frattempo, mando i teletrasportatori negli ospedali locali, per individuare dei pazienti con orribili ferite. Ciò consentirà ai vampiri e ai guaritori tra noi di dimostrare per davvero *quell'*abilità.

Ricomincio a dare nomi al resto delle persone, finché Nero non mi prende per la spalla, sussurrando: "Dovremmo parlare."

Il modo in cui lo pronuncia renderebbe inutile ogni resistenza, lo so... non che io voglia oppormi.

"Felix, Ariel, potete occuparvene voi per un attimo?" dico. "Date un nome e un costume a tutti coloro che ancora non ce l'hanno, e decidete in quale ordine le persone debbano andare in televisione."

Prima che possano rispondere, Nero mi trascina dietro le quinte.

Merda.

Lui è un'altra persona di cui mi sono quasi dimenticata... ed è per questo che non indossa l'outfit da supereroe, né altri abiti in quanto a questo.

Oppure, il mio subconscio l'ha fatto di proposito, perché mi piace vedere Nero nudo.

"Penso che dovresti essere potenziato come chiunque altro" gli dico con voce roca, iper-consapevole di tutta quella mascolinità così vicina a me.

"Eh?" Nero mi prende il viso tra le sue grandi mani, con un'espressione che, stranamente, diventa sempre più tenera. "E quale dovrebbe essere il mio nome da supereroe?"

"Serpentone?" dico, lanciando un'occhiata a quel coso tra noi, che ostacola la mia concentrazione. "O Possente Drago..."

Nero mi zittisce con un bacio famelico, e per alcuni attimi, mi ricordo perché devo vincere.

Ho molti motivi per cui vivere.

Ogni genere di cose meravigliose.

Cose grosse e dure.

"Non dovremmo" mormora alla fine Nero, staccandosi da me.

"Sì, che dovremmo." Lo attiro di nuovo a me. "Questo è molto motivazionale."

Geme. "Non possiamo. Distruggeremmo questo posto e tutti i tuoi eroi."

Giusto. Il sesso al di fuori del suo castello dei draghi con gli schermi mi spinge a bere il suo sangue, e verso alcuni inconvenienti, come i crateri nel terreno e gli alberi abbattuti.

Mi lecco le labbra. "Deve pur esserci qualcosa che *possiamo* fare lo stesso. Forse tu..."

"Non è sicuro" ringhia. "E non ti ho portata qui per questo."

"No?"

Emette un sospiro di frustrazione. "Volevo provare a parlarti di una cosa per l'ultima volta. Rasputin mi ha detto che sarà inutile, ma per me stesso, devo tentare."

"Fammi indovinare. Dovrei piantare in asso la battaglia con la coda tra le gambe?"

"Io lo definirei 'ritirarsi e lasciare che qualcun altro combatta la battaglia'" replica.

Digrigno i denti. "Non m'interessa come lo definisci. Quante volte dobbiamo ripetere lo stesso argomento?"

"È diverso adesso" dice Nero. "Anche se Tartaro sopravvivesse oggi, il piano da noi ideato lo riporterebbe indietro di secoli. Ha bisogno del suo esercito per invadere la Terra... perciò, se oggi subisse gravi perdite, non ci sarebbe alcuna invasione."

"Rasputin non aveva previsto niente del genere. È solo una congettura ottimista." Scuoto la testa. "Ne abbiamo già parlato. Bisogna fermare Tartaro."

Le sopracciglia di Nero si accostano di colpo. "Non sei davvero una supereroina. Stai fingendo di esserlo. O te ne sei dimenticata?"

"So che cosa sono... ed è per questo che niente di ciò che dirai potrà farmi cambiare idea."

"Sei sicura?" I suoi occhi brillano di una strana luce, e gli anelli limbari si dilatano. "Nemmeno 'ti amo'?"

CAPITOLO VENTINOVE

LO GUARDO, sbarrando gli occhi.

Si china in avanti, trapanandomi con lo sguardo. "Se tu morissi, non potrei sopportarlo."

Continuo a sbarrare gli occhi.

E a sbarrarli.

E a sbarrarli... come se il mio cervello fosse andato in tilt, e avesse bisogno di un riavvio.

Mi *ama*?

Di tutte le argomentazioni che mi sarei aspettata da lui, *questa* non rientrava nell'elenco... e forse, è il motivo per cui l'ha detto.

Ma parlava sul serio?

Cioè, so che tiene a me, nella sua maniera ringhiante, iperprotettiva e spesso prepotente, ma questo...

"Siamo pronti a cominciare con le dimostrazioni in TV" annuncia la voce di qualcuno, interrompendo i miei pensieri scombinati. "Abbiamo votato, e deciso che dovrebbe andare Sasha per prima e Nero per secondo, quindi abbiamo bisogno di voi, ragazzi."

"Arrivo" rispondo, in modo puramente meccanico.

Lanciandomi un'occhiata indecifrabile, Nero si dilegua in un movimento sfocato.

Mentre lo seguo, ricordo in ritardo che, quando una persona pronuncia una dichiarazione come quella appena buttata lì da Nero, ci si aspetta una risposta... teoricamente, come *ci si sente*.

Ma io non ho avuto la possibilità di farlo, e sono troppo confusa per elaborare qualcosa.

Che diavolo aveva in mente, per iniziare questo genere di conversazione *adesso*? Sarebbe troppo anche *senza* l'Armageddon dietro l'angolo.

Quando ritorno sul palco, vedo Rasputin porgere a Nero due mostruosità in spandex con le squame e i lustrini incollati sopra. "Queste sono due copie del tuo costume. Ci siamo resi conto che non l'avevi, e abbiamo trovato qualcosa in uno dei camerini qua. E poi, dato che Sasha non ti ha dato un nome, sarai Drakon."

"Davvero originale" riesco a commentare. "L'hai chiamato 'drago' ma in russo."

Incurante del proprio nome, Nero si veste, mentre io rimango lì in piedi ad elaborare ancora la rivelazione. Poi qualcuno mi porge quello che dovrebbe essere il *mio* costume da supereroina.

"Aspetta un attimo" dico, ritrovando la lingua per l'indignazione. "Con questo, sembrerò una spogliarellista vestita da dominatrice."

"Non hai specificato che cosa volevi, perciò Lilith ha suggerito una copia del proprio vestito... che a sua volta è stato trovato qui, da qualche parte" spiega Felix, indicando Lilith con la testa. Lei, infatti, indossa un misero esemplare di outfit. "Mettilo, e va' a fare la tua dimostrazione."

Scuotendo la testa, vado dietro le quinte, e infilo il vestito.

"Sei in onda" dichiara l'addetto alla telecamera, quando torno indietro.

Merda. Non mi sono preparata un discorso per me stessa. Sta succedendo tutto troppo velocemente; mi serve almeno un mese per questo.

Oh, beh.

Con un profondo respiro, mi posiziono davanti alla telecamera, sforzandomi di non cedere alla paura del pubblico che mi rode.

"Cari cittadini, sono ancora io... e stavolta, sono uscita direttamente dal mio armadio da supereroina." Mi libro da terra, per ricordare loro del nostro ultimo incontro. "Mi chiamo *Vespa*, e sono una supereroina destinata a sconfiggere Tartaro: un cattivo che tenterà di conquistare questo mondo oggi stesso."

I Conoscenti tra la folla applaudono, ma vorrei che ci fossero degli umani illesi qua intorno, per valutare le reazioni delle persone normali.

Grazie all'udito acuito dal vampirismo, sento Ariel e Felix prendere in giro il mio nome da supereroina, sussurrando sottovoce.

Sul serio? Non l'ho scelto in onore del mio defunto

veicolo. Mi è venuto in mente Vespa per l'acronimo V.S.P., cioè Vampira, Sensitiva, e manipolatrice delle Probabilità.

Le Scoiattoline Volanti, i Neo Golem e gli altri peccatori non dovrebbero scagliare pietre.

In ogni caso, mi tocca questo nome da supereroina grazie al mio altruismo. Essendo una persona gentile, ho dato tutti i nomi fighi che mi venivano in mente agli altri.

"Avete conosciuto mia madre, Notturna." Indico un punto lontano. "Lei ha avuto i suoi poteri, quando Tartaro l'ha maledetta con il vampirismo... e io ho ottenuto i miei, perché ai tempi era incinta."

Ho appena estrapolato la storia di *Blade*? No. A meno che io non diventi una cacciatrice di vampiri.

In ogni caso, la parte cruciale è la dimostrazione del potere, non le mie parole effettive.

"Ora, come recita il detto, 'Affermazioni straordinarie richiedono prove straordinarie'." Atterro delicatamente sul palco. "Non mi aspetto che crediate che io sia una supereroina e basta. Vi mostrerò i miei poteri, in condizioni sperimentali. Allora, e solo allora, potrete decidere da soli a cosa credere oppure no."

Procedo con la dimostrazione dei poteri, che non ero riuscita a mettere in pratica l'ultima volta in TV.

Per cominciare, guarisco una donna gravemente ferita, portata dai teletrasportatori da un ospedale del posto, e lo faccio tagliandomi un polso con un coltello, e permettendole di bere il mio sangue.

Spero vivamente che Ariel non stia guardando questa parte.

Le ferite della donna guariscono, senza lasciare traccia... e questo impressiona perfino me.

Niente magia in questo caso.

La donna riprende i sensi e si guarda intorno, confusa, mentre un paio di Conoscenti viene a portarla via.

La sensazione di piacere che avevo sperimentato, l'ultima volta che ero stata in onda, mi colpisce ancora... ma non così intensamente come prima. Qualunque incremento di vampirismo abbia ottenuto, dev'essere stato sottile.

"Adesso dimostrerò le mie capacità di super-guarigione" dichiaro, e invece di tagliarmi per davvero, metto in atto il numero in cui sembro mozzarmi una mano, per poi 'guarire' l'arto perduto con i miei poteri.

La sensazione piacevole diventa più forte, ma la ignoro e vado avanti.

"Mi muovo più velocemente della persona più veloce che esista" dico. Per 'dimostrarlo', metto in atto la mia versione del classico numero da palcoscenico chiamato 'teletrasporto', quello in cui l'illusionista si sposta da un punto all'altro tramite mosse subdole, e non mistici superpoteri.

La piacevole sensazione diventa ancora più potente.

Le persone credono palesemente anche alla parte finta della dimostrazione... proprio come avevo sperato.

Grazie alle azioni eseguite realmente, i numeri da palcoscenico non vengono più percepiti come tali.

Questo fa ben sperare per ciò che abbiamo preparato per il resto dei Conoscenti... i quali hanno bisogno di potenziarsi più di me.

"Possiedo sensi più sviluppati di ogni altra persona che io conosca" continuo, poi prendo una benda speciale, ed eseguo la mia procedura preferita del 'vedere senza la vista'.

La sensazione piacevole è travolgente oltre ogni limite.

Devo fermarmi, perché se continuo a spingere, perderò di nuovo i sensi.

"Il prossimo supereroe che conoscerete è un mio stretto alleato" dico in maniera teatrale. "Si chiama Drakon."

Scendo dal palco, consentendo a Nero di prendere il mio posto.

Sarà perché la mia dimostrazione sta già potenziando la vista, o merito della giusta illuminazione, ma Nero è spettacolare lì in piedi, mentre guarda la telecamera con i suoi strani occhi.

Senza nemmeno una parola, assume la forma di drago, e il suo outfit esplode in mille pezzi.

Oh già.

In un mondo dove gli effetti speciali sono di tipo anni ottanta, non potrebbe esserci una dimostrazione migliore di questa. Nero è un drago talmente imponente, da occupare l'intero palco, e la sommità della sua testa squamosa sfiora il soffitto del teatro, nonostante sia altissimo. Lentamente, sbatte le palpebre davanti alla telecamera, mostrando gli anelli limbari da drago, e per puro divertimento, sputa una piccola scia di fuoco.

I Conoscenti seduti al posto del pubblico lanciano grida di spavento, aggiungendo ulteriore tensione.

Con un altro lampo, Nero si ritrasforma, dando alle signore a casa qualcosa per cui sbavare, prima d'indossare la versione intatta del costume e di sparire dal palco in un'azione sfocata.

Kit si fa avanti dopo Nero. Racconta a tutti di essere Ninja Fox, quindi si trasforma in un intero zoo di creature e di persone, incluso un uomo dai capelli bianchi, che lei sostiene essere il presidente di questo paese.

Felix prosegue dopo Kit. Per la maggior parte, lascia che sia la tuta dell'era spaziale a parlare da sola, ma dimostra anche la propria abilità nel controllare l'elettronica in maniera casuale in tutto il pianeta.

Interviene quindi Ariel, mettendo in mostra prove di forza addirittura più grandi delle sue capacità, usando un'efficace, piccola chicca che avevo imparato in un libro di magia, scritto da un tizio che aveva lavorato come istruttore di arti marziali per molti anni. A quanto pare, molti di quegli impressionanti video su Youtube in cui 'si spacca il cemento con un pugno' sono ingannevoli... e l'illusionista che c'è in me si è divertita nell'impararne l'esatto metodo, e adora ancora di più metterlo in pratica oggi.

È il turno di alcuni membri del Consiglio locale, con Roslin in qualità di Trematerra, eccetera.

Dopo circa un'ora di dimostrazioni, mi stanco di guardarli tutti, e decido di cercare Nero, per continuare la nostra conversazione di prima.

Non che io sappia che cosa dire, quando l'avrò trovato. So solo che qualcosa bisogna pur dire.

Accelero lungo un corridoio, per verificare se la performance ha aumentato la mia velocità, come speravo.

Già.

Non mi muovo ancora sfocata come Nero, ma non ci ero mai arrivata così vicina prima d'ora.

Saettando nei passaggi dello studio a rotta di collo, trovo Nero... che però non è da solo.

Sul pavimento accanto a lui, giace un licantropo privo di sensi, mentre la sua mano destra stringe un collo.

Un collo attaccato a una persona, i cui piedi penzolano a trenta centimetri da terra.

Una persona estremamente familiare.

"Nostradamus?" esclamo, sbalordita. "Che cosa ci fai qui?"

Il veggente grugnisce qualcosa d'incomprensibile. Immagino che sia una conseguenza della gola schiacciata.

"Nero, lascialo andare per favore" dico. "Voglio sapere perché è venuto qui, dopo tutto quello che ha fatto."

Con un ringhio, Nero molla la presa sulla sua

vittima, che crolla a terra accanto al licantropo. Ora riconosco che è Marius.

"Credo che, dal tuo punto di vista, me lo sia meritato" gracchia Nostradamus, massaggiandosi il collo. "Sasha, mi dispiace di aver rubato i tuoi poteri e quelli di tuo padre. Ho dovuto farlo. Lo giuro."

"Davvero?" Incrocio le braccia sul petto. "Mi piacerebbe proprio sapere perché... soprattutto davanti a Nero, che può stabilire se stai mentendo."

"In realtà, conto sulla sua capacità di rilevare le bugie." Nostradamus prende qualcosa dalla tasca, e lo mette sotto il naso di Marius.

Il lupo mannaro si riprende immediatamente, uggiolando come un cane mentre si rimette in piedi.

Erano bocconi di bacon o sali d'ammoniaca?

"Parla" ringhia Nero al veggente. "Convincimi a non ucciderti."

"Tartaro arriverà su questo pianeta tra venti minuti." Nostradamus dà dei colpetti sul pavimento, alla ricerca degli occhiali da sole, dietro i quali nasconde poi gli occhi martoriati.

"No." Guardo Nero. "Rasputin ha detto che i portali si apriranno alle 6:45 di stasera. Abbiamo ancora più o meno un'ora."

"Quella è l'ora in cui arriverà il suo esercito." Nostradamus fa delle carezze rassicuranti a Marius, che sta uggiolando. "Tartaro e un gruppo selezionato della sua progenie arrivano sempre in anticipo, così lui riesce a fare la sua apparizione in TV."

Merda. Questo smentisce l'esperienza di Jaylen.

"Non ci hai ancora dato una motivazione per aver rubato i poteri di Sasha" replica aspramente Nero. "O quelli di Rasputin, a proposito."

"Sì, invece" afferma Nostradamus. "È come vi avevo detto durante la riunione del Consiglio sulla Terra. Ogni cosa deve svolgersi nel modo corretto, e non posso permettere a un altro veggente d'interferire con i risultati."

"Ma io sono destinata a vincere, giusto?" chiedo. "È ciò che avevi previsto molto tempo fa, addirittura prima che nascessi?"

Nostradamus sospira. "Tuo padre ha sviato quel futuro specifico, strappandoti a tua madre e lasciando che venissi cresciuta dagli umani. Quindi, dobbiamo risistemare le cose. Ho visto più di venti milioni di versioni di ciò che sta per succedere, quindi conosco innumerevoli modi per fallire. In un futuro, però, c'è una possibilità. Il problema è, come sempre, che c'è in gioco anche la manipolazione delle probabilità, perciò non riesco a garantirti che vinceremo."

"Non è abbastanza valida" sibila Nero, tendendo il braccio per strozzarlo di nuovo.

Marius ringhia verso di lui, mentre Nostradamus biascica: "Io sono una delle persone che dovranno essere presenti, quando lo affronterai, Sasha. In tutti i futuri senza di me, abbiamo fallito."

Guardo Nero, che annuisce con rabbia. Nostradamus sta dicendo la verità.

"D'accordo. Vivrai" afferma tetramente Nero. "Ma

se non sei in grado di garantire una vittoria, non permetterò a Sasha di rischiare la vita."

Prima che possa ricordare a Sua Maestà Imperiale che sono capace di decidere da sola, Nostradamus dice: "Lei deve affrontarlo oggi. Altrimenti è come se fosse morta."

Le mani di Nero crescono, trasformandosi in artigli, e lui sferra un pugno alla parete vicino a Marius, disintegrandola.

Non scoraggiato dalla distruzione, Nostradamus continua. "Senza Sasha, Tartaro non verrà ucciso. Questo è sicuro. E se lui sopravvivrà, vorrà capire perché gli abitanti di questo posto siano stati così ben preparati per il suo arrivo. Scoprirà di Sasha, e la prenderà di mira, senza fermarsi finché non sarà morta... al di là di dove potrai nasconderla."

Evidentemente, il veggente non sta mentendo, poiché Nero distrugge un'altra parete in un accesso di furore.

"Non che io abbia intenzione di scappare, ma come può essere vera l'ultima parte?" chiedo, mentre Marius guaisce. "Come può Tartaro uccidermi nel mondo dei draghi, per esempio?"

"Può prosciugare l'energia dei draghi, proprio come con gli altri Conoscenti." Nostradamus consola Marius, grattandolo dietro le orecchie. "Impiegherà decenni per ricomporre le sue forze e attaccare, però lo farà. Ah, e sapendo di affrontare una veggente e manipolatrice delle probabilità, genererà un esercito in base a questo."

Prima che Nero possa far crollare l'intero edificio

intorno a noi, gli metto una mano sulla spalla. "Fermati, per favore. Devo farlo. Non abbiamo alternative."

Nostradamus annuisce. "Questo attacco a sorpresa è *la* migliore possibilità contro Tartaro. È il culmine di anni di pianificazione da parte mia e..."

"Aspetta" dico. "Pensavo che volessi che lo affrontassimo nel mondo di Lilith?"

"Ha mentito, dicendo che era l'unica opzione" ringhia Nero. "Ora capisco perché. Sapeva che ci sarebbe stata anche *questa* opportunità."

"Sì" afferma Nostradamus. "Come sempre, ho faticato ad anticipare le azioni di Lilith, perché lei è una manipolatrice delle probabilità."

"A proposito" dico. "Come hai fatto a prevedere l'arrivo di Tartaro stavolta? Non ha con sé quel Lug?"

"Io sono un veggente molto, molto più forte adesso" risponde cupamente Nostradamus. "Ma la tua è una buona osservazione. Lug è un altro motivo per cui non posso mai essere certo di un risultato. Sarà presente, al fianco di Tartaro."

"Sapendo dove si troverà, perché non ci mettiamo una bomba con un timer?" Nero apre e chiude i pugni. "O mandiamo uno squadrone di umani per abbatterlo a colpi d'arma da fuoco?"

"A causa di Heph, il figlio di Tartaro in grado di creare una specie di campo di forze intorno a sé e al padre." Nostradamus tira fuori una specie di striscia di manzo essiccato, e la porge a Marius. "I proiettili, o il fuoco di un'esplosione, non possono penetrare nei campi di Heph. Solo la spada al plasma può farlo."

"Un manipolatore delle forze?" dico. "Come mai non ne abbiamo uno?" Guardo Nero con aria accusatoria.

"Ne ho cercato uno per secoli, ma sono estremamente rari" risponde. "E non hanno l'aspetto tradizionale degli umani... quindi, non possono vivere nei mondi moderni con un Mandato."

"E Tartaro distrusse il mondo in cui viveva la maggior parte di essi" aggiunge Nostradamus. "I loro campi di forze non riuscirono a fermare il suo potere."

"Ottimo, allora, anche se ne avessimo uno, non sarebbe d'aiuto" brontolo. "Le notizie si fanno sempre più positive."

"Dobbiamo sbrigarci" dice Nostradamus.

"Aspetta" interviene Nero. "Che altro puoi dirci di questo combattimento?"

"Posso dirvi chi dovrebbe andare e chi no" risponde Nostradamus. "E chi può usare i propri poteri e in che modo. E chi non dovrebbe farlo." Lancia a Nero un'occhiata incisiva.

"Se dirai che *io* non posso partecipare, manderò a monte tutta questa storia" ringhia Nero.

"No, tu devi andare." Nostradamus si spinge gli occhiali un po' più in alto sul naso. "Solo che non puoi trasformarti in un drago. In ogni futuro in cui succede, va tutto a rotoli."

"Che cosa fantastica" commento. "Possiamo respirare, una volta arrivati là? Possiamo usare le armi?"

"Sto solo cercando di aiutare" si difende

Nostradamus. "C'è in gioco la mia vita, tanto quanto la vostra. Io sono una delle persone che dovrete portare."

"D'accordo" dico. "Dicci chi altri dovrebbe prendere parte a questa missione suicida".

"Oltre a me e a voi due, dovrebbe esserci Lilith" risponde Nostradamus. "E Vlad, perché i vampiri sono più difficili da risucchiare per Tartaro e la sua specie. Anche Roslin, perché la sua capacità di controllare la terra ci aiuterà con il portale. Inoltre, Chester tornerebbe utile per affrontare Lug, ma dobbiamo convincerlo ad unirsi a noi. Con i suoi poteri di manipolazione delle probabilità, non riesco a prevedere che cosa farà." Prende fiato. "Anche tutti i vampiri disponibili del posto dovrebbero unirsi a noi, per la stessa ragione di Vlad... ma non Lucretia, perché preoccuparsi del suo destino comporterebbe la vostra sconfitta. Per quest'ultimo motivo, non possiamo portare nemmeno Ariel, Felix o Rasputin."

Guardo il veggente in tralice. "Stai cercando di dire che non m'importa che cosa succederà a Nero e a Vlad? Per non parlare del mio fratellastro Chester e di mia madre biologica..."

"È quello che voi dei fondi speculativi chiamereste un'analisi costi-benefici" risponde Nostradamus. "Lilith, Chester e Nero sono così fondamentali per la missione, da dover andare, al di là dei tuoi sentimenti in materia. E Vlad deve andare, perché l'ho visto nella versione del futuro con una possibilità di vittoria."

"Eccellente" commento. "C'è altro?"

"I teletrasportatori possono solo portarci lì, ma non

rimanere a combattere" continua, ignorando il mio sarcasmo. "Ho visto un milione di futuri in cui Tartaro riesce a costringere un teletrasportatore a portarlo al sicuro."

"E se usassimo la malia su di loro?" propone una voce familiare da dietro l'angolo.

È...

Già.

Lilith emerge dal suo nascondiglio, dove probabilmente ha origliato tutta la conversazione.

"Sotto la malia, sono come morti" risponde Nostradamus, imperturbabile.

Lilith mostra un sorriso predatorio. "Un sacrificio che sono disposta a fare."

Nostradamus scuote la testa. "Perché causare la loro morte, quando possono essere di grande aiuto nelle battaglie contro la progenie di Tartaro? Se rimanessero con noi e perissero, non sarebbero utili a nessuno."

"Va bene" dice Lilith. "Ma adesso sono dell'umore adatto per soggiogare *qualcuno*."

"Ne avrai l'occasione" replica Nostradamus. "Possiamo andare?"

"Sì" dice Nero, e percorre il corridoio a lunghe falcate.

Voltato l'angolo opposto a quello in cui si nascondeva Lilith, ci imbattiamo in Chester... che stava origliando a sua volta, a quanto pare.

Che fortuna, si trovava proprio nel posto giusto al momento giusto, come sua madre.

"Ho sentito tutto" afferma, confermando il mio

sospetto. Un sorriso da satiro compare sul suo volto, mentre annuncia: "Mammina, sorella, verrò con voi. Ovviamente, ho delle idee per quanto riguarda la mia ricompensa."

"Maledetti manipolatori delle probabilità" mormora Nostradamus sottovoce.

Continuiamo a camminare, mentre Nero e Lilith definiscono che cosa faranno per Chester come ringraziamento per il suo aiuto. Quest'ultimo si lascia convincere molto rapidamente... quindi penso che ci avrebbe aiutati lo stesso, ma sta approfittando della situazione il più possibile.

Una volta arrivati sul palco, troviamo tutti gli altri, tranne Vlad.

"A che vi serve Vlad?" chiede Kit, quando le chiedo se l'ha visto.

"Ci aiuterà in un combattimento epico." Chester tira con violenza l'orecchio del proprio cappello da giullare.

"Divertente. Posso venire anch'io?" Kit salta su e giù dall'aspettativa.

"Sarai di grande aiuto nel posto che ti è stato attualmente assegnato" risponde Nero.

"Bene." Kit mette il broncio. "Vado a prendervi Vlad."

Mentre lei si allontana, nell'attesa di Vlad, raccontiamo a Eric delle persone che Nostradamus ha insistito nel portare, e che lui e gli altri trasportatori non possono essere presenti durante il combattimento, a differenza di Vlad. Poi reclutiamo Roslin, che in seguito convince anche un gruppo di vampiri e teletrasportatori del posto ad aiutarci.

Vlad esce da dietro le quinte. È interamente vestito di nero, e tiene in mano una delle lance usate per trapassare la pelle dei draghi nella campagna di Nero: quelle con le punte durissime, simili a diamanti. L'arma fa parte del suo costume da supereroe. Forse senza molta creatività, l'abbiamo battezzato *L'Impalatore*, prendendo spunto da un Vlad nella storia della Terra, di cui la gente del posto non ha mai sentito parlare.

È uno dei tanti nomi di supereroi da noi affibbiati, che potrebbero andare bene anche se quelle persone decidessero d'intraprendere una carriera nell'industria del porno.

"Dove andiamo?" chiede uno dei trasportatori locali.

"Si chiama Fun Palace" risponde Nostradamus senza tracce di allegria nella voce. "È tra Avenue S e 24 North Street."

"Lo conosco" dice l'uomo.

"Puoi mostrarmelo?" Eric gli si avvicina.

Il teletrasportatore annuisce, e prende Eric per una spalla. Scompaiono, per ritornare quasi subito.

Poi ciascun teletrasportatore prende per la spalla due vampiri del posto, e li porta a destinazione, prima di tornare e trasportare Vlad e gli altri vampiri.

"Tocca a te." Eric mi si avvicina e, dopo aver lanciato un'occhiata guardinga a Nero, mi posa con cautela una mano sulla spalla. Poi tocca Nero, e scompariamo di nuovo.

Arriviamo in un enorme spazio aperto, illuminato da lampade di Wood e colmo di macchine da sala giochi apparentemente vecchie, che emettono bip e trillano tutt'intorno a noi.

Riconosco *Galaga*, *Donkey Kong*, *Pac-Man*, *Space Invaders*, *Dig Dug*, *Defender* e *Frogger*, perché sono tutti giochi che Felix ad un certo punto mi aveva fatto provare. La loro esistenza è un'ulteriore prova del fatto che il plagio dei videogiochi tra le Altre Terre è reale.

Il posto è quasi deserto. Le poche persone presenti non giocano, ma sono raggruppate davanti ad una parete di televisori in fondo, intente a guardare la stessa trasmissione che abbiamo appena abbandonato, e non mi stupisco.

Quando è stata l'ultima volta in cui hanno mostrato dei veri miracoli in TV?

"Non posso credere che stia succedendo" dice un adolescente smilzo ad un altro. "Veri supereroi. Come può non essere una bufala?"

"Hai visto quella ragazza sexy volare" risponde l'amico. "Non c'erano fili o altro. Questa roba è reale, te lo dico io."

Sono io la ragazza sexy della conversazione, o si tratta di mia madre?

"Volevi soggiogare qualcuno?" chiede Nostradamus a Lilith, nel comparire. "Perché non usi la malia su quegli umani, così se ne andranno?"

Lilith si avvicina tranquillamente ai televisori, e le persone rimangono a bocca aperta. L'hanno riconosciuta come uno dei supereroi appena visti sugli schermi.

Quasi mi aspetto di vederla bere il loro sangue, ma dev'essere troppo sazia per prima, poiché si limita a ordinare loro di andarsene tramite la malia, come suggeriva Nostradamus.

"Hai lasciato indietro il tuo licantropo da compagnia?" chiedo a Nostradamus, cercando Marius con lo sguardo.

Il veggente annuisce con aria tetra. "Altrimenti sarebbe morto invano."

Enfatizza a tal punto la parola 'invano', che provo una sensazione di vuoto in fondo allo stomaco.

Sono quasi sicura che Nostradamus abbia previsto che le persone dalla nostra parte moriranno 'non invano'.

"Andatevene, e non tornate più" dice Nostradamus a Eric e agli altri teletrasportatori, quando hanno portato Roslin e gli ultimi membri del gruppo. "È molto importante."

Una volta scomparsi, dice: "Voi tutti, nascondetevi dietro le macchine da sala giochi, così non ci vedranno al loro arrivo, se non quando sarà troppo tardi."

"E dove saranno?" chiedo. "Dobbiamo sapere il loro angolo di visione."

Nostradamus indica proprio il centro della stanza. "Il portale si aprirà lì."

Ci sparpagliamo tutti, accovacciandoci dietro le macchine da sala giochi.

"Ecco il piano d'azione" annuncia Nostradamus da

dietro la macchina di *Galaga*. "Dirk è il nipote di Tartaro, responsabile del portale stabile che sta per aprirsi. Sarà il primo ad arrivare. Dev'essere eliminato rapidamente, altrimenti Tartaro riuscirà a fuggire."

"Lasciatelo a me" chiede Vlad da dietro *Multipede*.

"Ottimo" dice Nostradamus. "Gli altri due obiettivi critici, a parte lo stesso Tartaro, sono Lug, il manipolatore delle probabilità, e Heph, il maestro dei campi di forze."

"Posso occuparmi io del manipolatore" afferma Chester da dietro *Missile Command*. "Dovrebbe essere una stupidata."

"È più potente di te" specifica Nostradamus. "Ma non ti preoccupare. Ti aiuterò."

"Come possiamo sapere chi è chi?" chiede Lilith da dietro *Space Invaders*, e sento il fruscio causato dall'attivazione della spada al plasma.

"Heph e Lug spiccheranno come i due figli con le proprie vere sembianze. Gli altri possiederanno la capacità di Tartaro di apparire nei panni di una persona che ammirate" spiega Nostradamus. "A parte questo, Heph per tradizione non ha un aspetto umano, e Lug è quello dagli occhi spiritati."

"Mi chiedo in che modo vedrò tutti gli altri?" mormora Lilith.

È una bella domanda. Per chi prova ammirazione l'incarnazione del male?

Lucifero, forse?

Il diavolo vero e proprio, intendo, non la mia gatta.

"Non c'è più tempo" dice urgentemente

Nostradamus. "Roslin, il tuo obiettivo è fare in modo che la terra inghiottisca il portale... e il maggior numero possibile di alleati di Tartaro."

"Va bene" risponde gravemente Roslin da dietro *Defender*.

Di colpo, provo una potentissima ondata di ansia. È come se qualcuno avesse camminato sulla mia tomba, ma l'avesse anche bombardata con le armi nucleari, per sicurezza.

Sforzandomi di rimanere calma, sbircio da dietro il mio nascondiglio.

L'aria al centro della stanza luccica, e in quel punto si materializza un portale.

Assomiglia proprio a quelli dell'illusione di Jaylen. Il bagliore arancione del plasma è più lieve rispetto a quello dei portali fissi, chiaramente più debole.

Con il battito cardiaco che s'impenna, osservo un uomo varcarlo... e non posso non rimanere a bocca aperta di fronte alla sua identità.

CAPITOLO TRENTA

LOGICAMENTE, so che si tratta di Dirk, il teletrasportatore che ha creato il portale. Nostradamus ha detto che sarebbe stato il primo ad uscire.

Ma la persona che vedo è Criss Angel: l'illusionista televisivo che mi aveva fortemente colpita quando ero giovane e, beh, impressionabile.

Significa che lo ammiro? Penso che ci vada abbastanza vicino. Cioè, sicuramente provo una certa venerazione per lui... ma d'altro canto, rispetto anche qualsiasi altro illusionista, compresi gli innumerevoli che rimangono nella clandestinità.

La parte strana è che, ad un certo punto, mi ero presa una sbandata per Criss Angel. Adesso, però, non provo nulla nel guardarlo... e non solo perché so che si tratta del seguace di un cattivo, e non del mio idolo.

A quanto pare, ora che ho avuto un assaggio di Nero, non riesco a prendere in considerazione altri uomini, indipendentemente dalla loro bravura nelle magie da palcoscenico.

Altre due persone fuoriescono dal portale.

Una è Lug, come nei ricordi di Nostradamus, e l'altra dev'essere Heph.

Caspita.

Dire che Heph 'per tradizione non ha un aspetto umano' è come definire brutto un drekavac. Heph è vagamente umanoide, ma ha più caratteristiche in comune con un grizzly che con una persona. Dato che Heph è il risultato di un programma di accoppiamento, Tartaro aveva probabilmente costretto qualcuno a procreare con qualcosa di più simile a un orso rispetto a lui... un pensiero spaventoso.

Le prossime persone che escono dal portale hanno tutte un'aria sorprendentemente familiare. Un tizio è David Copperfield, un altro è David Blaine. La coppia successiva assomiglia a Penn e Teller, mentre i prossimi due sono Siegfried e Roy. Mentre osservo a bocca aperta, celebri illusionisti continuano ad arrivare, seguiti da altri un po' meno conosciuti. Ci sono perfino alcune star scomparse da tempo, come Dunninger, e individui che hanno lasciato il segno come scrittori di libri di magia... per esempio, Tony Corinda, autore del classico *13 Gradini al Mentalismo*.

Il prossimo ad uscire dal portale può solo essere Tartaro. Chi altri mi sembrerebbe l'uomo che venero sul serio, a tal punto da avere addirittura un suo poster appeso nella mia stanza?

Con quelle tipiche sopracciglia triangolari e uno

sguardo misterioso, che sembra trapassarti l'anima, Tartaro è Harry Houdini.

Grr. Se avessi bisogno di aggiungere un altro crimine all'infinito elenco di Tartaro, allora sarebbe 'aver infangato l'immagine di quel grand'uomo'.

Tartaro/Houdini e gli altri loro colleghi cominciano a sparpagliarsi, per lasciare spazio a nuovi arrivi.

Anche Roslin deve aver individuato Tartaro, poiché il pavimento sotto le macchine da sala giochi comincia a tremare, spaccandosi al centro della stanza... e fagocitando il portale insieme ad una parte della progenie di Tartaro.

Sì!

Ma Tartaro in persona e una grossa fetta dei suoi scagnozzi rimangono.

Troppi, purtroppo.

Roslin, comunque, non ha finito. L'asfalto fuori dall'edificio comincia a tremare, e ad alzarsi. Un attimo dopo, lo spazio intorno a noi diventa più scuro, perché tutte le finestre e le porte vengono coperte dalla terra, bloccando le vie d'uscita.

"Prendete quella movimentatrice di terra" grida Tartaro, e indica la macchina di *Defender*, dietro la quale sta sbirciando Roslin.

I seguaci puntano nella stessa direzione del loro progenitore.

Archi di energia violacea scorrono da Roslin verso ciascuno di loro.

Gridando a squarciagola, Roslin avvizzisce, diventando un involucro simile all'uva passa.

Un picco di adrenalina mi colpisce il cervello, provocandomi una strana sensazione in tutto il corpo. Divento estremamente consapevole di ciò che mi circonda.

Tramite la visione periferica (e forse i poteri di veggente) posso stabilire con esattezza che cosa stia succedendo intorno a me, perfino nei punti di cui non ho una buona visuale.

È una nuova abilità, grazie alla mia performance da bendata o alla lotteria in televisione?

In ogni caso, mi tornerà utile... così come la velocità aumentata e gli altri potenziamenti.

"Attaccateli!" grida Nostradamus da dietro il proprio nascondiglio. "Non permettete loro di prenderci uno per uno in questo modo."

Giusto. Saranno anche in superiorità numerica, ma se li attaccassimo tutti insieme, impediremmo la scena di coalizione a cui abbiamo appena assistito.

"Conosco quella voce" mormora Tartaro, con lo sguardo che balzella su tutta la macchina da sala giochi. "Dirk, preparati a..."

Prima che Tartaro possa finire la frase, Vlad balza fuori da *Multipede*, e trapassa la spalla di Dirk/Criss Angel con la lancia.

Dirk grugnisce di dolore, poi fugge con il teletrasporto... portandosi dietro Vlad e la lancia.

Il resto di noi si precipita sui succhia-energia con un urlo di guerra, mentre io prendo di mira James 'The Amazing' Randi.

Oltre ad essere un prestigiatore e un mentalista,

James Randi è anche un critico di affermazioni sul paranormale, perciò è un po' ironico che lui (o qualcuno che gli assomiglia in tutto) combatta contro di me, una vera vampira/veggente/manipolatrice. Schivo il colpo di Randi con una velocità mai raggiunta durante l'addestramento con Thalia, poi gli spezzo la mascella con un pugno.

Wow.

Dubito che Thalia riuscirà a battermi così facilmente in futuro. O a battermi, punto.

Colpendo Randi al plesso solare, lo prendo a cazzotti, poi sferro dei calci al suo corpo immobile per sicurezza.

La cosa impressionante è che sono ancora estremamente consapevole della stanza e di ciò che succede ovunque, senza aver esaurito la mia attenzione.

Mi tornerà decisamente utile nei numeri di magia... sempre se sopravvivrò a questa situazione, per metterli in pratica.

Dirk ricompare vicino ai flipper, e in quel preciso istante, Vlad strappa la lancia dalla spalla dell'avversario, e la conficca nella coscia di Dirk.

Con un grido, Dirk comincia a risucchiare l'energia di Vlad, che inizia a urlare in una maniera molto insolita per lui.

Oh-oh. Quanto fa male sentirsi risucchiare l'energia? Non sono ansiosa di scoprirlo.

Dirk si strappa via la lancia dalla gamba, la spezza in due, e getta i resti di lato. Vlad gli balza addosso, e stringe con le mani la gola di Dirk.

Incapace di scuotersi di dosso il vampiro, quest'ultimo si teletrasporta di nuovo.

In tutta la stanza, gli altri vampiri stanno attaccando i figli di Tartaro nei panni di illusionisti.

Heph, quello simile ad un orso, agita le mani, e un arco di energia blu lo circonda, facendo scintillare di blu la sua pelle e i suoi vestiti.

"Impeditegli di creare altri scudi!" grida Nostradamus.

Nero se ne sta già occupando.

In un guizzo, compare davanti all'uomo orso... che in quel momento proietta l'energia blu sullo stesso Tartaro.

Merda.

Grazie alla mia vista sviluppata, riesco a vedere dov'è finita l'energia blu: una pietra nella collana indossata da Tartaro. Una pietra esattamente identica a quella usata come poligrafo durante la riunione del Consiglio.

Una pietra in grado di convogliare il potere di un Conoscente.

Confermando la mia teoria, la pietra brilla, e proietta su Tartaro lo stesso scintillante bagliore blu che circonda Heph.

Gli artigli di Nero si scagliano verso Heph in un gesto che ho visto già molte volte. Questo è il tipico attacco del mio drago, che di solito provoca piogge di brandelli di carne.

Ma non stavolta.

Con un suono di unghie su una lavagna infernale, tale da urtare i nervi, gli artigli di Nero si spezzano.

Ricrescono all'istante, ma sul corpo di Heph non c'è nemmeno un graffio.

Gli artigli di Nero non possono trapassare lo scudo del campo di forze.

Con un ringhio simile a quello di un orso, Heph sferra un pugno sul volto di Nero, che vola all'indietro e sbatte contro la macchina di *Punch-Out!!*, rompendola in mille pezzi.

Nel frattempo, uno dei nostri vampiri attacca Tartaro, trovando uno scudo tanto impenetrabile quanto quello di Heph.

Tartaro focalizza l'attenzione sull'aggressore, risucchiandogli l'energia, e il vampiro è presto in ginocchio, a urlare.

Doppia merda.

Avevo ragione. La pietra nella collana di Tartaro lo rende invulnerabile.

Come lo uccidiamo adesso? Oh, aspetta. Nostradamus ha detto che la spada al plasma può penetrare questi scudi di forze.

Guardo Lilith, la persona che al momento sta brandendo la spada.

Si libra a poca distanza da terra, e sta adoperando la malia di divinità a pieno regime.

Ma non aiuta. Invece di adorarla, i figli di Tartaro attaccano mia madre in massa, la quale nel frattempo li fa a pezzi.

"Aiutami ad attaccare Tartaro!" mi grida Lilith.

Ha appena indirizzato una parte dei suoi poteri con la fortuna verso di me? Perché in quel preciso istante, Randi mi offre un'apertura... perciò, gli affondo un pugno nel petto, forandogli il cuore con la mano.

Scavalcando il cadavere, balzo verso Lilith, ma un altro illusionista mi si para davanti.

Uno che ha dato il nome ad un mio sex toy.

David Copperfield in persona.

"Arrenditi subito, e sarai mia, invece di finire nelle fosse di riproduzione" dice il finto Copperfield, con una versione inquietante della voce del grand'uomo.

"No, grazie" ringhio, e gli do una testata.

Una mossa che, di solito, farebbe vedere le stelle, ma a me non provoca questo effetto.

Mi riprendo all'istante, e colpisco con un calcio la gamba di Copperfield, spezzandola con un forte scrocchio.

"Stronza" ringhia, puntandomi contro la mano.

L'energia scorre dal mio corpo fino ad essa, e scopro perché uno tosto come Vlad stesse urlando per questo.

Il dolore è quasi come quello del Rito. Una sensazione bruciante e nauseante, che sembra impregnare ogni singola cellula del mio corpo.

Vorrei più di ogni altra cosa raggomitolarmi e crollare a terra, tra urla e pianti.

Ma non lo faccio.

Allungando le zanne, scatto in avanti per squarciare il collo di Copperfield.

Il piacere di bere il sangue del mio nemico attenua il

dolore del risucchio di energia, e lui smette presto di risucchiarmi... momento in cui gli spezzo il collo.

La cosa folle è che, per tutto il tempo, sono ancora consapevole di ciò che mi circonda.

Dirk si teletrasporta di nuovo, e scambia qualche colpo con Vlad, prima di proiettarsi in un altro luogo.

Nero si riprende, e sferra un pugno nel petto di Heph. La testa dell'uomo-orso sbatte contro lo schermo a tubo catodico della macchina di *Pac-Man*, ma la sua pelle non è nemmeno scalfita dalle schegge di vetro, grazie alla barriera del campo di forze.

Il sosia di Tony Corinda mi attacca, e gli strappo via un braccio, che uso per colpirlo ispirandomi alla Lilith che c'è in me.

Tartaro, nel frattempo, trasforma un altro vampiro in uvetta ai suoi piedi. Proprio come tre dei suoi fratelli, il povero sciagurato non è stato in grado di penetrare lo scudo di Tartaro.

E a proposito di corpi ai piedi di qualcuno, anche Lilith ne ha una macabra pila personale, composta perlopiù da resti di illusionisti.

Ciò non impedisce ad altri figli di Tartaro di attaccarla, ma lei trasforma anche loro in spiedini.

Devo riconoscerlo, a mia madre. In termini di danni alle forze nemiche ed eleganza nell'uccisione, finora è stata la migliore tra noi.

Come concordato prima dell'inizio del combattimento, Nostradamus e Chester si lanciano insieme su Lug.

Ovviamente, in mezzo ci sono altri figli... perciò,

devono farsi strada lottando, ed è interessante riscontrare una certa somiglianza nella manifestazione dei loro poteri in combattimento.

Nostradamus riesce a schivare ogni colpo indirizzato a lui grazie ai poteri di veggente, mentre Chester li evita perché, presumo, la sua fortuna spinge gli aggressori a mancare il bersaglio.

"Vuoi venire ad aiutarmi?" mi grida Lilith con voce più severa.

"Ci sto provando!" grido, e schivo l'attacco di un altro David... stavolta, David Blaine.

Il vero David Blaine è stato incastrato in un cubo di ghiaccio, sepolto vivo, affogato, si è infilzato con aghi giganti, eccetera eccetera. Rispetto a lui, i figli di Tartaro davanti a me sono degli smidollati. Quando gli strappo la clavicola, grida con voce stridula e perde i sensi, allora lo colpisco sul cranio, affinché non si rialzi mai più.

Nel frattempo, Nostradamus e Chester raggiungono Lug, che afferra il veggente e lo scaglia contro la parete di televisori nelle vicinanze.

Nostradamus sbatte la testa contro una TV, sfondandone lo schermo, poi scivola sul pavimento e giace lì, immobile.

Cosa?

Tutto qui?

D'altro canto, Lug deve aver ostacolato la vista di veggente di Nostradamus, lasciandolo veramente cieco.

La ferita alla testa di Nostradamus perde molto sangue, e non può essere un bene per la sua salute.

Maledizione. Faceva parte del suo piano?

È possibile, perché Lug ha pagato un caro prezzo per affrontare Nostradamus. Chester approfitta del momento offerto dal volo di Nostradamus contro la TV, per estrarre un pugnale e affondarlo nel petto di Lug.

La fortuna di quest'ultimo, o le sue abilità nelle arti marziali, corrono in suo aiuto, poiché riesce a intercettare il colpo con l'avambraccio.

Prima che Chester possa estrarre l'arma, Lug gli spara addosso l'arco di energia risucchiante.

Mi giro per andare ad aiutare il mio ritrovato fratello, ma Lilith grida: "No! Vieni qui."

Riluttante, mi muovo verso di lei... ed è a quel punto che altri due figli di Tartaro, con le sembianze di Penn e Teller, mi si parano davanti.

"Sei morta" dice Penn.

"Morta" gli fa eco Teller.

Il vero Teller non parla; rientra nel suo personaggio da palcoscenico/televisivo. Ma dietro le quinte, in qualità di illusionista, lo fa normalmente... e questo tizio ne imita la voce con precisione, facendomi quasi esitare prima di colpirlo.

Sottolineo *quasi*.

Eseguendo il colpo insegnatomi da Thalia durante l'addestramento, metto subito K.O. Teller con un pugno, poi spezzo alcune ossa a Penn, prima di spedire anche lui a terra in modo permanente.

Dirk e Vlad si teletrasportano nel punto in cui giace il corpo incosciente di Nostradamus.

Dirk intensifica il risucchio di energia, e nel frattempo, l'urlo di Vlad cambia.

Non assomiglia più a Vlad... e in quel preciso istante, si trasforma in Kit.

Aspetta, cosa?

È stata Kit per tutto questo tempo?

Ma come...

Certo. Aveva voluto unirsi a noi, poi era andata a 'prendere Vlad'.

Ma era tornata indietro la stessa Kit. Deve avergli detto che i loro ruoli si sarebbero invertiti negli attacchi imminenti.

Questo pone un grosso problema. In base alle visioni di Nostradamus, Vlad è una componente fondamentale del delicato puzzle che *potrebbe* portare alla nostra già improbabile vittoria.

Significa che, senza la presenza di Vlad, non abbiamo alcuna possibilità?

Di sicuro, sembrerebbe così.

Prima che io vada ulteriormente in paranoia, Kit esegue un'azione che le ho già visto fare una volta... e ciò non la rende meno spaventosa oggi.

Si trasforma in un drekavac: una creatura a metà tra uno xenomorfo e un dissennatore.

Dirk dev'essere la persona più coraggiosa di tutte le Altre Terre. Invece di scappare o gridare, agguanta la scheggia di uno schermo televisivo rotto, e la lancia addosso al drekavac-Kit.

Il frammento lacera la pelle del mostro, devastata

dalle pustole, e il grido che risuona è tanto brutto quanto il drekavac stesso.

Ignorando il dolore, Kit protende quattro orribili arti.

Quando essi toccano Dirk, lui grida con una voce che non sembra fuoriuscire da una gola, e tra gli spasmi e le convulsioni, crolla scomposto al suolo.

Kit, ferita, incombe sulla sua vittima.

Una lingua dall'aspetto orribile serpeggia lentamente fuori dalle fauci del drekavac, e dove va a leccare la pelle di Dirk, essa si scioglie, lasciandosi dietro solo il corpo scorticato.

Alla seconda leccata, Dirk si accascia, probabilmente felice di essere morto.

Kit riassume le sue solite sembianze, e appoggia una mano sulla grave ferita.

Muove un passo in avanti. Poi un altro. Alla fine, stramazza a terra.

CAPITOLO TRENTUNO

NO.

Nessuno di coloro a cui tengo morirà oggi.

"Che qualcuno le dia del sangue!" grido ai vampiri nella stanza.

Un vampiro alto e magro, il più vicino a Kit, si affretta ad obbedire... ma in quel momento, Lug lancia in aria un Chester dall'espressione stordita, il quale va a finire proprio addosso al possibile salvatore di Kit, tagliandogli accidentalmente la gola con il pugnale che tiene in mano.

Cadono insieme, scomposti, apparentemente svenuti o peggio.

"Sono stato più fortunato, penso" commenta Lug in tono di scherno.

"E io lo sono di più, immagino" dice Lilith, dividendo Lug in due parti uguali con la spada al plasma.

Poi, invece di aiutare Kit, Chester e gli altri, Lilith

saetta verso il punto in cui Tartaro e alcuni vampiri stanno combattendo.

Digrignando i denti, squarto Siegfried, e poi Roy, lottando nel modo più feroce di tutta la mia vita.

Raggiunta Kit, allungo le zanne, e mi apro un dito.

Non appena il mio sangue le tocca le labbra, la sua ferita inizia a rimarginarsi. Cerco di fare lo stesso per il vampiro impigliato con Chester, ma senza risultato.

"Non puoi curare un vampiro con sangue di vampiro" grida Lilith. "Deve riprendersi da solo."

Beh, che rottura.

Significa che, se venissi ferita, nessun vampiro sarebbe in grado di curare me.

Districo il vampiro da Chester, preparandomi a dargli un po' di sangue.

"Basta così!" grida rabbiosamente Lilith, prima che io possa farlo. "Non sei qui per giocare alla guaritrice, ma per uccidere Tartaro. Ora fallo. Come tuo sire, te lo *ordino*."

Mi blocco a metà azione, mentre la parola 'ordino' m'investe il cervello.

Nell'impeto della battaglia, mi sono completamente dimenticata di procedere con cautela in presenza di Lilith... e adesso che mi sono comportata da brava persona, l'ho chiaramente seccata abbastanza da attivare lo stupido legame con il sire.

"Ti *ordino* di attaccare Tartaro" ripete Lilith, scandendo ogni parola.

Il mio libero arbitrio diventa prigioniero in un luogo profondo dentro di me, mentre il mio corpo inizia a muoversi con la determinazione di uno zombie.

Nonostante non abbia il comando dei miei arti, percepisco lo stesso che cosa succede nella stanza.

Kit si rialza sulle gambe tremanti, e si trasforma in un orco gigantesco.

Lilith uccide un altro illusionista.

Heph colpisce ancora Nero con un pugno, facendolo ringhiare furiosamente, mentre si riprende.

Poi Nero fa una cosa che non avevo mai visto prima. Inspira, e sputa fuoco addosso a Heph… senza trasformarsi in drago.

Il problema è quello stupido campo di forze.

Anche se viene colpito dal soffio del drago, nemmeno un pelo sul corpo di Heph rimane bruciato.

Ma comunque. Wow. Nero è sempre stato in grado di farlo? No, non può essere. Avrebbe già usato questo potere in precedenza. Scommetto che l'ha scoperto grazie a quell'apparizione in TV.

Un sosia di Dunninger mi blocca la strada verso Tartaro.

"Uccidilo" ordina Lilith, eliminando un altro dei suoi aggressori.

Non avevo bisogno del suo sollecito.

Schivo il calcio del tizio e gli spezzo la mascella, poi il naso, e infine gli scaravento un pugno sulla tempia, per metterlo fuori gioco una volta per tutte.

L'orco-Kit squarta un altro illusionista lungo il percorso verso Tartaro.

Quest'ultimo comincia a risucchiarle l'energia.

Digrignando gli enormi denti da orco, Kit accorcia la distanza tra loro, e colpisce.

Tartaro blocca il suo pugno verde, le torce il braccio, e la lancia contro la parete.

Kit batte la testa, riassume la propria forma normale, e si accascia senza più muoversi.

Maledizione. Essere messa K.O. così facilmente dev'essere un effetto collaterale del risucchio di energia.

Mi conviene stare attenta a non farmi colpire in testa.

Nero e Heph si scambiano altri colpi, mentre mi getto su Tartaro... che in quel momento comincia a prosciugare l'energia dalla stessa Lilith.

"Tieni" dice lei a denti stretti. "Uccidilo con questa."

Mi lancia la spada al plasma. L'afferro, e cerco di colpire la testa di Tartaro, che la schiva, prima di sferrarmi un pugno in faccia.

Non so se sia merito del legame con il sire, o del mio incremento di forza in generale, ma non solo non perdo i sensi: non provo nemmeno dolore per il colpo.

Però volo all'indietro di un paio di metri.

Invece di lasciare che la mia schiena colpisca la parete, seguendo la logica della gravità, sfrutto i miei nuovi poteri nel volo per librarmi in aria.

Poi, brandendo la spada, sfreccio di nuovo verso Tartaro.

Ma quel tizio è dannatamente veloce.

Schiva la mia mossa all'ultimo minuto, e finisco con

il trapassare il pavimento con la spada al plasma, prima di finire a terra con la faccia.

Prendendomi per la spalla, Tartaro mi lancia verso il vicino *Tetris*.

Stavolta fa male, ma non tanto quanto dovrebbe, considerando le schegge di vetro e i frammenti di legno che si sforzano d'infilzarmi.

"È troppo debole" grugnisce Lilith sottovoce, mentre Tartaro ricomincia a prosciugarle l'energia. "Quel maledetto Rasputin l'ha resa troppo debole, e adesso perderemo."

Vedendo mia madre disarmata e sotto attacco, una serie di figli di Tartaro ancora vivi corre verso Lilith con rinnovato vigore.

I miei tagli e sbucciature guariscono... addirittura espellendo delle schegge di vetro dalla mia pelle, in stile Wolverine.

Mi rimetto in piedi, barcollando, e mi lancio ancora addosso a Tartaro... mancandolo con la spada.

Per tutta risposta, mi scaraventa in faccia il suo pugno massiccio con tanta forza, da farmi finalmente vedere le stelle.

Nero aveva ragione, a voler andare su Atlantide per addestrarmi. In questo momento, alcune lezioni di scherma mi tornerebbero utili... e anche lezioni su come incassare un pugno con più grazia.

"Toccala un'altra volta, e sei morto" ringhia Nero dal punto in cui sta affrontando Heph.

Con un sorriso malvagio, Tartaro mi dà un pugno tanto potente, da farmi volare all'indietro di tre metri, e sbattere contro la parete, prima di poter attivare le mie capacità nel volo.

Riprendendomi in fretta, rimbalzo in piedi, e mi lancio di nuovo su Tartaro.

Prima di raggiungere il mio obiettivo, però, Nero afferra Heph per il busto, e lo getta addosso a Tartaro.

Per sicurezza, sputa anche una scia di fuoco di drago addosso a Heph.

Spinto o dalla fiamma, o dall'energia cinetica del soffio di Nero, Heph va a sbattere contro il padre come un razzo.

L'impatto li scaraventa in direzioni diverse: Heph verso di me, e Tartaro verso Nero.

"Colpisci!" grida Lilith, e il mio braccio obbedisce, senza che io abbia bisogno di elaborare.

La spada al plasma penetra nello scudo di forze di Heph come una bolla di sapone, poi, con facilità, prosegue per sbudellare l'uomo-orso.

"No!" grida Tartaro, vedendo morire il figlio più resistente. Il suo volto si contorce dal furore. "La pagherai mille volte per questo".

Scaglia rabbiosamente una mano contro Nero, dal cui corpo si sprigionano archi di energia viola fino a quel bastardo.

Nero cerca di scattare in avanti, ma il dolore, o il risucchio di energia stesso, rende i suoi movimenti molto più lenti del solito.

"Attacca!" mi grida Lilith.

Balzo verso Tartaro, felice di obbedire all'ordine di Lilith.

Tartaro schiva il mio colpo di spada e mi sferra un calcio... mandandomi addosso a Nero, sollevandolo da terra per cadergli sopra, mentre la spada rotola di lato.

"Hai bisogno di più potere" mi dice Lilith, strappando il cuore dal petto di un altro illusionista. "Bevi il sangue di Nero, così diventerai più forte. Poi, quando te lo dirò io, attaccherai di nuovo Tartaro."

Aspetta, che cos'ha detto?

Bere il sangue di Nero ?

Diamine, no.

Ma il mio corpo non ascolta il libero arbitrio al momento, perciò le mie braccia si protendono per prendere Nero per le spalle.

Due seguaci di Tartaro, non gradendo il piano di Lilith, o approfittando di questa opportunità, si uniscono a lui nel prosciugare l'energia di Nero.

Con l'energia risucchiata da tre punti, Nero grugnisce e si affloscia nella mia stretta.

"Sbrigati, prima che non rimanga più niente da bere" dice Lilith. "Te lo *ordino*."

Con una sensazione di nausea nello stomaco, mi chino, le zanne già snudate.

Nero incrocia il mio sguardo. "Ha ragione." La sua voce è un rauco sussurro. "Potrebbe essere l'unico modo."

Vorrei discutere con entrambi, ma ancora non possiedo il controllo delle mie facoltà.

Invocando Dracula, affondo le zanne nel collo di Nero, e comincio a succhiare.

"Sì" dice Lilith da qualche parte. "Bevilo tutto. Te lo *ordino.*"

Tutto?

No, non intenderà questo. E invece sì. L'ha detto lei stessa. Quando ha la possibilità di bere da un potente Conoscente, li prosciuga sempre fino all'ultima goccia, per massimizzare i vantaggi.

Adesso applica la stessa logica con me, la sua arma.

Proprio come nella visione in cui avevo ucciso i miei amici, voglio ordinare alla mia bocca di urlare, ma dalle mie labbra non esce nulla.

Ordino al mio corpo di fermarsi, ma non funziona.

A peggiorare le cose, c'è il fatto che ogni sorso del sangue di Nero comporta uno sgradito piacere orgasmico.

Mentre bevo, Lilith uccide i due figli che stavano aiutando Tartaro a prosciugare la forza vitale di Nero.

Ottimo. Nero vivrà più a lungo, prima che io lo uccida.

Rendendosi conto che rappresento una minaccia sempre più grande, Tartaro comincia a risucchiare energia da *me.*

Quasi accolgo *quel* dolore.

Il tormento è una sensazione più adatta per ciò che sto facendo adesso.

La cosa strana è che, invece d'indebolirmi per il risucchio di energia di Tartaro, comincio invece a sentire un incredibile potere crescere in me.

Certo.

Il sangue di Nero è una sostanza potente.

Tanto da abbattere alberi e generare crateri.

Se riuscissi a parlare, supplicherei Lilith di permettermi di smettere. Le direi che, probabilmente, potrei già affrontare Tartaro, ma non riesco a parlare, e Lilith non mi lascia interrompere di mia iniziativa.

Al contrario.

Se sospetta che io stia bevendo più lentamente, ripete l'ordine per costringermi a continuare, e continuare.

Presto, non ho più alcun dubbio.

Lilith mi costringerà ad uccidere l'uomo che amo.

CAPITOLO TRENTADUE

ED È COSÌ. Io amo Nero. Non so come mai ci sia voluto *questo* orrore, per farmi comprendere i miei sentimenti. E adesso è troppo tardi. Non esiste un modo per spezzare il legame con il sire.

A meno che... l'amore non dovrebbe vincere contro qualsiasi cosa?

Tentare non guasta. Immaginandomi in un film romantico, visualizzo un montaggio con tutti i motivi per cui mi sono innamorata del mio capo e Mentore. Ma il risultato finale è più simile ad un film porno. A quanto pare, i nostri momenti migliori sono stati a luci rosse e oltre.

L'idea del montaggio non funziona... mi rende solo più convinta dei sentimenti per il mio fidanzato, che presto morirà.

Al di là di come mi senta io, il maledetto legame con il sire continua a costringermi a bere il suo sangue, mentre nell'oscuro buco nascosto nella mia mente, sto urlando come un'ossessa.

Se fosse possibile procurarsi uno strappo al cervello a forza di desiderare qualcosa, al mio servirebbe una stecca, per l'intensità con cui vorrei staccare la mia stupida faccia dal suo collo.

Ma non funziona.

Chiaramente, i miei sentimenti teneri per Nero non sono il modo per spezzare il legame con il sire.

Poi mi passa per la testa un'idea disperata... che avrebbe dovuto venirmi in mente prima.

Lilith controlla il mio corpo, ma non la mia mente; altrimenti non avrei tutti questi pensieri.

Ciò significa che dovrei essere ancora in grado di usare i miei poteri basati sulla mente... come la manipolazione delle probabilità e la previsione del futuro.

Se li avessi riacquistati, intendo.

Dovrebbe essere così. O dovrebbe succedere presto, dato che Nostradamus pensava che potessimo vincere grazie ai miei tripli poteri.

Straripante di speranza, cerco di concentrarmi, per entrare nello Spazio Mentale.

Il piacere per il sangue di Nero e il dolore per il risucchio di energia di Tartaro si cancellano quasi a vicenda, ma il panico, che non riesco a soffocare, rende quasi impossibile la concentrazione.

Il peggio è che, poiché non controllo il mio corpo, non posso inspirare profondamente ed espirare lentamente, come mi aveva insegnato Lucretia.

Beh, devo farlo in qualche modo.

Magari, posso mettere in atto l'equivalente mentale della respirazione lenta.

Per quanto sia impossibile, mi sforzo di dimenticare dove mi trovo e cosa sto facendo, e immagino me stessa seduta su una nuvola, simile a quella della mia terapia dei sogni con Bailey.

Niente.

Poi immagino me stessa fluttuare nell'acqua calda, mentre coccolo Fluffster. Poi Lucifera, quand'era un cucciolo.

Ci sto andando più vicina.

Immagino Nero baciarmi e accarezzarmi la schiena, mentre mi ringhia dolci banalità nell'orecchio.

Sì, ci siamo. Raggiunta la concentrazione, piombo nello Spazio Mentale.

———

FINALMENTE!

Non avrei mai pensato di essere così felice di galleggiare tra le forme... soprattutto quelle con un suono *così* inquietante.

È facile indovinare che cosa mi mostreranno: il lento dissanguamento di Nero.

Eppure. Sono qui. Invocherò visioni migliori... nelle quali sventare quell'orribile futuro.

In qualche modo.

Ma prima, devo prendere atto di quanto sia diversa

questa sessione nello Spazio Mentale rispetto a tutte quelle precedenti.

Più precisamente, non è lo Spazio Mentale ad essere diverso. Sono io.

Capisco meglio le forme. Vedo in esse dei dettagli che prima non notavo... le consistenze, in mancanza di un termine migliore.

È come se mi avessero dato un binocolo progettato specificatamente per lo Spazio Mentale.

Dev'essere il modo in cui si manifestano i poteri di veggente, potenziati dalla televisione. Adesso, non solo la mia quantità giornaliera di potere di veggente è aumentata, ma tutto ciò che riguarda lo Spazio Mentale è migliore.

Se la situazione non fosse così terribile, esplorerei con entusiasmo il mio nuovo stato, ma attualmente, devo concentrarmi sul da farsi.

Non ci vuole molto, poiché esiste solo una cosa che *posso* fare.

Devo trovare il modo di usare la mia manipolazione delle probabilità, per salvare la vita a Nero.

Non appena mi concentro su quel pensiero, le forme intorno a me scompaiono, sostituite da una nuvola leggermente diversa.

La melodia che queste emanano è sempre inquietante, ma grazie alla mia nuova consapevolezza, so che potrebbero contenere comunque qualcosa di utile.

Protendermi verso tutte le visioni contemporaneamente non richiede alcuno sforzo adesso... perciò genero i miei fasci eterei, e mi tuffo in esse.

———

STO UCCIDENDO NERO, bevendone il sangue.

Lilith lotta per la propria vita, e Tartaro sta risucchiando l'energia da tutti noi.

Allora, come uso la mia manipolazione delle probabilità, per spezzare il legame con il sire?

Beh, se esiste anche solo una minuscola possibilità che qualcuno mi stacchi da Nero, potrei invocare quella.

Ma chi? E di nuovo, come?

Finora, ho solo provato ad influire sulle probabilità di un mazzo di carte.

Parto allora da questo. Decido di trattare il risultato di 'staccarmi da Nero' come il mazzo di carte riordinato, e le persone presenti nella stanza come le carte, o il loro rimescolamento.

Tenendo a mente tutti, immagino che qualcuno corra verso di me, mi prenda per i capelli, e mi tiri via da Nero con un bello strattone.

Qualcosa scatta,e le linee colorate (i fili del fato) compaiono davanti a me più velocemente di prima.

Esibizione in TV, grazie.

Studio attentamente i fili, in particolare il loro spessore.

Ciò che vedo non fa presagire alcunché di buono per me. Perfino il filo più sottile è molto, molto più spesso di quello più spesso che ero riuscita a controllare, nel gestire un mazzo di carte.

Come prima, i fili più spessi mi sembrano più giusti, ma richiedono un maggior consumo di potere, poiché rappresentano gli eventi a bassa frequenza.

Mi protendo verso un filo spesso tanto quanto il tronco di una sequoia: più raro è l'evento, meglio è, immagino. Forse rappresenta una possibilità che Tartaro stesso modifichi il proprio comportamento da assassino, e mi allontani da Nero?

Mentalmente, cerco di afferrare il filo simile al tronco d'albero, ma è come un fantasma scivoloso: completamente irraggiungibile, perfino con i miei poteri incrementati dalla TV.

E va bene.

Guardo uno dei fili più sottili, e ne scelgo uno a caso. Sembra più elastico e cedevole rispetto al tronco d'albero, ma anche meno 'giusto'.

E sia.

A livello metafisico, premo sul filo in questione, ed esso scatta.

In lontananza, Nostradamus si alza lentamente in piedi.

Esisteva una possibilità che riprendesse i sensi in quel momento, presumo.

Per quanto improbabile, era possibile, e io l'ho reso tale.

Il problema è che sembra a malapena in vita.

Digrignando i denti, Nostradamus barcolla verso di me.

Un passo.

Due.

Comincio a sperare.

Forse può staccarmi da Nero?

Ma se Lilith mi obbligasse ad usare la mia forza di vampira, per schiacciarlo come un insetto?

Beh, magari lui può raccogliere la spada al plasma e uccidermi, ponendo fine a questo incubo.

Ma no. La situazione è comunque incerta.

Individuato Nostradamus, Tartaro solleva un sopracciglio triangolare, e smette di prosciugarmi per un istante, puntando la mano invece verso di lui.

Una volta sparito il dolore, concentrarmi è difficile con il piacere del sangue di Nero... ma in un certo senso, sono consapevole del fatto che Nostradamus venga trasformato in un chicco di uvetta.

Il legame con il sire mi costringe a continuare a bere. E a bere, e a bere... e alla fine, dopo alcuni infernali minuti, Nero muore per la perdita di sangue.

———

STO CERCANDO di usare la mia manipolazione delle probabilità, per smettere di bere il sangue di Nero. Nello specifico, mi concentro su una possibilità che una persona, attualmente priva di sensi, torni in sé... o qualcosa di altrettanto utile.

Dopo vari sforzi mentali, i fili compaiono davanti a me.

Non riesco ad attivare quello grande come un

tronco d'albero, ma uno di quelli più sottili cede ai miei poteri potenziati.

In lontananza, Kit si rimette goffamente in piedi.

Tartaro smette di prosciugarmi, per concentrarsi su di lei.

Kit si trasforma in una colomba bianca, e si lancia verso di me.

Uno dei figli di Tartaro, quello che assomiglia a Lance Burton, interrompe l'avanzata verso Lilith e afferra Kit a mezz'aria.

Una volta catturata, cerca di spezzarle il collo.

Il vero Lance Burton è famoso per il suo numero con le colombe, e non tratterebbe mai un uccello in quel modo.

O almeno spero.

Prima che Lance ci riesca, Kit si trasforma in un rinoceronte arrabbiato.

Tartaro balza verso di loro.

Il rinoceronte-Kit sfonda lo stomaco di Lance con il corno, uccidendolo all'istante.

Ma non vede quando Tartaro la raggiunge, e mette a segno un colpo micidiale su un lato della testa del rinoceronte.

La bestia riassume la forma umana di Kit, che stramazza a terra, palesemente morta, raggiunta pochi minuti dopo da un Nero completamente dissanguato.

———

MI CONCENTRO, richiamando i fili delle probabilità, poi ne scelgo uno che sono in grado di afferrare.

Sotto di me, Nero torna in sé, e cerca di staccarsi.

Con orrore, resto attaccata a lui come una sanguisuga testarda.

Vorrei non aver richiamato questo evento. Uccidere Nero, mentre cerca di divincolarsi, è peggio di quando mi permetteva semplicemente di prendergli il sangue.

Dai, Nero. Afferra quella spada al plasma, almeno.

Invece di farlo, sviene di nuovo, già troppo prosciugato da me e da Tartaro.

Non si muove più, mentre gli risucchio la vita.

———

UN FILO delle probabilità cambia gli obiettivi del sosia di Lance Burton. O almeno presumo, poiché smette di combattere contro Lilith, e si gira verso di me.

Però, non muove altro che un passo.

Lilith approfitta della sua distrazione per un violento attacco, e lui finisce in una pozza del proprio sangue.

E Nero muore ancora.

———

NELLA VISIONE SUCCESSIVA, un altro illusionista/figlio cerca di fare la stessa cosa, e Lilith lo uccide con altrettanta ferocia. Uguale per un altro. Poi un altro.

———

IN UN'ALTRA sequenza di visioni, uno dei vampiri ancora in vita smette di attaccare Tartaro, e cerca di correre in mio aiuto... offrendo però l'apertura necessaria a Tartaro, che gli spezza il collo.

La stessa cosa succede ad un altro vampiro. E si ripete.

———

LASCIO PERDERE LE PERSONE, e uso un filo delle probabilità, per controllare l'ambiente intorno a me.

Un frammento del soffitto sopra di me si spacca, e le macerie mi crollano in testa.

È inutile.

Guarisco all'istante... e riprendo a bere da Nero, fino all'amara conclusione.

———

MI SFORZO di trovare un filo, che m'impedisca di uccidere Nero.

Desiderandolo con tutte le mie forze, ne afferro uno leggermente più spesso di quanto penso di saper gestire... e funziona.

Ma la manipolazione delle probabilità realizza il mio desiderio per vie traverse.

Tartaro smette di risucchiarmi l'energia, e focalizza l'attenzione su Nero.

Dopo un paio di minuti, la circolazione sanguigna di Nero si arresta, e lui sembra un chicco di uvetta raggrinzito.

Penso di non essere stata io ad ucciderlo nel senso stretto della parola, ma Tartaro.

Ma ciò non cambia il fatto che Nero sia morto.

———

SEGUE UNA SERIE DI VISIONI. In una di esse, uso la fortuna per strozzarmi con il sangue, ma poi mi riprendo e ricomincio a bere. In un'altra, una macchina da sala giochi va in corto circuito, e mi colpisce con una scintilla di elettricità... ma non fa altro che solleticarmi la pelle.

Tutte le visioni si concludono nello stesso modo.

Nero muore.

CAPITOLO TRENTATRÉ

LA VISIONE SI CHIUDE, e ritorno nel mondo reale.

Invece di usare inutilmente la manipolazione delle probabilità, come ho fatto innumerevoli volte, balzo di nuovo nello Spazio Mentale.

———

FLUTTUANDO, mi sforzo di capire che cos'è appena successo.

Sono riuscita a sfruttare la manipolazione delle probabilità, ma non mi è stata d'aiuto... non quando ho usato le persone intorno a me, né l'ambiente stesso.

A dire il vero, non ho cercato di usare *tutti*.

Non c'è stata una visione in cui Chester si alzava per aiutare, o Lilith decideva semplicemente di cedere.

È perché sono anche loro dei manipolatori delle probabilità?

Se questo è probabilmente vero nel caso di Lilith,

per Chester esiste un'altra e più oscura possibilità. Forse non ha solo perso i sensi, ma è morto?

Spero proprio di no.

Dopo aver appena scoperto il nostro legame di sangue, mi piacerebbe conoscerlo meglio... al di là di ciò che mi ha fatto in passato.

Quindi, che faccio adesso?

Non posso uccidere Nero e basta.

Se necessario, troverò l'esito in cui il mio stesso cuore di vampira si arresta... ma immagino che la probabilità che succeda sia bassa, soprattutto con tutto il potere che sto ottenendo grazie al sangue di drago.

Eppure, dev'esserci un modo.

Devo solo guardare il problema da un'ottica nuova, come recita il detto.

Aspetta.

È proprio così.

Tutti i miei tentativi riguardavano oggetti e persone in questa sala giochi. Ma se ci fosse un modo per introdurre un'altra variabile nell'equazione?

Qualcuno o qualcosa che proviene dall'esterno dell'edificio?

Per esempio, se ci fosse un drone a sorvolarci proprio in questo momento? Potrei causarne il malfunzionamento, affinché mi colpisca in testa?

Aspetta, no. Non esistono droni in questo mondo: tutta la tecnologia è indietro di decenni. Immagino che ci sia una versione più orribile di questa idea. Se fossi disposta a uccidere degli innocenti, potrei fare in modo che un aereo si schianti su di me... sempre che ne passi uno, intendo.

Ma no.

Con l'indebolimento di Nero, ciò potrebbe uccidere anche lui.

La cosa migliore sarebbe se una persona arrivasse a salvare la situazione.

Ma chi? E come?

Penso di poter iniziare, dando un'occhiata a tutti coloro che conosco, per vedere che cosa stanno facendo. Magari uno dei miei amici si trova appena fuori dalla sala giochi, e può essere spinto a staccarmi da Nero tramite la manipolazione delle probabilità?

A questo scopo, cerco di farmi venire in mente l'essenza di 'tutte le persone che conosco', e lo faccio concentrandomi sul senso di familiarità.

Non succede nulla. Nonostante i miei poteri di veggente incrementati dalla TV, 'tutte' sembra un obiettivo troppo vago.

Mi viene in mente un'idea, ed eseguo la ginnastica mentale necessaria per la manipolazione delle probabilità.

Con mio sgomento, funziona.

Oltre alle forme usuali, 'vedo' anche i fili, proprio qui nello Spazio Mentale.

Ma guarda.

Posso usare i poteri di manipolatrice come aiuto nella preveggenza?

Trovando rapidamente un filo abbastanza sottile da gestire, lo faccio scattare, e attendo il risultato.

Un attimo dopo, un'enorme nuvola di forme compare davanti a me.

Certo.

Che altro mi aspettavo? Nello Spazio Mentale ho a che fare unicamente con le forme.

Oh, beh. Sperando di avere fortuna con una di esse, studio attentamente la nuvola.

Mentre di solito le nuvole di visioni sono composte da forme dall'aspetto identico, tutte quelle di *questa* nuvola sono uniche.

La forma di cui ho bisogno è tra loro? Con la mia migliore comprensione del meccanismo dello Spazio Mentale, esamino la nuvola.

Molto interessante. Ognuna di queste varie visioni riguarderà una persona e un luogo diversi, alcuni dei quali saranno addirittura ambientati su pianeti diversi.

Va bene.

Mi limito a guardarle tutte e basta?

Di solito, non lo farei. Con così tante visioni, mi ci perderei dentro per un po'. Cosa più importante, esse consumeranno la maggior parte del potere di veggente che mi rimane, se non tutto... o almeno, questo è ciò che penso dopo la mia perfezionata comprensione dello Spazio Mentale.

D'altra parte, che alternativa ho?

Non posso affrontarle una per una. Dopo ciascuna di esse, tornerò alla realtà in cui bevo il sangue di Nero. Anche riuscendo a concentrarmi in un istante e tornare indietro, il momento passerà. E se vado avanti e indietro abbastanza spesso, i momenti per Nero saranno presto esauriti.

Allora dovrò vederle tutte, ma sono in grado di generare così tanti fasci eterei?

C'è solo un modo per scoprirlo.

Mi allungo verso ogni forma... e comincio a raggiungerle, più e più volte.

Se fosse possibile svenire per la stanchezza senza un corpo, adesso sarei sul punto di farlo.

In realtà, tocco finalmente l'ultima forma, e le visioni hanno inizio.

CAPITOLO TRENTAQUATTRO

SONO priva di corpo nella cucina del nostro appartamento.

Fluffster salta sul tavolo, e inclina il sacchetto di Meow Mix verso una ciotola sul pavimento.

Quando la ciotola è sufficientemente piena di cibo, Fluffster rimette il sacchetto in posizione verticale e abbassa lo sguardo, incuriosito.

La gatta lo fissa a sua volta con un'espressione che sembra dire: "Sua Maestà ti risparmierà ancora, stravagante roditore. La nostra misericordia non conosce limiti. Ora banchettiamo, e tu te ne starai buono... altrimenti, guai a te."

Lucifera si avvicina allora alla ciotola, e comincia a mangiare.

Mentre osservo, noto che forse non sono stata abbastanza specifica, quando ho deciso di avere una visione su 'tutte le persone che conosco'.

Il lato positivo è che, se morirò dopo aver

dissanguato Nero (il che è probabile), almeno sarò riuscita a vedere i miei animali domestici per l'ultima volta.

Alla fine, la visione della gatta che mangia s'interrompe, ma la prossima è altrettanto inutile. Vedo Maya alla ricerca di un regalo per Felix in un negozio di videogiochi sulla Terra.

E le visioni inutili sono appena iniziate.

Nella prossima, vedo mio papà pranzare con la moglie 2.0. È bello sapere che vadano così d'accordo, e che a lei piacciano gli involtini all'avocado, ma non capisco come ciò mi possa aiutare a spezzare il legame con il sire.

In un'altra visione, vedo mia mamma durante una videochat con la sua amica Zamantha, quella a cui aveva fatto visita a Parigi. Mamma le sta spiegando di aver lasciato Parigi così di colpo, perché ha conosciuto un uomo.

Oh già. A me aveva detto la stessa cosa.

Prima che possa scoprire dettagli sconvolgenti sulla vita amorosa della mamma, la visione viene tagliata di nuovo. È merito dei miei poteri con la fortuna, forse?

La visione seguente comincia in una maniera apparentemente più promettente delle altre. Riguarda mia nipote, Roxy, che cammina lungo la strada insieme alle sue amiche/componenti del branco/cagne, Maddie e Ashley.

La strada intorno a loro è degradata, e non ci sono vetture in vista. *Potrebbe* essere sul pianeta in cui mi trovo adesso.

Molto improbabile, ma potrebbe.

Quanto sarebbe fantastico, se passassero proprio fuori da questa sala giochi? Nonostante l'età adolescenziale, queste tre ragazze sono dei licantropi, e probabilmente potrebbero sopraffarmi, se ci provassero sul serio.

Ovviamente, se trascinassi Roxy in questo pasticcio, vincerei il premio per la peggiore zia del mondo.

Ma tutto ciò diventa irrilevante, quando vedo l'edificio in cui si stanno dirigendo. *Non* è decisamente in questo mondo, perché stanno andando all'Orientamento. Questa strada del Queens ha solo un disperato bisogno di essere ristrutturata.

Dopo un viaggio in ascensore, entrano in classe, e vedo alcuni degli altri ragazzi. Poi, entra una persona che non avevo mai visto, e dichiara di sostituire il Dottor Hekima.

Le prossime visioni sono le più inutili di tutte. Vedo il mio vecchio pediatra al lavoro su alcune scartoffie. Poi osservo ogni dentista da cui sono stata, mentre sistema i denti. Quindi scopro cosa stia facendo ogni trader e analista al fondo di Nero. Queste scene eccitanti sono seguite da quelle dei miei professori universitari, che danno i voti agli scritti, e infinite altre scene con tutti gli amici e conoscenti del mio passato, mentre fanno le cose più banali.

Cribbio.

Che cosa sarà la prossima? Una visione del mio feed di Facebook?

Ma no.

La visione successiva è più interessante... in un modo inquietante. Il bannik si sta dando piacere con un'immagine di Lucretia in mano. La situazione si surriscalda (letteralmente), poiché lo fa nella sauna della banya.

La visione successiva non ha luogo sulla Terra, ma nemmeno sul pianeta che mi serve.

È Gomorra, o almeno ne ho un forte presentimento. In questa visione, Bailey, la camminatrice dei sogni, sta parlando con un ologramma di Itzel, la gnoma che mi aveva aiutato a salvare Rasputin.

"Gli incubi sono ancora brutti" dice Itzel. "Speravo..."

La visione s'interrompe, e provo un pizzico di senso di colpa. Gli incubi di Itzel sono senz'altro dovuti a quando mi aveva aiutato.

La visione successiva è almeno ambientata nel mondo corretto.

Vedo Pada, il tizio che di solito ripulisce orribili scene di omicidi per i Conoscenti di New York. Si trova nel prato dell'isola di Pac-Man tra i Conoscenti del posto, con gli aiutanti per le pulizie, Jik e Wen, al suo fianco.

"So che divorare i viventi è una cosa macabra" dice loro Pada con solennità. "Ma quando tutti i Consigli del mondo chiedono un favore, lo facciamo. E poi, quelli di New York hanno detto che lavoreranno con noi esclusivamente come ricompensa... quindi c'è anche questo. Mangeremo da re, e navigheremo nell'oro in un batter d'occhio."

Beh, questo è inquietante in un modo diverso. So che adesso bevo il sangue, ma comunque. Sforzandomi di non vomitare per le immagini mentali, mi concentro sulla parte interessante: non sono solo i Consigli ad aiutare nella battaglia contro i figli di Tartaro, ma chiunque i Consigli corrompano e convincano.

Buona notizia.

Significa una gran quantità d'aiuto in più.

La visione di Pada s'interrompe, e nella prossima, torno nello studio televisivo, dove abbiamo messo in atto le dimostrazioni dei superpoteri.

Vlad, Eric e Rasputin sono in piedi accanto ad un orologio, secondo il quale questo sta effettivamente accadendo pochi minuti dopo che Eric ci ha portato nella maledetta sala giochi.

In altre parole, praticamente adesso.

"No, io vengo con te" dice Vlad ad Eric. "Kit ha preso il mio posto."

"Eh?" chiede Eric. "E come mai?"

"Non ho chiesto" risponde Vlad. "Magari Nostradamus ha ritoccato la sua visione all'ultimo minuto, o forse è stato un invito di Sasha o di Nero."

"Già" dice Rasputin. "È possibile che Nero stia ritentando con quel trucco... lo stesso usato durante la campagna sul suo pianeta natio. Ha fatto in modo che Kit fosse lui per un po' di tempo, e adesso sta fingendo di essere te."

"Lei è un'alleata più versatile" commenta Eric. "Ha senso."

"Beh, non m'importa dove combatto. E in realtà, preferisco questa" Vlad mostra loro una katana, che avrebbe dovuto essere l'arma di Kit, "a quella lancia."

Così, Kit l'aveva trovato, e aveva perfino scambiato le armi con lui, prima di decidere d'introdursi nella battaglia contro Tartaro con le bugie.

Al pensiero del dietrofront di Kit, mi chiedo se le cose siano andate così male a causa sua.

Magari non mi troverei in questa situazione, se Vlad fosse stato presente nel combattimento, come voleva Nostradamus.

"Pronti?" chiede Eric, appoggiando le mani sulle loro spalle.

Annuiscono, e lui scompare di colpo. Ricompaiono in un enorme parcheggio. Nascosto dietro le auto, c'è un esercito di supereroi, tutti in costume... ed Eric, Vlad e Rasputin li raggiungono.

"Ormai, è questione di minuti" dice teso Rasputin dal suo nascondiglio. "Il portale si aprirà proprio lì." Indica il punto che anche tutti gli altri stanno fissando, quello che qualcuno ha opportunamente delineato con il gesso.

La visione termina, prima che il portale possa realmente materializzarsi, e subito dopo vedo Pozoj, il drago con cui Claudia ama flirtare.

Si sta nascondendo su un tetto con un gruppo di Conoscenti senza outfit, i quali stanno fissando a loro volta un disegno fatto con il gesso, presumibilmente nel punto in cui un altro portale si aprirà tra pochi secondi.

Significa che alcuni draghi del mondo di Nero sono qui ad aiutare? In questo caso, dovrebbero aumentare enormemente le possibilità di difesa... anche se la mia situazione non migliorerebbe.

O sì?

Immagino che, se un drago volasse sopra la sala giochi al momento giusto, potrei essere 'fortunata' e fare in modo che mi cadesse in testa.

Parte la visione successiva.

Felix indossa la tuta, e si nasconde dietro l'angolo di quello che sembra stranamente il Cremlino. Il resto dell'ambiente supporta questa impressione. Mi ricorda la Piazza Rossa di Mosca, solo che è più grande, con un'aggiunta di viola e meno oro.

Vicino a Felix, c'è la donna tarchiata che indossava una veste color cremisi alla riunione del Consiglio dei Consigli sulla Terra: la rappresentante da San Pietroburgo. Quella che avrebbe potuto essere il vecchio Mentore di Baba Yaga... o la sua eterna amica del cuore.

"Comincia" dice Felix in russo alla donna.

Ha ragione.

Un portale si apre, e i figli di Tartaro ne fuoriescono come quaglie rabbiose.

Hmm. Curioso. Con la mia attuale 'visione' da veggente priva di corpo, non mi sembrano più illusionisti, ma persone comuni che s'incontrano per strada.

"Lega dei Difensori, riunitevi!" tuona Felix attraverso l'altoparlante della tuta.

La donna tarchiata rotea gli occhi. "Da quanto tempo aspettavi di dirlo? Scommetto che tutta questa stronzata dei supereroi è stata una tua idea."

Il mio amico la ignora, mentre fa balzare in avanti la tuta da robot... e Felix non è da solo.

Un intero serraglio di Conoscenti balza fuori dal proprio nascondiglio tutt'intorno alla pseudo-Piazza Rossa.

La donna Consigliere di San Pietroburgo punta la mano verso la prima persona fuoriuscita dal portale, senz'altro il teletrasportatore del gruppo. Un'energia nera e viscida colpisce l'obiettivo... che si limita a decomporsi. Si decompone letteralmente, con i vermi e il resto... ma il procedimento, invece d'impiegare settimane o mesi, si verifica come se fosse stato registrato e riprodotto ad alta velocità.

Osceno. Questa donna va ad aggiungersi alla mia lista di persone che non bisogna mai far arrabbiare. Non mi stupisco, se Nostradamus aveva detto che Baba Yaga era la persona gentile in quel Consiglio.

È il potere più spaventoso che abbia mai visto.

I seguaci di Tartaro devono ritrovarsi d'accordo con la mia valutazione. Gridandosi qualcosa l'un l'altro, puntano all'unisono le mani verso la donna.

Felix cerca di spingerla via dalla traiettoria, ma non fa in tempo.

In un batter d'occhio, lei si trasforma in un chicco di uvetta.

Concentrarsi su una persona sola, al di là di quanto susciti orrore il proprio potere, è stato un errore strategico per i tirapiedi di Tartaro, poiché ha offerto agli altri Conoscenti il tempo di attaccare senza impedimenti.

Un tizio alto con l'aspetto di un vampiro squarcia due seguaci con la spada.

Un altro vampiro più grosso ne uccide cinque nello stesso modo.

Felix ne afferra un altro con il guanto della tuta, poi lo lancia verso i suoi fratelli o cugini.

"Sì!" grida, quando il gesto li abbatte come birilli. "Non si pestano i piedi a Neo Golem."

A destra di Felix, uno degli invasori inizia a succhiargli l'energia... ma non dura a lungo. Un uomo dal volto rotondo, che non conosco, gli affonda nel petto un braccio, che diventa invisibile come quello di un chort.

No, non 'come'. Considerando la camicia tradizionale russa del tizio, *dev'essere* un chort. Immagino che quelli che lavoravano con Woland non fossero gli unici membri di quella specie.

Un attimo dopo, il braccio del chort si solidifica, uccidendo l'invasore all'istante.

"Grazie" dice Felix al chort, poi colpisce un altro degli scagnozzi di Tartaro allo stomaco, facendolo volare di qualche metro.

Itzel ha fatto un ottimo lavoro con la tuta.

Il resto dei tirapiedi di Tartaro deve capire che anche la tuta è un problema, perché alcuni di loro cominciano a risucchiare l'energia di Felix insieme.

Felix grida.

Il petto di Golem si apre. Nei punti in cui si troverebbero i capezzoli di una persona, emergono due pistole giganti... le quali sparano agli idioti che, per convenienza, si sono raggruppati.

Dopo due esplosioni, gli avversari di Felix non esistono più.

È davvero figo. Scommetto che Felix sta controllando la tuta tramite i poteri da tecnomante.

Il resto del combattimento si prolunga per altri due minuti, e quando non restano più figli di Tartaro da uccidere, Felix e gli altri alleati si avvicinano al portale.

"Dovrebbe rimanere stabile un po' più a lungo" dice Felix con incertezza, poi, con mia enorme sorpresa, attraversa il portale.

Gli alleati lo seguono.

Mi chiedo perché lo stiano facendo, ma prima di poterlo scoprire, la visione s'interrompe.

———

LA VISIONE successiva è ambientata in un parco con il clone della Torre Eiffel in lontananza.

I progetti architettonici vengono rubati da un pianeta all'altro, tanto quanto le idee per i fumetti? Troppi schemi sembrano ripetersi.

Qui, il portale è già aperto, e il combattimento dev'essere durato almeno un minuto circa.

Riconosco un paio di persone dalla nostra parte: Thalia, che ha chiaramente ritenuto questo combattimento una valida ragione per infrangere il voto di non lasciare la Terra, e Sparkles... alias Sir Fulmine.

Nell'osservare Thalia, mi rendo conto che durante il nostro addestramento si era trattenuta. Qui, si muove come l'incarnazione della morte: ogni guizzo delle sue braccia sottili abbatte almeno un avversario, ma normalmente sono due o tre nemici alla volta.

Nel frattempo, Sparkles spara fulmini a destra e a manca... una scena davvero impressionante, e mi chiedo se sia sempre stato capace di farlo, o se la performance in TV abbia incrementato le sue abilità fino a questo punto.

Proprio come il gruppo di Felix, quando i compari di Thalia hanno eliminato tutti i nemici, varcano il portale... dandomi una vaga idea di ciò che hanno in mente.

———

LA VISIONE successiva mi mostra che cosa succede su una spiaggia gigante vicina ad un magnifico oceano.

Persone con indosso attrezzature tattiche, e con armi automatiche in mano, sono in piedi vicino al Dottor Hekima, a fissare il portale materializzatosi davanti a loro.

"Farò in modo che non vi vedano" dice il Dottor Hekima. "Al mio comando, sparate."

Il resto della visione mi mostra quanto possa essere pericoloso un illusionista.

Mentre i figli di Tartaro si riversano fuori dal portale, Hekima li colpisce con un arco della propria energia, e da lì, essi si comportano proprio come se le persone armate fino ai denti non esistessero.

"Ora" ordina Hekima, quando passano alcuni secondi senza che qualcun altro attraversi il portale.

I soldati aprono il fuoco.

I figli di Tartaro se ne stanno lì ad incassarlo. Hekima, evidentemente, sta bloccando il rumore degli spari, ma anche la vista dei loro fratelli caduti.

Nel giro di un paio di minuti, la battaglia (o meglio, l'esecuzione) è finita.

Se si dimenticasse che cosa sono venuti a fare Tartaro e la sua gang in questo mondo, sembrerebbe quasi antisportivo.

Scavalcando i cadaveri, Hekima entra da solo nel portale... e probabilmente, significa che i suoi alleati erano umani provenienti da questo pianeta, che non possono varcare i portali dei Conoscenti.

———

LA VISIONE successiva è quasi identica alla precedente, tranne il fatto che è Jaylen a nascondere un intero esercito, grazie ai poteri di illusionista.

Il suo odio nei confronti di questi individui, però, fa sì che Jaylen distorca in modo macabro l'intero procedimento.

Evidentemente, sta mostrando ai suoi nemici una specie d'illusione che li spinge a combattere l'uno contro l'altro... e loro lo fanno con ferocia, crivellati allo stesso tempo dai proiettili.

———

NELLA VISIONE SEGUENTE, Lucretia trafigge il cuore di un invasore con il suo spadino. Alla sua destra, una bomba del sesso dall'aria familiare decapita un altro avversario con una spada.

È la sorella di Pamela Anderson? Ma no. Questa è Lola, una ninfa che aveva una specie di relazione con Kit, basata sulla dipendenza dal sesso.

Un ululato fa voltare tutti a sinistra.

È un branco di licantropi, con le fauci che schiumano e dai versi talmente rumorosi, che gli inesistenti peli sulla mia inesistente nuca si rizzano.

Ne riconosco tre di loro. Il più grosso è Obo, il tizio che mi aveva attaccato in hotel. Un esemplare leggermente più piccolo è Eduardo, l'alfa del branco di New York che aveva aiutato Nero nelle guerra sul pianeta dei draghi. E il più piccolo dei tre, ma sempre alla pari con il resto del branco, è Marius, 'l'animale di servizio' di Nostradamus.

Ignorando i patetici tentativi di risucchio di energia da parte dei seguaci di Tartaro, i licantropi si aprono una breccia tra le loro fila, e li riducono a brandelli.

Lola, Lucretia e tutti gli altri assistono al massacro, affascinati e sgomenti.

Quando la scena s'interrompe, tutti tranne Marius si ritrasformano in uomini e donne nudi, e si dirigono verso il portale con determinazione.

"Hai dei seri problemi" dice Lucretia a Marius, quando le passa vicino. "Quando tutto questo sarà finito, magari puoi venire a qualche seduta di terapia?"

Marius muove su e giù la testa pelosa, poi attraversa il portale... seguito dal resto degli altri.

———

NELLA VISIONE SUCCESSIVA, un gruppo di carri armati incontra i tirapiedi di Tartaro nel punto in cui il portale si apre, vicino a quello che sembra un vecchio deposito di rottami.

Dopo una decina di colpi perforanti, rimangono solo i carri armati.

———

NELLA VISIONE SUCCESSIVA, il portale si apre in un deserto, e non appena i seguaci di Tartaro ne emergono, un missile balistico colpisce l'obiettivo, spazzandoli via tutti.

———

I SOLDATI delle forze speciali attaccano la progenie di Tartaro, fuoriuscita in quella che sembra una base militare. Li supporta un altro Conoscente, che aveva aiutato Nero a rovesciare l'usurpatore, una donna in grado di controllare gli animali... in questo caso, una vasta nube di uccelli, simili a corvi.

Dopo la vittoria, lei entra nel portale.

———

UN ALTRO GRUPPO di soldati umani gestisce un portale, che si apre nell'imitazione di Gerusalemme di questo pianeta. Con loro c'è il tizio, simile ad un elfo, che ha aiutato Nero l'altro giorno.

I soldati e l'elfo sterminano gli allarmati nuovi arrivati, provenienti dal portale, poi l'elfo lo attraversa.

———

NELLA VISIONE SUCCESSIVA, il combattimento viene condotto principalmente dai membri del Consiglio di New York.

Vedo Tatum, il succubo che aveva preso la parola in una recente riunione, usare il proprio 'fascino' sugli invasori. Rimasti storditi e decisamente arrapati, essi diventano facili prede per Albina, il Consigliere in grado di dissolvere la materia con flussi di energia bianca.

Nel giro di poco tempo, non resta più alcun nemico, e i Conoscenti saltano nel portale.

———

NELLA VISIONE SUCCESSIVA, vedo Claudia, la sorella di Nero. Assume la forma di drago, grossa quasi quanto Nero.

Oh, che carina. Perfino in forma di drago, ha comunque la voglia a forma di nuvola sulla guancia.

Gli alleati di Claudia conoscono quel segno, e scappano via dal portale, mentre lei spicca il volo e sputa fuoco verso i figli di Tartaro, ancor prima che possano pensare di risucchiare l'energia a qualcuno.

Un secondo dopo, è tutto finito. Il portale, adesso, è circondato da ossa liquefatte e terra bruciata.

Una volta atterrata, e trasformatasi in una bellissima donna, Claudia attraversa il portale.

———

IL COMBATTIMENTO successivo ha luogo nell'enorme stazione dei treni, in cui io e Lilith eravamo uscite dall'hub.

Colton, il 'piccoletto' della tribù dei giganti, tiene due tirapiedi di Tartaro nelle gigantesche mani. Poi sbatte le loro teste l'una contro l'altra, schiacciandole come zucche.

Lì vicino c'è Ariel, che indossa fieramente il costume sexy ed elegante da Scoiattolina Volante.

Colpisce un nemico con un pugno nell'occhio. Lui si stacca di un metro dal suolo, poi atterra rovinosamente, e non si muove più.

Estratta la pistola, Ariel la scarica su un altro tizio, poi lancia il coltello dell'esercito nel petto di un altro.

Altri tre dei figli di Tartaro la circondano, prima che possa ricaricare la pistola. Due cominciano a risucchiarle l'energia, mentre il terzo (un uomo grande e grosso) la colpisce in faccia.

Ariel barcolla per il dolore e il risucchio di energia, e ciò offre all'aggressore più imponente l'occasione di colpirla alle gambe.

Ariel cade, battendo la testa sul pavimento di granito della stazione, e perde i sensi.

Allora è ufficiale.

Il risucchio di energia rende le persone più propense ad essere messe fuori gioco. Altrimenti, Ariel sarebbe troppo tosta, per permettere a qualche mossa di farle questo effetto.

Vedendola cadere, i succhia-energia rivolgono l'attenzione a Colton, ma quello che ha dato ad Ariel il pugno in faccia non ha finito con lei.

Comincia a prendere a calci il suo corpo privo di sensi, più e più volte.

Nonostante la sua super-forza sia stata incrementata dalla televisione, quei colpi le spezzano le ossa, ne sono certa.

Improvvisamente, un flusso di energia dorata si sprigiona dal retro della stazione nel corpo immobile di Ariel.

Seguo l'arco fino alla persona che lo emette, e la riconosco subito. È Isis, la guaritrice sul libro paga di Nero.

L'energia curativa entra in azione immediatamente. Ariel apre gli occhi, e afferra il piede dell'aggressore, prima che possa assestare il prossimo colpo.

Con una violenta rotazione, Ariel spezza la caviglia dell'uomo, e balza in piedi.

Lui grida a squarciagola, ma non per molto. Ariel lo picchia così forte sulla tempia, che il suo cranio si rompe visibilmente, come un guscio d'uovo.

Dev'essere il potenziamento della televisione. Lei è sempre stata forte, ma non *così*.

Ariel si vendica quindi dei due succhia-energia, che l'avevano messa in quella situazione precaria, e dopo averli sistemati rapidamente, aiuta Colton e gli altri ad eliminare i nemici rimanenti.

Una volta spazzati via, la mia coinquilina e i suoi alleati varcano il portale.

A differenza delle mie visioni precedenti, stavolta la scena non si conclude qui, ma segue Ariel fino a destinazione.

Molto interessante.

Finalmente, vedrò che cosa stanno facendo tutte quelle persone, che oltrepassano i portali.

CAPITOLO TRENTACINQUE

ARIEL RIEMERGE in un mondo con due soli nel cielo, ognuno più piccolo del normale. Chiazze di neve e un'erba corta ricoprono il paesaggio simile alla tundra, e non c'è traccia di civiltà.

Un esercito accoglie Ariel, composto da quasi tutti i protagonisti delle altre mie visioni, ma anche da alcuni attori che non avevo ancora visto, come squadroni di centauri, basilischi e giganti... tutti con un'aria familiare, probabilmente perché erano stati alleati di Nero nella sua ricerca per riconquistare il proprio mondo.

Ariel li osserva tutti. Poi il suo sguardo si posa su un gruppo di cosiddetti forzuti, che indossano pochissimi indumenti e assomigliano molto al cast di 300.

Ariel sorride in segno di apprezzamento, e grida loro qualcosa, apparentemente in greco.

Ha appena emesso un versaccio diretto a un gruppo di uomini? La cosa non mi sorprenderebbe.

Il cast di 300 flette all'unisono una serie di muscoli e le sorride, rispondendo poi nella stessa lingua.

"Ciao" dice Felix dietro di lei. "Com'è la vita da supereroina?"

"Ehi, smettila di mettermi i bastoni fra le ruote" replica Ariel, girandosi verso di lui. "Speravo di ricavare un appuntamento, ma adesso penseranno che mi piacciano i robot."

"Questi tizi appartengono alla tua stessa specie di Conoscenti?" chiede Felix, esaminando gli addominali perfetti dei guerrieri e altri attributi simmetrici.

"Sì" risponde lei, tornando a guardare il gruppo con vivo desiderio. "Saranno molto utili nell'eliminare il resto dei seguaci di Tartaro."

Felix solleva la piastra della tuta, scoprendo l'espressione seriosa al di sotto di essa. "Non li uccideremo *tutti*" dice. "Alcuni disattiveranno la malia, o come si chiama, e si nasconderanno tra gli umani. Cosa più importante, non siamo qui per un genocidio. Almeno, non *io*."

Ariel distoglie lo sguardo dalla delizia per gli occhi rappresentata dai forzuti, e inarca un sopracciglio perfetto davanti a Felix. "Ti sei perso la parte sulle fosse di riproduzione?" chiede. "Perché dovremmo lasciare alcuni di questi bastardi in vita?"

"Senti, io voto per liberare i prigionieri da quelle fosse" risponde lui. "È la ragione per cui sono qui. Ma se qualche seguace di Tartaro dovesse arrendersi, vivrà. L'ha detto anche Nero."

"Sasha sta rendendo Nero più morbido. Perché

farlo? Cosa impedirà a questi tizi di mettere insieme delle forze armate, e ripartire all'attacco un giorno?"

"Forse Nero conosce la storia" dice Felix. "Ciò che suggerisci è stato quasi fatto ai draghi ad un certo punto. In ogni caso, c'è un motivo, se i movimentatori di terra del pianeta degli anni ottanta sono con noi. Faranno sì che il terreno ingoi i portali che portano verso e fuori da questo mondo. Così, dato che adesso tutti i teletrasportatori generati da Tartaro sono morti, nessuno causerà mai più problemi al di fuori di questo mondo."

"Okay" brontola Ariel. "Posso solo dire che questi stronzi sono fortunati, perché non ci sono io al comando. *Io* li avrei eliminati completamente."

"Beh, la tua sete di sangue potrebbe comunque essere soddisfatta in modo naturale" dice Felix. "Senza l'accesso ad altri mondi, dovranno imparare a risucchiare l'energia dagli umani in maniera sostenibile, come i vampiri. Se fallissero, rimarrebbero senza umani e morirebbero."

"E sarebbe pessimo per gli umani" osserva Ariel.

"Ti ripeto, non abbiamo modo di separare gli umani da questi tizi, perciò, o uccidiamo chiunque sul pianeta, o liberiamo i Conoscenti dalle fosse di riproduzione e ce ne andiamo. L'ultimo piano, almeno, prevede una possibilità per gli umani."

"Magari gli umani li annienteranno" afferma Ariel. "I genocidi sono comuni nella loro storia, quindi perché non compierne uno utile stavolta?"

"Ricordami di non far mai emergere il lato cattivo

del tuo carattere." Felix abbassa la piastra facciale della tuta del robot.

"Io non ho un lato cattivo." Ariel si lega i capelli in una stretta coda di cavallo, e fa qualche movimento di stretching. "Su, la marcia sta per iniziare."

———

COMINCIA UN'ALTRA VISIONE... sempre sul pianeta con due soli.

Questo nuovo luogo somiglia molto al precedente. Non penso si siano allontanati molto. L'unica differenza è che c'è un castello in lontananza.

Ah, e l'esercito.

Due eserciti, se si contano Ariel e i suoi alleati.

Le forze armate si trovano l'una di fronte all'altra sull'altopiano, con i figli di Tartaro più vicini al castello lontano.

"E quello è l'equivalente di un mondo intero di succhia-energia?" borbotta Felix attraverso la visiera della tuta. "Pensavo che ce ne sarebbero stati di più."

"Scommetto che la maggior parte delle forze di Tartaro è morta durante l'attacco nel mondo degli anni ottanta" replica Ariel, osservando l'esercito nemico con sguardo torvo. "Queste sono probabilmente le guardie, rimaste ad assicurarsi che i poveri disgraziati delle fosse di riproduzione non fuggano."

"Se è così, sentiti libera di ucciderle tutte senza rimorsi" dice Felix.

"Oh, è questo il mio intento." Ariel fa scrocchiare le nocche.

Con un urlo di guerra, l'esercito di Tartaro si lancia verso di loro.

Rispondendo con un grido molto più rumoroso e feroce, i centauri, i basilischi e i giganti partono alla carica con gli altri Conoscenti alle calcagna.

Gli eserciti si scontrano.

Tra i seguaci di Tartaro c'è un tremendo numero di vittime, ed essi cominciano a ritirarsi.

Per qualche motivo, i nostri li lasciano fare, e alla fine risulta essere una pessima idea, poiché i figli di Tartaro cominciano a risucchiare la loro energia da lontano.

Molto presto, Felix, Ariel, i giganti, i Centauri e gli altri sono in ginocchio, a gemere di dolore.

A quel punto, capisco perché abbiano permesso la ritirata.

Non è stato un errore, dopotutto.

Il ruggito di un drago scuote la terra calpestata da tutti i presenti.

Quando i cattivi alzano lo sguardo, vedono Claudia e un cielo intero costellato di draghi.

"Sì!" grida eccitata Ariel. "Questo farà proprio male."

I draghi devono aver fatto pratica con la mossa successiva. Prima che i figli di Tartaro possano rivolgere il risucchio di energia verso il cielo, piombano su di loro all'unisono, ricoprendo il suolo con il proprio soffio, e lasciandosi dietro nient'altro che ceneri.

CAPITOLO TRENTASEI

LE VISIONI alla fine s'interrompono.

Sono di nuovo nella sala giochi, dove sto uccidendo Nero.

Tartaro sta ancora risucchiando l'energia da me e da Lilith, ed eliminando i nostri ultimi alleati vampiri.

Dal canto suo, Lilith sta combattendo contro gli ultimi tirapiedi di Tartaro.

Maledizione.

Tutte quelle visioni, e ancora non ho proprio idea di come ribaltare la situazione.

Cerco di tornare nello Spazio Mentale, ma dopo uno, due, tre tentativi non funziona.

Tutto qui. Evidentemente, ho esaurito il potere di veggente.

Bleah. Perché la fortuna mi ha aiutata ad avere tutte quelle visioni?

All'inizio, pensavo che mi mostrasse una via d'uscita. Ma adesso mi chiedo se l'obiettivo delle visioni non fosse quello di lasciarmi morire, sapendo che, almeno, i miei amici avrebbero vinto la loro parte di combattimento, e la Terra sarebbe stata salva. Nero aveva ragione su quel punto. Anche se Tartaro vincesse qui, non possiederebbe un esercito come appoggio, perciò un suo imminente attacco alla Terra sarebbe improbabile.

Ma no.

Doveva esserci una visione da poter usare, in quella sequenza.

In qualche modo.

Poi ricordo una cosa.

Sì. Potrebbe funzionare. Ma quali sono le possibilità?

Immagino che sto per scoprirlo.

Mi calo nello stato mentale della manipolazione delle probabilità, ma stavolta mi concentro solo sull'improbabile scenario a cui ho appena pensato.

Compare un unico filo. Un filo familiare... tanto spesso quanto il tronco di una sequoia.

Merda. Ciò dimostra che quest'idea è davvero improbabile.

Ma devo comunque farla funzionare. Non esistono altre opzioni.

Desiderando di controllare il mio corpo abbastanza da digrignare almeno i denti, afferro il filo a livello metafisico... ma esso scivola tra le mie dita metafisiche.

Oh no, non lo farai.

Lo afferro di nuovo.

Quello stupido filo mi sfugge ancora una volta.

"Sono la più potente manipolatrice delle probabilità su questo pianeta" dico al filo, e cerco di convincermene. "Se c'è una persona capace di farlo avverare, sono io."

Qualcosa sembra cedere solo un pochino, perciò rinnovo gli sforzi allo stesso modo, gridando mentalmente al filo come un'ossessa.

Dato che questa battaglia non è fisica, fingo di trovarmi nello Spazio Mentale, per ordinare ai fasci eterei di spuntarmi, e avvinghiarli attorno al filo come un polpo arrabbiato.

Non so bene se sia per l'ultima parte della visualizzazione, o per l'esperienza nella manipolazione delle probabilità acquisita nelle mie visioni, ma quando scatta, il filo si spezza come un albero tagliato.

La manipolazione delle probabilità dentro di me si sente prosciugata adesso, come uno dei cadaveri che si lascia dietro Tartaro. Niente ulteriori manipolazioni delle probabilità per oggi. Giusto per verificare se ho ragione, cerco di controllare il destino di nuovo... e fallisco miseramente.

Adesso, tutto dipende dalla volontà di quel filo di fare ciò che speravo.

E un secondo dopo, succede.

Eric, Vlad e Rasputin si materializzano tra me e Lilith, con Vlad che stringe la katana, e Rasputin che si guarda intorno sgomento.

Sì! Era ciò a cui miravo. Vedendoli teletrasportarsi in un parcheggio, mi ero chiesta se, invece, avrei potuto indirizzare Eric verso questo luogo.

"Che diavolo?" esclama Eric, guardandosi intorno. "Non volevo teletrasportarmi qui."

"Un teletrasportatore." Tartaro smette di risucchiare l'energia a me e a Lilith, uccide l'ultimo vampiro contro cui stava combattendo, e avanza verso Eric. "Tu mi porterai via da qui."

Merda. Questa è una falla nel mio piano. Nostradamus aveva insistito nel non includere alcun teletrasportatore in questo luogo, ed evitare di offrire a Tartaro una possibilità di fuga.

Ma è un rischio che dovevo correre. Nero dev'essere salvato, anche se ciò comportasse la libertà di Tartaro.

Eric osserva l'arrivo di Tartaro, come farebbe un coniglio con un serpente.

Se potessi parlare, griderei a Eric di teletrasportare *me* lontano da Nero.

"Nessuno si teletrasporterà da nessuna parte" ringhia Lilith, fissando Eric dritto in faccia con gli occhi che si trasformano in specchi. "Non ti muovere. Capito?"

"Sì" risponde Eric con la voce soggiogata.

Prima che Tartaro possa ricominciare a prosciugarla, Lilith si sbarazza in fretta del sosia di Lance Burton e di due degli ultimi figli contro cui combatteva.

Tartaro è quasi addosso a Eric, quando lei saetta in quella direzione.

"Tieni." Vlad getta la katana in mano a Rasputin, e si

piega per raccogliere la spada al plasma accanto al mio piede.

Questo è un rischio.

Se Lilith me lo ordinasse, attaccherei Vlad. La buona notizia è che Lilith è troppo occupata nel raggiungere Eric.

"Che sta facendo Sasha?" chiede Rasputin a nessuno in particolare. "Perché sta uccidendo Nero?"

"Il legame con il sire" ringhia Vlad, attivando la spada. "Non lo farebbe di sua spontanea volontà. Fidati di me."

Una maschera di pietra sembra calare sul volto di Rasputin.

Lilith raggiunge Eric una frazione di secondo prima di Tartaro... e affonda le zanne nella gola del povero teletrasportatore.

Vedendo l'occasione del teletrasporto andare in fumo, Tartaro si ferma, lancia a Lilith un'occhiata letale, e le punta addosso entrambe le mani per il risucchio di energia.

Lei viene scossa dalle convulsioni per il dolore, ma continua a succhiare il sangue di Eric... probabilmente, nella speranza di contrastare parte del risucchio di energia.

Rasputin guarda me, poi Lilith, e di nuovo me.

Vlad balza addosso a Tartaro con la spada al plasma sollevata.

"Sì, prendilo" sibila Lilith, sollevando la testa. "Vengo da te in..."

Con mani tremanti, Rasputin vibra un colpo di katana.

La lama affilata penetra nel collo di Lilith, poi fuoriesce dall'altra parte, staccandole la testa dalle spalle.

Che cosa. È appena. Successo?

Una cascata di sangue sgorga dal collo di Lilith, ricoprendo Rasputin dalla testa ai piedi. Il suo corpo decapitato si gira, e lo colpisce in piena faccia... così forte, da mandarlo a sbattere contro la vicina macchina di *Donkey Kong*.

Davvero, è un incubo?

Quasi mi aspetto di vedere il corpo di Lilith agguantare la testa a mezz'aria e riattaccarsela, ma in realtà non è una divinità. Completato l'ultimo movimento, il suo corpo decapitato si accascia.

La testa in sé rotola sul pavimento, fermandosi a faccia in su, con gli occhi azzurri di Lilith che fissano Rasputin, privo di sensi, in maniera accusatoria, finché l'ultima scintilla di vita in essi svanisce.

Chissà se si è accorta dell'ironia dei suoi ultimi istanti. Conobbe Rasputin per generarmi, ed evitare di morire per mano di Tartaro... e ha funzionato. Grazie alla mia manipolazione delle probabilità e alla decisione di Rasputin, non dovrà mai più preoccuparsi di Tartaro.

Sbatto le palpebre per volontà mia... e noto che il legame con il sire è sparito.

Mi stacco da Nero.

Ora che ho il cuore di nuovo sotto il mio controllo,

esso comincia a battermi nel petto, come se fosse posseduto da un esercito di scoiattoli iperattivi.

Sotto di me, Nero sembra più pallido di un vampiro.

È troppo tardi?

Oh, ti prego, fa' che non sia troppo tardi.

Con mani tremanti, cerco le pulsazioni sul lato privo di morsi del suo collo.

È talmente debole, che riesco a malapena a sentirlo.

Aprendomi il pollice con una zanna, spremo una goccia di sangue, e spingo il dito nella bocca di Nero.

La sua lingua sfiora la goccia, e lui diventa leggermente meno pallido. Senza la visione potenziata, dubito che mi sarei accorta del cambiamento.

"Stai bene?" gli sussurro. "Ti prego, devi stare bene."

Nero non risponde, perciò estraggo il pollice e constato il problema. La ferita è già guarita. Buco di nuovo il dito, spremo altro sangue, e lo infilo nella sua bocca.

Il battito cardiaco di Nero acquisisce un po' di forza.

Sì. Sono sulla pista giusta.

"*Devi* riprenderti" gli dico. "Perché anch'io ti amo."

Vorrei pensare che sia l'ultima parte l'aiuto più consistente.

Di certo, in questo caso, sarebbe romantico.

Ma al di là del motivo, Nero riesce ad aprire un occhio e, anche se di poco, a sollevare un sopracciglio.

Sospetto che, se fosse nelle condizioni di parlare,

direbbe: "Ho dovuto patire fino a questo punto, per farti ammettere finalmente i tuoi sentimenti?"

Soffocando la tentazione di sciogliermi dal sollievo, gli do un'altra goccia del mio sangue.

"Tartaro" sussurra con voce rauca. "Vai. Io sopravvivrò."

È a questo punto, che divento consapevole di cosa stia succedendo nella stanza.

Vlad sta mirando alla gola di Tartaro con la spada al plasma, muovendosi rapido e sfocato.

Sì! Decapita il bastardo!

Ma invece della carne di Tartaro, la lama affonda nella pietra che alimenta il campo di forze intorno a lui.

Con un ruggito di rabbia, Tartaro afferra Vlad per il polso, e gli strappa di mano la spada al plasma.

Non va bene.

Balzo verso la katana accanto al corpo decapitato di Lilith, e la lancio a Vlad, dopodiché corro verso di loro.

Il campo di forze di Tartaro sfarfalla e svanisce.

Vlad intercetta la katana, e mira alla pancia ora scoperta di Tartaro.

Quest'ultimo para il colpo con la spada al plasma... che penetra nel metallo della katana come se fosse fatta di nebbia. Vlad continua a sferrare il colpo con il frammento restante di spada, ma non fa che graffiare la pelle di Tartaro.

La lama di Tartaro non rallenta.

"No!" grido, accelerando fino a diventare quasi sfocata. Ma è troppo tardi.

La spada al plasma trafigge il corpo di Vlad, fendendolo dalla spalla all'inguine.

Con un grugnito, Vlad crolla in ginocchio ai piedi di Tartaro.

Appena li raggiungo, sferro un pugno verso la faccia di Tartaro.

Quest'ultimo vola dall'altra parte della stanza, distruggendo due macchine da sala giochi, prima di sbattere contro la parete con una pioggia di cartongesso tutt'intorno.

Wow. Il sangue di Nero mi rende davvero potente.

Pur sapendo di dover attaccare Tartaro prima che si riprenda, m'inginocchio vicino a Vlad.

Non sembra messo bene. La ferita aperta non sembra curabile.

"Non puoi fare nulla per me. Vai" gracchia, tossendo sangue. Un sorriso di beatitudine gli illumina il viso pallido, mentre il suo sguardo si solleva verso il soffitto. "Rose, cara, sto arrivando. Finalmente, torno da te." E con un ultimo respiro, i suoi occhi si chiudono, e il suo corpo si accascia a terra.

Mi sento intorpidita.

Nero è quasi morto.

Mia madre biologica, con tutti i suoi difetti, se n'è andata, uccisa da mio padre biologico.

Rasputin, Chester e Kit sono stati messi tutti fuori gioco, o peggio.

E ora Vlad.

Avevo promesso a Rose di badare a lui... e ho fallito nel peggior modo possibile.

Stringo i pugni.

Se non sono riuscita a proteggere Vlad, almeno lo vendicherò.

Sfreccio verso il soffitto, poi mi tuffo verso il punto in cui Tartaro giace in mezzo alle macerie.

È giunto il momento di far avverare la profezia di Nostradamus una volta per tutte.

CAPITOLO TRENTASETTE

A DENTI STRETTI, volo in una posa di cui Superman sarebbe fiero, con i pugni tesi in avanti.

Prima di raggiungere le macerie, Tartaro balza in piedi, e vibra un colpo verso di me con la spada al plasma.

In un movimento rapido, schivo l'attacco, e rispondo con un pugno sulla sua mascella.

Lui fa un volo di un paio di metri, poi sfonda un flipper di *Evel Knievel*, con un'esplosione di schegge di vetro in ogni direzione.

Mi affretto ad agguantare la sua spada, mentre balza in piedi.

Capendo il mio intento, descrive un ampio arco con essa, e la lama al plasma sibila a pochi centimetri dal mio collo.

Miro alle sue gambe.

Lui salta, prima di colpirmi con la spada.

La schivo di lato, poi gli stringo il polso che brandisce la spada in una morsa di ferro.

Mi colpisce in faccia con l'altro pugno.

Vedo le stelle, ma riesco a rimanere in piedi, e il labbro spaccato mi guarisce all'istante.

Mi colpisce ancora, stavolta allo stomaco. Qualcosa dentro di me si rompe, guarendo rapidamente quasi quanto il labbro.

Intercetto l'altro polso.

Mi dà una testata, sbattendo la fronte contro la mia.

Ahia.

Il mio cranio si frattura, e la pelle della fronte si lacera per l'impatto. Ma sono ferite brevi tanto quanto le altre: grazie, performance in TV e sangue di Nero.

La fronte di Tartaro, invece, sanguina ancora. A quanto pare, il suo attacco ha fatto più male a lui che a me.

Cerca di liberarsi dalla mia stretta con una rotazione, ma io sono più forte.

Mi sforzo di spingergli la mano che regge la spada verso di lui.

Il panico compare nei suoi occhi, e Tartaro disattiva la spada al plasma.

Con un violento strattone, gli torco il polso, e l'arma sbatte per terra.

Tartaro ringhia, poi torce l'altra mano per puntare le dita verso di me, e sento cominciare il potente risucchio di energia.

Tutto il suo potere è rivolto a me adesso, e l'agonia è talmente vertiginosa, che lotto per non perdere i sensi.

Ma siamo in due a poter fare lo stesso gioco. Estratte le zanne, lo attiro di colpo verso di me, e gliele affondo nel collo.

Il sapore del suo sangue dovrebbe essere disgustoso, invece è paradisiaco. Comincio a tracannarlo avidamente, e sento i miei livelli di energia reintegrarsi.

Tartaro comincia a dimenarsi come un pesce preso all'amo, ma io succhio più forte.

Il dolore per il risucchio di energia si smorza fino ai livelli sperimentati durante il Rito.

La lotta di Tartaro si fa più dura. "Ti prenderò la forza vitale, prima che tu riesca a dissanguarmi" sibila. "Poi ucciderò tutti quelli che..."

Prima che riesca a completare la minaccia, gli stringo i polsi così forte da fratturarli, poi sfreccio verso l'alto come un razzo.

Urtiamo il soffitto, sfondandolo ed esplodendo sul tetto, mentre voliamo come un siluro nel cielo.

Per tutto il tempo, continuo a bere il sangue di quel bastardo, che mi sta prosciugando l'energia.

Quando arriviamo ad un centinaio di metri da terra, scendo in picchiata come un falco a caccia della preda, con Tartaro posizionato sotto di me.

Dimena gli arti con più energia, mentre scendiamo a razzo verso il suolo, ma percepisco a malapena la sua lotta.

Urtiamo il tetto della sala giochi a velocità supersonica, un impatto che scuote ogni osso del mio corpo. La schiena di Tartaro lo assorbe per la maggior parte, mentre sfondiamo il tetto, poi il soffitto, e infine il pavimento.

Ansimando, striscio via da lui... e mi rendo conto di aver generato un cratere nel pavimento della sala giochi.

È ufficiale. Io e il sangue di Nero seminiamo crateri dappertutto.

Dentro di esso, il corpo di Tartaro sembra fratturato oltre ogni possibile guarigione, ma non voglio correre rischi.

Zoppicando fino alla spada al plasma, la raccolgo, attivo la lama, e torno al cratere.

Tartaro comincia a muoversi.

Allora non era morto.

"Questo è per Vlad" dico tetramente, squartandolo in due per lungo. "E questo è per Chester." Lo trapasso da una parte all'altra del busto. "E questo è per i miliardi di persone che hai ucciso."

Colpisco ancora.

E ancora.

CAPITOLO TRENTOTTO

IL PENSIERO di Nero mi distrae dalla sete di sangue. Interrompendo la mia macabra opera, corro verso di lui, e noto che sembra ancora uno spettro.

"Tieni." M'inginocchio, mi ferisco un dito, e glielo porgo.

Scuote la testa. "Il sangue di vampiro non mi guarirà oltre. Va' ad aiutare gli altri piuttosto."

Nonostante la mia riluttanza nel lasciarlo, ha ragione. Gli altri hanno proprio bisogno di aiuto.

Balzando in piedi, esamino rapidamente la stanza, e mi precipito verso Chester... che potrebbe essere vivo oppure no.

Quando premo le dita sul suo battito cardiaco, lo trovo.

Manipolatore fortunato. Alla fine, è solo svenuto.

Gli do un po' del mio sangue, e lui apre subito gli occhi.

"Abbiamo vinto?" chiede con voce roca, nell'alzarsi a sedere.

"Tartaro non esiste più" rispondo cupamente, osservando il corpo di Vlad .

"Oh" mormora Chester, individuando il cadavere decapitato di Lilith.

Seguo il suo sguardo, mentre provo una stretta al petto.

Nonostante ciò che lei era, e quello che mi aveva quasi costretta a fare, questa perdita fa comunque male. Significa che c'è qualcosa che non va in me? O che c'è qualcosa di giusto?

Mostro o no, *era* mia madre biologica.

A proposito di genitori biologici, sfreccio verso Rasputin, ancora incosciente, e gli do una goccia del mio sangue.

Riprende i sensi dopo un momento, quindi guarda il cadavere di Lilith. Il suo volto si contorce dal dolore, prima di appianarsi in una maschera indecifrabile. "È finita?" chiede, tremante. "L'hai preso?"

Indico la tartare di Tartaro al centro della stanza, e Rasputin annuisce solennemente.

Poi corro verso Kit, e le do una goccia di sangue.

"È buono" cantilena, aprendo gli occhi. "Posso averne ancora?"

"No" rispondo con fermezza. "Non hai bisogno di altre dipendenze."

"Guastafeste" brontola, alzandosi a sedere.

Poi guarisco Eric, e vado quindi da Nostradamus, che curo con esitazione. Lui si alza a sedere tra colpi di tosse, e si massaggia le cicatrici rimaste al posto degli occhi. "Allora." La sua voce è rauca. "Ce l'hai fatta."

Si tratta di un'affermazione, non di una domanda, come se non ci fosse mai stato alcun dubbio.

Vorrei interrogarlo su tutta la faccenda, ma non è il momento adatto.

Lo lascio, per avvicinarmi a Vlad.

Il suo corpo giace immobile, e i suoi occhi aperti sono spenti e incapaci di vedere.

Provo una dolorosa stretta al petto, mentre mi vengono gli occhi lucidi.

Vlad se n'è andato.

Andato davvero.

L'ultimo collegamento che avevo con Rose si è spezzato.

"Potrai piangerlo più tardi." Nostradamus mi mette una mano sulla spalla. Deve avermi seguita fin qui. "Ho visto i futuri. Nero ha bisogno di te. Le sue condizioni sono ancora..."

Non ha bisogno di aggiungere altro.

"Eric, portaci all'hub" dico con urgenza, afferrando il teletrasportatore e sfrecciando verso Nero, ancora prono... e sempre piuttosto pallido.

Sbattendo debolmente le palpebre, Eric ci teletrasporta lo stesso vicino all'esatto portale che mi serve per andarmene da questo pianeta.

"Grazie" gli dico. "Ora va' a dare una mano nel prossimo combattimento."

Perché le visioni avute durante la ricerca di un modo per spezzare il legame con il sire riguardavano un futuro ancora da verificarsi. Tutte le battaglie che ho visto stanno per scoppiare, sempre se non sono già cominciate.

Eric svanisce, e prendo in braccio Nero nel modo che gli piace tanto usare con me, come una sposa. Sebbene abbia gli occhi chiusi, un debole sorriso gli incurva le labbra, mentre mi cinge il collo con un pesante braccio, e voliamo entrambi attraverso il portale.

Riemersi dall'altro lato, vado dritta verso il portale successivo. Poi un altro, e un altro ancora.

Per fortuna, ho memorizzato il percorso seguito da Lilith, quando mi aveva rapita.

Volo da un portale all'altro in rapida successione, fino ad arrivare sulla Terra. Qui, ho due possibilità: andare nell'edificio dove lavoriamo, e dove si trova la sua montagna di tesori locale, o portarlo nel mondo dei draghi, sede del gruzzolo imperiale.

Non posso volare liberamente sulla Terra, il che significa taxi e traffico. E se il traffico è abbastanza intenso, potrebbe essere una via più rapida trasportare Nero attraverso tutti quei portali fino al castello dei draghi, nel suo mondo... dove la montagna dei tesori imperiali è molto più vasta.

Presa la decisione, sfreccio in un altro portale, cominciando a seguire il tragitto verso la terra natia di Nero.

Arrivata nel mondo di Jaylen, quello che Tartaro e i suoi parenti avevano già prosciugato, esco dall'aeroporto e mi libro in volo, raggiungendo l'altro hub in tempo di record. Gli altri portali passano in un lampo, finché non raggiungo il mondo dei draghi; poi volo di nuovo, sfrecciando verso Godiva come un jet.

Mi chiedo se sarò sempre capace di volare così velocemente, o se sia solo un effetto collaterale temporaneo, per essermi rimpinzata del sangue di Nero.

Una volta dentro il castello, corro sul retro, sfreccio giù per la scalinata che porta alla sala del tesoro, e poso Nero su un letto di monete d'oro.

Immediatamente, il suo battito cardiaco torna normale, e le sue guance riacquistano il colorito. Riaperti gli occhi, incrocia il mio sguardo. "Grazie" dice con la sua voce ringhiante, mentre gli sposto una ciocca di capelli dalla fronte. Poi mi attira a sé, preme le labbra contro le mie in un bacio intenso, e si alza a sedere.

"Che stai facendo?" chiedo, sorpresa.

"Dobbiamo tornare indietro, per aiutare Claudia e gli altri."

Aggrotto la fronte. "Non hai bisogno di guarire durante il sonno in forma di drago, per riprenderti del tutto?"

"Sto bene" ringhia, alzandosi. "Adesso sono in grado di volare. E tu? Sei troppo stanca per combattere?"

"No. Ho ancora il tuo sangue in circolo" rispondo. "Andiamo."

Annuisce, e voliamo, sfocati, fuori dal castello fianco a fianco. Poi si trasforma in drago, e fluttuo verso l'alto per appollaiarmi sulla sua schiena.

La cavalcata è quasi divertente stavolta. Mi aiuta

proprio sapere che, se dovessi cadere, potrei semplicemente volare da sola.

Una volta tornati nel mondo anni ottanta, la lotta nella stazione è terminata, ma il portale temporaneo che conduce nel mondo di Tartaro c'è ancora.

Nero riassume la forma umana, per non dare indizi sull'attacco dei draghi che avverrà più tardi, e lo attraversiamo.

Usciti nel mondo di Tartaro, schizziamo verso il punto in cui gli eserciti si stanno affrontando, e ci buttiamo nella mischia con un grido di guerra.

Le mani di Nero si trasformano in artigli, e lui fa a pezzi la progenie di Tartaro. Come tributo adeguatamente raccapricciante a Lilith, uccido ogni nemico con una creatività inquietante, fino ad essere ricoperta di sangue.

Grazie al nostro contributo, alcuni dei figli di Tartaro si arrendono invece di ritirarsi, di conseguenza hanno salva la vita.

Gli altri seguono il copione che ho visto nella visione. Si ritirano, per risucchiare vilmente la nostra energia da lontano, e vengono quindi inceneriti da un coordinato attacco dei draghi.

E di punto in bianco, ciò che resta delle forze di Tartaro scompare.

CAPITOLO TRENTANOVE

SUBITO DOPO LA BATTAGLIA, io e Nero ci assicuriamo che tutti stiano bene, poi decidiamo di non fermarci per la fase successiva: la liberazione dei prigionieri dalle fosse di riproduzione, e la distruzione dei portali che portano a questo mondo.

I nostri alleati sono più che capaci di cavarsela da soli.

Nero ordina invece a Eric di teletrasportarci all'hub ancora intatto. Noi tre attraversiamo alcuni portali, prima che Nero lasci andare Eric. Una volta soli, Nero si trasforma in drago, e mi chiede di salire.

Attraversiamo in volo l'Altra Terra in cui presto riconosco Atlantide, il mondo di origine dei forzuti.

Dopo aver girato intorno a un'isola per qualche minuto, Nero atterra su una scogliera incredibilmente romantica, dove una maestosa montagna erosa dagli agenti atmosferici dà sull'oceano blu.

Poi si trasforma in un uomo nudo, rendendo il panorama ancora più bello.

"Pensavo che avessi bisogno di una vacanza" dice con un luccichio negli occhi grigio-azzurri. "Il tempo scorre velocemente qui, perciò potrai fermarti tutto il tempo che vorrai per riprenderti, e nessuno se ne accorgerà a casa."

Ah, sì. Abbiamo finalmente la possibilità di parlare.

Sostenendo lo sguardo di Nero, inspiro. "A casa." Inclino la testa. "E dov'è esattamente per te?"

Si acciglia.

"Hai intenzione di governare il mondo dei draghi?" specifico. "È lì la tua casa adesso? Perché la mia è sulla Terra, sai, dove i miei genitori…"

Solleva le sopracciglia. "Stai complicando le cose inutilmente?"

Di fronte alla mia mancanza di espressione, sospira e mi posa le grandi mani sulle spalle, stringendomi leggermente i muscoli tesi. "Non ho mai voluto abbandonare il mio fondo, e tutta la vita che ho costruito sulla Terra. Io e te possiamo passare parte del tempo a New York, e parte nel mio mondo. Non c'è mai stata la previsione di scegliere l'uno o l'altro."

Mentre parla, sento che mi toglie un peso dal petto. Come ho fatto a non pensare a quest'idea? È letteralmente il meglio di entrambi i mondi. È perfetto.

"Per quanto riguarda i tuoi genitori" continua, "di' loro che hai avuto una promozione, e che adesso devi passare parte del tempo nel nostro ufficio in Giappone."

"A proposito." Sogghigno. "Non penso di poter più lavorare per te. Non sono una che va a letto con il capo, e cose del genere."

Un sorriso gli sfiora gli occhi. "In questo caso, penso che ti permetterò finalmente di licenziarti."

"Che generosità, grazie."

Il suo sorriso si allarga in un sogghigno. "Ti sei guadagnata una pensione, se è quello che vuoi. In alternativa, ora che hai costretto il Consiglio a lasciarti praticare i tuoi numeri da illusionista con le minacce, immagino che potresti fare *quello*... e su più mondi, se lo desideri."

"Lo desidero" replico. "Voglio diventare famosa sulla Terra, ed essere la tua maga di corte nel mondo dei draghi. Come Merlino, ma più sexy."

"No." Curva la mano sulla mia mandibola. "Nel mio mondo, ti considereranno la mia regina."

Per poco non mi va di traverso la saliva.

Era un'indiretta proposta di matrimonio?

Fisso il volto di Nero dai lineamenti duri.

Mi fissa anche lui, senza battere le palpebre.

Sì, lo era proprio.

Merda. Non sono preparata nemmeno a pensarci.

Tecnicamente, non stiamo neanche uscendo insieme. Queste cose richiedono delle fasi, e salvare pianeti insieme non conta.

D'altro canto, non ho bisogno del potere di veggente per sapere che apprezzerei enormemente tutte le fasi, e se tutto andrà bene, vedremo. Per ora, mi conviene cambiare argomento.

"Possiamo andar via da New York nei mesi invernali?" chiedo. "Com'è Godiva in quel periodo dell'anno?"

Solleva un sopracciglio. "Migrazioni nelle Altre Terre? Se vuoi fuggire alla ricerca del bel tempo, *questo* è il posto giusto." Indica il pittoresco ambiente intorno a noi.

Inspiro la brezza salata, e lascio correre lo sguardo lungo l'orizzonte. "Hai ragione. Stiamo qui per un anno. O due."

"Quanto vuoi tu" dice seriamente. Il suo pollice mi accarezza il labbro. "Con il tuo potere di veggente, lo saprai se qualcuno oserà venirci a disturbare... e lo ucciderò, ancor prima che si metta in testa di venire."

"Affare fatto" dico, sentendomi di colpo stanca. Gli avvenimenti della giornata cominciano a pesarmi tutti insieme.

Come percependo il mio cambiamento di umore, Nero mi prende il viso tra le mani, e mi guarda attentamente negli occhi. "Come *ti senti*, Sasha? Sul serio?"

"Non lo so." La mia voce s'inceppa. "Stanca. Intontita. Felice che siamo vivi. Ma Lilith e Vlad e..."

"Lo so" afferma gentilmente. "Per questo hai bisogno di tempo."

"Già." Sento una pressione dietro gli occhi , e il mento comincia a tremarmi.

Maledizione. Sto davvero per scoppiare a piangere come una smidollata, invece dell'ibrido vampiramanipolatrice-veggente dai superpoteri che sono diventata?

Sì, okay. Forse.

Ma prima che ne abbia l'opportunità, Nero mi attira a sé, cingendomi con le braccia, e la parte peggiore del bruciore dietro gli occhi si quieta. Mi tiene così per quelli che sembrano due giorni, e quando ci stacchiamo, mi sento abbastanza bene da volare giù nell'oceano.

Una volta lì, perdo prontamente i vestiti, e Nero mi raggiunge rapido tra le onde. Nel giro di poco tempo, stiamo causando degli tsunami, e festeggiando la vita nel miglior modo possibile.

———

QUALCHE ORA DOPO, mentre sono sdraiata sulla spiaggia tra le sue braccia, in uno stato di beatitudine post-coito, controllo pigramente se le mie abilità di veggente sono tornate... e scopro che è così.

Bene. Sono curiosa del futuro. Nello specifico, del *nostro* futuro.

Balzando nello Spazio Mentale, invoco abilmente le forme necessarie, e m'immergo in esse.

———

VEDO me stessa esibirmi al Madison Square Garden di New York, con Nero, mamma, papà e Rasputin che mi guardano orgogliosi dalla prima fila.

È uno spettacolo che ho rispolverato in centinaia di performance, e il migliore finora.

Ed è meglio così, dato che viene registrato per uno speciale su Netflix.

———

RIPRENDENDO LA VISIONE PRECEDENTE, vedo un gigantesco teatro nel mondo dei draghi... costruito specificatamente per questo scopo, con trabocchetti e altre cose infide progettati personalmente da me.

In un mondo senza televisione, sono il miglior intrattenimento che abbiano mai visto questi umani, e perfino i draghi rimangono colpiti, quando partecipano.

———

NELLA TERZA VISIONE, papà e Rasputin (che sto chiamando papà più spesso) mi accompagnano all'altare.

Il luogo è il Palace, l'hotel preferito di mio papà a New York.

Sono presenti tutti i Conoscenti che ci hanno aiutato nella battaglia con Tartaro... o almeno, quelli con un aspetto abbastanza umano, da poter venire sulla Terra. Gli altri hanno partecipato al mio primo matrimonio nel mondo dei draghi.

E a proposito del primo matrimonio, ai draghi è

piaciuto così tanto, che stanno presenziando anche a questo.

Guardo il punto in cui è seduta la mia famiglia, e qualcosa di veramente strano attira la mia attenzione. La persona accanto alla mamma dovrebbe essere l'uomo misterioso con cui usciva. Siccome è 'finalmente diventata una cosa seria', oggi è il giorno in cui ce lo presenterà.

Tranne il fatto che lo conosco già. Lo conosco troppo bene.

È Nostradamus.

Osservo sorpresa il veggente cieco, mentre tutto comincia a quadrare.

La mamma l'aveva conosciuto durante la sua visita a Parigi, dove Nostradamus vive di solito. Aveva bisogno di lei a New York, come parte dello schema che si concludeva con la mia trasformazione in vampira, quindi deve aver combinato un incontro con lei, e presumo che la situazione sia degenerata da lì.

Per quanto sia tentata di comportarmi da sposa ansiosa, sfogandomi sui loro sederi, non lo faccio. Ma chi s'inventa una trovata del genere al matrimonio di una persona? Riguarda solo me (e Nero, credo), ma perlopiù me.

Il matrimonio reale nel mondo dei draghi era incentrato su Sua Maestà Imperiale.

Una volta terminate le feste, io e Nostradamus faremo quattro chiacchiere. Forse contribuirà anche Nero... a seconda di cosa mi dirà la mamma della loro relazione.

"Non sapevo come dirtelo" sussurra Rasputin, seguendo il mio sguardo. "Per quel che vale, lei è felice in ogni futuro che ho controllato."

"Le conviene" sibilo. "Se la fa soffrire, lo uccido."

Nostradamus mi saluta con la mano. Deve averlo previsto. A volte, ho la netta sensazione che ogni singolo momento della mia vita sia stato scritto in un copione da quell'uomo, molto prima della mia nascita.

D'altro canto, se fosse vero, forse dovrei ringraziarlo? Ha portato a questo, in effetti.

Mentre ci avviciniamo all'altare, guardo lo sposo in sé. Con indosso un completo Stuart Hughes Diamond Edition da un milione di dollari, Nero sembra un re qui sulla Terra, tanto quanto con i tradizionali armamentari reali del suo pianeta natio.

I suoi anelli limbari si dilatano, mentre si gode la mia immagine. Ah, sì. Il mio abito gli piace, ed è comprensibile. Sostanzialmente, è la versione bianca del mio outfit da supereroe, e c'è parecchia (proprio parecchia) pelle scoperta.

Accelero il passo, fino a camminare alla massima velocità che i miei due padri riescono a sostenere, e finalmente arrivo là, raggiungendo Nero davanti a Chester... che in qualche modo ci ha convinti a lasciarlo celebrare la cerimonia. Ha un'espressione maliziosa, sebbene Nero gli abbia detto di non fare scherzi, pena la morte.

Ariel, Kit, Claudia, Lucretia, Maya, Roxy e Thalia indossano abiti da damigelle d'onore, e stanno alla nostra destra. Ariel è anche la mia principale assistente... un onore che ha richiesto più o meno imperativamente, provandomi che la mia natura di vampira non la innervosisce più così tanto.

Felix, che assomiglia ad un pirata con Fluffster seduto sulla spalla, è a sinistra con il resto dei testimoni dello sposo. Il gruppo include anche Pozoj, che adesso è ufficialmente il fidanzato di Claudia, un paio di capi di Stato, vari capi religiosi, qualche miliardario famoso, e alcune altre persone strategicamente onorate da Nero.

"Mi è stato chiesto di farla breve" dichiara Chester con un sorriso maligno. "Così, ecco qua. Se qualcuno è a conoscenza di un motivo per cui questa coppia non debba sposarsi, parli ora e si prepari a morire."

Nessuno è abbastanza suicida, da pronunciare anche solo una parola.

Il sogghigno di Chester si allarga. "Non pensavo. Ora, vuoi tu, Nero, prendere Sasha come tua legittima sposa e regina?"

"Lo voglio" ringhia Nero.

"E vuoi tu, Sasha, prendere Nero come tuo legittimo sposo e sovrano?" chiede Chester, ammiccando.

Faccio una pausa teatrale, poi aspetto un altro secondo, da brava attrice. Quando ho catturato completamente l'attenzione dei presenti, squadro Nero, come se avessi davvero bisogno di rifletterci. E poi, quando la tensione nella sala diventa insopportabile, rispondo in tono cerimonioso: "Lo voglio"... e la sala esplode in un applauso.

"Potete baciarvi" dice Chester, mimando uno sbaciucchiamento, e lo facciamo.

———

TORNO AL PRESENTE, sulla spiaggia, con un sorriso stampato in faccia.

A quanto pare, Nero *mi chiederà* di sposarlo ad un certo punto nel futuro. E non una volta sola, ma due.

Beh, come con qualsiasi visione, ora che so che cosa potrebbe riservare il futuro, sta a me decidere se farlo avverare... o no.

Tutto dipende dalla buona condotta di una persona.

Inspiro il caldo profumo di Nero, salato come l'oceano, gli accarezzo il bicipite muscoloso, e sospiro felice.

Chi sto prendendo in giro?

Il futuro che ho appena visto è tanto inevitabile quanto lo era la profezia di Nostradamus. Come il povero Tartaro, Nero non ha scelta, quando si tratta del suo destino.

È mio.

E andremo alla grande insieme, sempre e per sempre.

RINGRAZIAMENTI

Grazie per aver letto questo libro! Spero che il finale della storia di Sasha ti sia piaciuto. Se sì, considera la possibilità di lasciare una recensione.

Vorresti leggere altri miei libri? Puoi dare un'occhiata a:

- **Le dimensioni della mente** - le avventure urban fantasy ricche di azione di Darren, che può fermare il tempo e leggere la mente

Se vuoi sapere di più sulle mie prossime uscite, iscriviti alla newsletter sul mio sito dimazales.com/book-series/italiano/.

E ora, voltate pagina per un breve assaggio di *I lettori di pensieri.*

IN ANTEPRIMA RISERVATA: I LETTORI DI PENSIERI

Descrizione

Tutti pensano che io sia un genio.

Si sbagliano.

Certo, mi sono laureato ad Harvard a diciotto anni e ora guadagno cifre folli con delle speculazioni finanziarie, ma questo non dipende dal fatto che io sia incredibilmente intelligente o un gran lavoratore.

È perché baro.

Vedete, ho un'abilità unica. Posso uscire dal tempo, entrare nella mia personale versione della realtà, il luogo che io chiamo "la Quiete", dove posso esplorare ciò che mi circonda mentre il resto del mondo rimane immobile.

Pensavo di essere l'unico a poterlo fare, almeno fino a quando non ho incontrato *lei*.

Il mio nome è Darren e questa è la storia di come ho capito di essere un Lettore.

Capitolo 1

A volte penso di essere pazzo. Sono seduto al tavolo di un casinò ad Atlantic City e attorno a me sono tutti immobili. La chiamo la Quiete, come se darle un nome la rendesse più reale – come se darle un nome cambiasse il fatto che i giocatori al mio tavolo siano congelati come delle statue, e che io stia camminando tra loro guardando quali carte hanno ricevuto nell'ultima mano.

Il problema con la teoria che io sia pazzo è che quando "sblocco" il mondo, come ho appena fatto, le carte che i giocatori rivelano sono le stesse che ho visto durante la Quiete. Se fossi pazzo non dovrebbero essere diverse? A meno che io non sia così andato da immaginarmi anche le carte sul tavolo.

Eppure vinco. Se questa fosse solo immaginazione, se la pila di fiche sul mio lato del tavolo non fosse reale, allora tanto varrebbe che io mettessi in discussione ogni cosa. Forse il mio nome non è nemmeno Darren.

No, non posso vederla in questo modo. Se sono

davvero prigioniero di un'allucinazione non voglio tornare alla realtà, perché, se lo faccio, probabilmente mi risveglierò in un ospedale psichiatrico.

E poi amo la mia vita, per quanto pazza sia.

La mia strizzacervelli pensa che la Quiete sia un modo originale con il quale descrivo il "lavoro interiore del mio genio". Ecco, questa cosa mi sembra davvero folle. Ho anche il sospetto che mi desideri, ma questo è un fattore del tutto irrilevante. Basta considerare come lei sia al di fuori della fascia d'età con cui mi interessa uscire, che attualmente è attorno ai ventiquattro. Ancora giovani, ancora sexy, ma che hanno finito la scuola e superato la fase delle uscite per locali. Odio andare per locali quasi quanto ho odiato studiare. In ogni caso, la spiegazione della mia strizzacervelli non funziona, perché non tiene conto di come io venga a conoscenza di particolari che nemmeno un genio dovrebbe sapere – come l'esatto valore e il seme delle carte che hanno gli altri giocatori.

Mi guardo attorno mentre il dealer comincia un nuovo giro. Oltre a me, ci sono altre tre persone al tavolo: Nonnina, il Cowboy e il Professionista, come li ho soprannominati. Sento quella paura quasi impercettibile che accompagna sempre la transizione. È così che chiamo questo fenomeno: la transizione nella Quiete. Preoccuparmi della mia sanità mentale ha sempre reso la transizione più facile, visto che la paura pare aiutare questo processo.

Effettuo la transizione e ogni cosa diventa silenziosa, da qui il nome per un simile stadio.

Mi risulta inquietante perfino adesso. Fuori dalla Quiete, il casinò è pieno di rumori: persone ubriache che parlano a voce alta, slot machine, i suoni squillanti delle vincite, la musica; l'unico luogo più rumoroso sarebbe una discoteca o un concerto. Eppure, in questo esatto momento, potrei probabilmente udire uno spillo che cadesse a terra. È come se io fossi diventato sordo a tutta la confusione che mi circonda.

Essere attorniato da persone congelate nel tempo rende tutto ancora più strano. Vicino a me c'è una cameriera bloccata a metà di un passo, che regge un vassoio con degli alcolici. Poco lontano, una donna sta per abbassare la leva di una slot machine. Al mio stesso tavolo, il dealer ha la mano alzata e l'ultima carta che stava distribuendo è rimasta sospesa innaturalmente a mezz'aria. Cammino verso di lui costeggiando il tavolo e la afferro. È un re, destinato al Professionista. Una volta che la lascio andare, invece di tornare a fluttuare come prima, la carta cade sul tavolo, ma so bene che quando uscirò dalla Quiete tornerà sospesa nell'aria, nell'esatta posizione in cui si trovava prima che la afferrassi.

Il Professionista ha l'aspetto di chi guadagna giocando a poker, o almeno è come ho sempre immaginato una persona del genere. Trasandato, con gli occhiali da sole, l'aria un po' losca. Sta facendo un ottimo lavoro nel mantenersi impassibile, praticamente non ha mosso un singolo muscolo da quando ha cominciato a giocare. Il suo viso è tanto inespressivo che mi chiedo se abbia usato del Botox per mantenere quella facciata scolpita nella pietra. La sua mano è sul tavolo, impegnata a coprire in modo protettivo le carte che gli sono state date.

Quando sposto le sue dita inerti, mi risultano normali. Beh, in un certo senso almeno, visto che la sua mano è sudata e pelosa, quindi toccarla per muoverla è spiacevole ed è effettivamente una cosa non tanto normale da fare, ma ciò che è normale è il fatto che sia calda, anziché fredda. Quando ero un ragazzino, mi aspettavo che le persone fossero fredde nella Quiete, come statue di pietra.

Ora che la mano del Professionista è stata spostata, prendo le sue carte. Con il re che stava fluttuando a mezz'aria, ha una coppia vestita. Buono a sapersi.

A questo punto raggiungo Nonnina. Sta già tenendo in mano tutte le sue carte e le ha aperte a ventaglio per me, così posso evitare di toccare la sua pelle grinzosa e piena di macchie. Questo è un sollievo, visto che di recente sono stato combattuto sul fatto di toccare le persone, o, più precisamente, le donne, nella Quiete. Se dovessi farlo, penserei razionalmente che toccare la mano di Nonnina sia una cosa innocua, o almeno non perversa, ma è meglio evitare questi contatti dove possibile.

In ogni caso, ha una coppia di basso valore. Mi dispiace per lei, perché ha perso parecchio questa sera. Le sue fiche stanno diminuendo rapidamente per le perdite, dovute almeno in parte al fatto che ha una pessima faccia da poker. Anche prima di guardare le sue carte sapevo che non sarebbero state belle: avevo già notato la sua delusione non appena le era arrivata la sua mano. Ho anche riconosciuto un barlume di trionfo nei suoi occhi qualche partita fa, quando ha vinto con un tris.

L'intero gioco del poker è in larga misura un esercizio per imparare a leggere le persone, qualcosa in cui voglio davvero migliorarmi. Dove lavoro mi dicono spesso che sono bravissimo a leggere le persone, ma in realtà non è vero, sono semplicemente bravo a usare la Quiete per farlo credere. Voglio imparare a leggere le persone per davvero, perché sarebbe bello sapere ciò che pensano tutti.

Quello di cui non mi importa molto del poker sono i soldi. Guadagno già abbastanza bene da non dover dipendere da una grossa vincita nel gioco d'azzardo. Non mi importa di vincere o perdere, anche se è stato divertente quintuplicare i miei soldi al tavolo del Black Jack. Ho fatto l'intero viaggio per provare il gioco d'azzardo, visto che adesso, avendo compiuto ventun anni, finalmente *posso*. Non avendo mai aspirato ad avere delle carte d'identità fasulle, questa è una vera e propria tappa fondamentale.

Allontanandomi da Nonnina, passo al giocatore successivo, il Cowboy. Non resisto all'impulso di togliergli il suo cappello di paglia per provarlo e mi chiedo se sia possibile prendermi i pidocchi, in questo modo. Siccome non sono mai stato capace di sbloccare qualcosa di inanimato nella Quiete o di influenzare il mondo reale in modo permanente, immagino che non mi sarà possibile nemmeno prendermi dei parassiti.

Dopo aver mollato il cappello, guardo le sue carte. Ha una coppia d'assi, cosa che rende la sua mano migliore di quella del Professionista. Forse è un professionista anche il Cowboy. Ha una buona faccia da poker, per quello che ho potuto notare, e sarà interessante vedere entrambi in questo round.

A quel punto arrivo al mazzo e guardo le carte che ci sono in cima, memorizzandole. Non lascio mai nulla al caso.

Quando ho terminato di servirmi della Quiete, ritorno dove c'è il me stesso immobile. Oh, già, ho accennato al fatto che vedo me stesso seduto al mio posto, congelato come tutto il resto della gente? Questa è la parte più strana, è come avere un'esperienza extracorporea.

Avvicinandomi al mio corpo immobile, lo guardo. Di solito evito di farlo, in quanto è troppo inquietante: nessun quantitativo di tempo trascorso a fissare se stessi allo specchio, o a guardare i propri video su YouTube, può preparare all'esperienza di vedere da vicino il proprio corpo tridimensionale. È qualcosa che non dovrebbe succedere, a parte, immagino, nel caso di gemelli identici.

È difficile da credere che questa persona sia me. Sembra più un ragazzo qualunque, o meglio, forse qualcosina di più di quello. È un ragazzo che troverei interessante, che sembra figo, intelligente. Penso che le donne probabilmente lo considererebbero attraente, anche se so che non è un pensiero modesto.

Non che io sia un esperto nel valutare quanto un

uomo sia attraente, ma in alcune situazioni si tratta semplicemente di buonsenso. Riconosco quando un tizio è brutto, e questo me congelato non lo è. So anche che, generalmente, la bellezza fisica richiede un viso simmetrico, e la me-statua ce l'ha. Una mascella volitiva non guasta, e ho anche quella. Avere spalle larghe è un punto a favore e aiuta anche essere alti. Fin qui ho tutto. Ho anche gli occhi azzurri, che sembrano un ulteriore bonus. Le ragazze mi hanno detto che amano i miei occhi, anche se, ora come ora, gli occhi del me congelato risultano inquietanti. Sono velati, come se fossero quelli senza vita di una statua di cera.

Rendendomi conto di essermi soffermato su quello studio fin troppo a lungo, scuoto la testa, mentre immagino la mia strizzacervelli che analizza un simile momento. Chi potrebbe immaginare di ammirare se stessi in quel modo come parte della propria malattia mentale? Posso figurarmela alla perfezione mentre annota *Narcisista* sul suo blocco e lo sottolinea più volte per enfatizzarne l'importanza.

Ma basta, per ora. Devo lasciare la Quiete. Sollevando la mano, tocco il me stesso congelato sulla fronte e sento di nuovo tutti i rumori nel momento in cui torno alla realtà.

Tutto è di nuovo normale.

La carta che ho guardato solo un istante prima, il re che ho lasciato sul tavolo da gioco, è di nuovo nell'aria e da lì segue la traiettoria che gli era stata destinata, atterrando vicino alle mani del Professionista. Nonnina sta ancora guardando le sue carte con grande disappunto e il Cowboy ha di nuovo il capello sulla testa, malgrado io gliel'abbia tolto durante la Quiete. Ogni cosa è esattamente com'era prima.

A un certo livello, il mio cervello non smette mai di sorprendersi per la mancanza di continuità tra l'esperienza nella Quiete e quella al di fuori di essa. Come umani, siamo programmati per mettere in discussione la realtà, quando succedono cose simili. Cercando di dimostrarmi più furbo della mia strizzacervelli, ai tempi dei primi incontri, una volta ho letto un intero libro di psicologia durante un appuntamento. Lei naturalmente non l'ha notato, visto che l'ho fatto mentre ero nella Quiete. Il libro parlava del fatto che perfino i bambini di due mesi si sorprendono, se vedono qualcosa al di fuori dell'ordinario, come ad esempio la gravità che funzionasse al contrario, quindi non c'è da stupirsi che il mio cervello abbia difficoltà ad adattarsi. Fino ai miei dieci anni, il mondo si comportava normalmente; da allora ogni cosa è diventata strana, per usare un eufemismo.

Abbassando lo sguardo sulle carte, mi rendo conto di avere un tris. La prossima volta guarderò le mie carte prima di effettuare la transizione, visto che se ho qualcosa di buono in mano potrei sfidare il fato e giocare in modo leale.

Poiché so già che carte hanno tutti, il gioco si svolge in modo prevedibile, fino a quando Nonnina si alza. Deve avere perso abbastanza soldi, ormai.

Ed è in quel momento che vedo la ragazza per la prima volta.

È sexy. Bert, l'amico che ho dove lavoro, afferma che io ho un "tipo", ma non sono d'accordo. Non mi piace pensare di essere così superficiale o prevedibile, eppure, in realtà, potrei essere un po' entrambi, perché questa ragazza rientra alla perfezione nell'analisi che ha fatto Bert su quale sia il mio tipo. E la mia reazione è di estremo interesse, giusto per non esagerare.

Grandi occhi azzurri, zigomi ben definiti in un viso ovale con una sfumatura esotica, lunghe gambe affusolate, come quelle di una ballerina. Ha i capelli ondulati legati in una coda, un tipo di pettinatura che mi piace molto, e non ha la frangia, cosa che rende il tutto ancora migliore. Odio le frange e non so per quale motivo le ragazze si facciano delle cose simili. Anche se la mancanza della frangia non è uno dei punti salienti della descrizione del mio tipo fatta da Bert, probabilmente dovrebbe esserlo.

Continuo a guardarla mentre si unisce al mio tavolo. Con i tacchi alti e la gonna attillata, è vestita fin troppo bene per questo posto, o forse sono io che sono vestito in modo troppo informale, con i miei jeans e maglietta. In ogni caso non mi importa, perché ho tutta l'intenzione di parlarle.

Considero l'idea di entrare nella Quiete e avvicinarmi a lei, così da fare qualcosa di estremamente inquietante come guardarla da vicino, o magari perfino frugare nelle sue tasche, cercando qualcosa che mi aiuti per quando le parlerò, ma alla fine, forse per la prima volta, decido di non farlo.

So che il ragionamento per cui ho infranto la mia abitudine è strano, ammesso che si possa considerare un ragionamento, ma la verità è che mi sono immaginato una simile sequenza di avvenimenti: lei accetta di uscire con me, ci frequentiamo per un po', la nostra relazione si fa seria e, grazie alla profonda connessione che instauriamo, le rivelo della Quiete. A quel punto lei si rende conto che ho fatto qualcosa di inquietante, si infuria e infine mi scarica. È ridicolo pensarlo, naturalmente, considerando che non abbiamo ancora nemmeno parlato. Bel modo di fasciarsi la testa prima di rompersela. Quella ragazza potrebbe avere un QI al di sotto dei settanta, o la personalità di un comodino. Ci potrebbero essere venti motivi diversi per i quali io decida di non voler uscire con lei e, tra l'altro, non dipende nemmeno tutto da me. Può anche succedere che lei mi dica di andare a fanculo la prima volta che provo a cominciare una conversazione.

Eppure, lavorare nelle speculazioni finanziarie mi ha insegnato a speculare. Per quanto quel ragionamento possa essere folle, seguo comunque la mia decisione di non effettuare la transizione perché so che è come si comporterebbe un uomo ben educato. Attenendomi a questo momento di insolita cavalleria, decido anche di non barare in questa mano.

Mentre le carte vengono di nuovo distribuite, penso a quanto mi faccia sentire bene aver scelto di comportarmi in modo onorevole, anche se questo non lo saprà nessuno. Forse dovrei cercare di rispettare la privacy altrui più spesso. *Sì, proprio.* Devo essere realista. Non sarei dove sono ora se avessi seguito una simile risoluzione. In effetti, se avessi stabilito di rispettare la privacy della gente con cui sono entrato in contatto, avrei perso il mio lavoro in pochi giorni e con esso molte delle comodità a cui mi sono abituato.

Copiando la mossa del Professionista, copro le mie carte con la mano non appena le ricevo. Sto giusto per dare un'occhiata a quello che mi è capitato, quando succede qualcosa di insolito.

Il mondo diventa silenzioso, esattamente come succede quando effettuo la transizione... ma questa volta non ho fatto nulla.

E in quel momento vedo *lei*, la ragazza che mi si è seduta di fronte, quella a cui stavo pensando. È in piedi accanto a me e sta allontanando la sua mano dalla mia o, per meglio dire, dalla mano del me congelato, visto che io sono in piedi accanto a lei, impegnato a guardarla.

E anche lei è seduta al tavolo, di fronte a me, una statua immobile come tutti gli altri.

La mia mente va in sovraccarico mentre mi ritrovo con il cuore in gola. Non ho considerato nemmeno per un istante la possibilità che la seconda ragazza sia una sua gemella, o una cosa del genere. So che è lei. Sta facendo ciò che ho fatto io solo pochi minuti prima. Sta camminando nella Quiete. Il mondo attorno a noi è congelato, ma noi non lo siamo.

Un'espressione d'orrore si allarga sul suo viso mentre si rende conto della stessa cosa. Prima che io possa reagire, balza sul tavolo, allungandosi a toccare la sua stessa fronte, e il mondo torna di nuovo normale.

Lei mi guarda dall'altro lato del tavolo, scioccata, con gli occhi sgranati e il viso pallido, poi si alza in piedi e, senza una parola, si gira e comincia a camminare per allontanarsi, prima di mettersi a correre nel giro di un paio di secondi.

Una volta superato lo shock, mi alzo per inseguirla. Non è la cosa più intelligente da fare, perché se si accorge di un ragazzo sconosciuto che la sta inseguendo, uscire con lui sarà l'ultima cosa che vorrà fare, ma adesso non mi importa più di quello. Quella ragazza è l'unica persona che ho incontrato che può fare ciò che faccio io, è la prova che non sono pazzo e potrebbe avere ciò che voglio di più al mondo.

Potrebbe avere delle risposte.

Per saperne di più, visitate il sito
www.dimazales.com/book-series/italiano/!

NOTE SULL'AUTORE

Dima Zales è autore bestseller del *New York Times* e di *USA Today* con romanzi fantasy e di fantascienza. Prima di diventare scrittore, ha lavorato nel settore dello sviluppo software a New York, sia come programmatore che come dirigente. Dima ha fatto di tutto, dai software di trading ad alta frequenza per importanti banche alle mobile app per le riviste più famose. Nel 2013 ha lasciato l'industria del software per dedicarsi alla sua carriera di scrittore e si è trasferito a Palm Coast, in Florida, dove vive attualmente.

Per saperne di più visita www.dimazales.com/book-series/italiano/.